岩 波 文 庫

31-072-3

葉山嘉樹短篇集

道 簱 泰 三 編

岩 波 書 店

目　次

葉山嘉樹短篇集

セメント樽の中の手紙

松戸与三はセメントあけをやっていた。外の部分は大して目立たなかったけれど、頭の毛と、鼻の下は、セメントで灰色に蔽われていた。彼は鼻の穴に指を突っ込んで、鉄筋コンクリートのように、鼻毛をしゃちこばらせている、コンクリートを除りたかったのだが、一分間に十才ずつ吐き出す、コンクリートミキサーに、間に合わせるためには、とても指を鼻の穴に持って行く間はなかった。

彼は鼻の穴を気にしながら遂々十一時間――その間に昼飯と三時休みと二度だけ休みがあったんだが、昼の時は腹の空いてるために、も一つはミキサーを掃除していて暇がなかったため、遂々鼻にまで手が届かなかった――の間、鼻を掃除しなかった。彼の鼻は石膏細工の鼻のように硬化したようだった。

彼が仕舞時分に、ヘトヘトになった手で移した、セメントの樽から、小さな木の箱が出た。

「何だろう?」と彼はちょっと不審に思ったが、そんなものに構ってはいられなかった。彼はシャヴェルで、セメン桝(ます)にセメントを量り込んだ。そして桝から舟へセメントを空けるとまたすぐこの樽(たる)を空けにかかった。

「だが待てよ。セメント樽から箱が出るって法はねえぞ」

彼は小箱を拾って、腹かけの丼の中へ投げ込んだ。箱は軽かった。

「軽いところをみると、金も入っていねえようだな」

彼は、考える間もなく次の樽を空け、次の桝を量らねばならなかった。

ミキサーはやがて空廻りを始めた。コンクリがすんで、終業時間になった。

彼は、ミキサーに引いてあるゴムホースの水で、一(ひ)と先(ま)ず顔や手を洗った。そして弁当箱を首に巻きつけて、一杯飲んで食うことを専門に考えながら、彼の長屋へ帰って行った。発電所は八分通り出来上っていた。夕暗(ゆうやみ)に聳える恵那山は真っ白に雪を被(かぶ)っていた。汗ばんだ体は、急に凍えるように冷たさを感じ始めた。彼の通る足下では木曽川の水が白く泡を嚙(か)んで、吠えていた。

「チェッ! やり切れねえなあ、嬶(かかあ)はまた腹を膨らかしやがったし、……」彼はウヨウヨしてる子供のことや、またこの寒さを目がけて産れる子供のことや、滅茶苦茶に産む嬶の事を考えると、全くがっかりしてしまった。

「一円九十銭の日当の中から、日に、五十銭の米を二升食われて、九十銭で着たり、住んだり、篦棒奴（べらぼうめ）！　どうして飲めるんだい！」

が、フト彼は丼の中にある小箱の事を思い出した。彼は箱についてるセメントを、ズボンの尻でこすった。

箱には何にも書いてなかった。そのくせ、頑丈に釘づけしてあった。

「思わせ振りしやがらあ、釘づけなんぞにしやがって」

彼は石の上へ箱を打（ぶ）っ付けた。が、壊れなかったので、この世の中でも踏みつぶす気になって、自棄（やけ）に踏みつけた。

彼が拾った小箱の中からは、ボロに包んだ紙切れが出た。

それにはこう書いてあった。

――私はNセメント会社の(1)、セメント袋を縫う女工です。私の恋人は破砕器へ石を入れることを仕事にしていました。そして十月の七日の朝、大きな石を入れる時に、その石と一緒に、クラッシャーの中へ嵌（はま）りました。

仲間の人たちは、助け出そうとしましたけれど、水の中へ溺れるように、石の下へ私の恋人は沈んで行きました。そして、石と恋人の体とは砕け合って、赤い細い石になって、ベルトの上へ落ちました。ベルトは粉砕筒へ入って行きました。そこで銅鉄の弾丸と一緒になって、細く細く、はげしい音に呪の声を叫びながら、砕かれました。そうして焼かれて、立派にセメントになりました。

骨も、肉も、魂も、粉々になりました。私の恋人の一切はセメントになってしまいました。残ったものはこの仕事着のボロばかりです。私は恋人を入れる袋を縫っています。私の恋人はセメントになりました。私はその次の日、この手紙を書いてこの樽の中へ、そうっと仕舞い込みました。

あなたは労働者ですか、あなたが労働者だったら、私を可哀相だと思って、お返事下さい。

この樽の中のセメントは何に使われましたでしょうか、私はそれが知りとう御座います。

私の恋人は幾樽のセメントになったでしょうか、そしてどんなに方々へ使われるのでしょうか。あなたは左官屋さんですか、それとも建築屋さんですか。

私は私の恋人が、劇場の廊下になったり、大きな邸宅の塀になったりするのを見るに忍びません。ですけれど、それをどうして私に止めることができましょう！　あなたが、もし労働者だったら、このセメントを、そんな処に使わないで下さい。

いいえ、ようございます、どんな処にでも使って下さい。私の恋人は、どんな処に埋められても、その処々によってきっといい事をします。構いませんわ、あの人は気象の確(しっか)りした人でしたから、きっとそれ相当な働きをしますわ。

あの人は優しい、いい人でしたわ。そして確りした男らしい人でしたわ。まだ若うございました。二十六になったばかりでした。あの人はどんなに私を可愛がってくれたか知れませんでした。それだのに、私はあの人に経帷子(きょうかたびら)を着せる代りに、セメント袋を着せているのですわ！　あの人は棺に入らないで回転窯の中へ入ってしまいましたわ。

私はどうして、あの人を送って行きましょう。あの人は西へも東へも、遠くにも近くにも葬られているのですもの。

あなたが、もし労働者だったら、私にお返事を下さいね。その代り、私の恋人の着ていた仕事着の裂(きれ)を、あなたに上げます。この手紙を包んであるのがそうなのですよ。この裂には石の粉と、あの人の汗とが浸み込んでいるのですよ。あの人が、この裂の仕事着で、どんなに固く私を抱いてくれたことでしょう。

お願いですからね、このセメントを使った月日と、それから委(くわ)しい所書(ところがき)と、どんな場所へ使ったかと、それにあなたのお名前も、御迷惑でなかったら、是非是非お知らせ下さいね。あなたも御用心なさいませ。さようなら。

松戸与三は、湧きかえるような、子供たちの騒ぎを身の廻りに覚えた。

彼は手紙の終りにある住所と名前とを見ながら、茶碗に注いであった酒をぐっと一息に呷(あお)った。

「へべれけに酔っ払いてえなあ。そうして何もかも打(ぶ)ち壊してみてえなあ」と呶鳴(どな)った。

「へべれけになって暴れられて堪るもんですか、子供たちをどうします」

細君がそう云った。

彼は、細君の大きな腹の中に七人目の子供を見た。

——一九二五、一二、四——

淫売婦

この作は、名古屋刑務所長、佐藤乙二氏の、好意によって産れ得たことを附記す。

——一九二三、七、六——

一

もし私が、次に書きつけて行くようなことを、誰かから、「それは事実かい、それとも幻想かい、一体どっちなんだい？」と訊ねられるとしても、私はその中のどちらだとも云い切る訳に行かない。私は自分でもこの問題、この事件を、十年の間というもの、ある時はフト「俺も怖しいことの体験者だなあ」と思ったり、またある時は「だが、この事はほんの俺の幻想に過ぎないんじゃないか、ただそんな風な気がするというだけのことじゃないか、でなけりゃ……」とこんな風に、私にもそれがどっちだか分らずに、この妙な思い出は益々(ますます)濃厚に精細に、私の一部に彫りつけられる。しかしだ、私は言い訳をするんじゃないが、世の中にはとても筆では書けないような不思議なことが、筆で書けることよりも、余っ程多いもんだ。たとえば、人間の一人一人が、誰にも言わず、書かずに、どの位多くの秘密な奇怪な出来事を、胸に抱いたまま、あるいは忘れたまま、今までにどの位死んだことだろう。現に私だって今ここに書こうとすることよりも百倍も不思議な、あり得べからざる「事」に数多く出会っている。そしてその事等の方が遥(はるか)に面白くもあるし、また「何か」を含んでいるんだが、どうも、いくら踏ん張ってもそれが書けないいんだ。検閲が通らないだろうなどということは、てんで問題にしないでいても自分で秘密にさえ書けないいんだから仕方がない。

だが下らない前置を長ったらしくやったものだ。

私はまだ極道な青年だった。船員が極(きま)り切って着ている、続きの菜(な)っ葉(ぱ)服が、矢っ張り私の唯一の衣類であった。

私は半月余り前、フランテン(1)の欧洲航路を終えて帰ったばかりのところだった。船は、ドック(2)に入っていた。

私は大分飲んでいた。時は蒸し暑くて、埃(ほこり)っぽい七月下旬の夕方、そうだ一九一二年頃だったと覚えている。読者よ！　予審調書じゃないんだから、余り突っ込まないで下さい。

そのムンムンする蒸し暑い、プラタナスの散歩道を、私は歩いていた。何しろ横浜のメリケン波戸場の事だから、些か恰好の異った人間たちが、沢山、気取ってブラついていた。私はその時、私がどんな階級に属しているか、民平——これは私の仇名なんだが——それは失礼じゃないか、などということはすっかり忘れて歩いていた。

流石は外国人だ、見るのも気持のいいようなスッキリした服を着て、沢山歩いたり、どうしても、どんなに私が自惚れてみても、勇気を振い起してみても、寄りつける訳のものじゃないところの日本の娘さんたちの、見事な——一口に云えば、ショウウインドウの内部のような散歩道を、私は一緒になって、悠然と、続きの菜っ葉服を見て貰いたいためでででもあるように、頭を上げて、手をポケットで、いや、お恥しい話だ、私はブラブラ歩いて行った。

ところで、この時私が、自分というものをハッキリ意識していたらば、ワザワザ私は道化役者になりゃしない。私は確に「何か」考えてはいたらしいが、その考えの題目となっていたものは、よし、その時私がハッと気がついて「俺はたった今まで、一体何を考えていたんだ」と考えてみても、もう思い出せなかったほどの、つまりは飛行中のプロペラのような「速い思い」だったのだろう。だが、私はその時「ハッ」とも思わなかったらしい。

客観的には憎ったらしいほど図々しく、しっかりとした足どりで、歩いたらしい。しかも一つ処を幾度も幾度もサロンデッキ(3)を逍遥する一等船客のように往復したらしい。

電燈がついた。そして稍々暗くなった。

一方が公園で、一方が南京町になっている単線電車通りの丁字路の処まで私は来た。もし、ここで私をひどく驚かした者が無かったなら、私はそこが丁字路の角だったことなどには、勿論気がつかなかっただろう。ところが、私の、今の今まで「この世の中で俺の相手になんぞなりそうな奴は、一人だっていやしないや」という私の観念を打ち破って、私を出し抜けに相手にする奴があった。「オイ、若けぇの」と、一人の男が一体どこから飛び出したのか、危く打つかりそうになるほどの近くに突っ立って、押し殺すような小さな声で呻く(4)ように云った。

「ピー、カンカンか」

私はポカンとそこへつっ立っていた。私は余り出し抜けなので、その男の顔を穴のあくほど見つめていた。その男は小さな、蛞蝓のような顔をしていた。私はその男が何を私にしようとしているのか分らなかった。どう見たってそいつは女じゃないんだから。

「何だい」と私は急に怒鳴った。すると、私の声と同時に、給仕でも飛んで出て来るように、二人の男が飛んで出て来て私の両手を確り（しっか）と摑（つか）んだ。「相手は三人だな」と、何ということなしに私は考えた。――こいつぁ少々面倒だわい。どいつから先に蹴っ飛ばすか、うまく立ち廻らんと、この勝負は俺の負けになるぞ、作戦計画を立ってからやれ、いいか民平！――私は据えられたように立って考えていた。

「オイ、若ぇの、お前は若ぇ者がするだけの楽しみを、二分（にぶ）[5]で買う気はねえかい」

蛞蝓は一足下りながら、そう云った。

「一体何だってんだ、お前たちは。第一何が何だかさっぱり話が分らねえじゃねえか、人に話をもちかける時にゃ、相手が返事の出来るような物の言い方をするもんだ。喧嘩なら喧嘩、泥棒なら泥棒とな」

「それゃ分らねえ、分らねえ筈（はず）だ、まだ事が持ち上らねえからな、だが二分は持ってるだろうな」

私はポケットからありったけの金を攫（つか）み出して見せた。

もうこれ以上飲めないと思って、バーを切り上げて来たんだから、銀銅貨取り混ぜて七、八十銭もあっただろう。

「うん、余る位だ。ホラ電車賃だ」

そこで私は、十銭銀貨一つだけ残して、すっかり捲き上げられた。

「どうだい、行くかい」蛞蝓は訊いた。

「見料を払ったじゃねえか」と私は答えた。私の右腕を摑んでた男が「こっちだ」と云いながら先へ立った。

私は十分警戒した。こいつ等三人で、五十銭やそこらの見料で一体何を私に見せようとするんだろう。しかも奴等は前払で取っているんだ。もし私がお芽出度く、ほんとに何かが見られるなどと思うんなら、目と目とから火花を見るかも知れない。私は蛞蝓に会う前から、私の知らない間から、――こいつ等は俺を附けて来たんじゃないかな――

だが、私は、用心するしないにかかわらず、当然、支払っただけの金額に値するだけのものは見得ることになった。私の目から火も出なかった。二人は南京街の方へと入って行った。日本が外国と貿易を始めると直ぐ建てられたらしい、古い煉瓦建の家が並んでいた。ホンコンやカルカッタ辺の支那人街と同じ空気がここにも溢れていた。一体に、それは住居だか倉庫だか分らないような建て方であった。二人は幾つかの角を曲った挙句、十字路から一軒置いて――この一軒も人が住んでるんだか住んでいないんだか分らない家――の隣へ入った。方角や歩数等から考えると、私が、汚れた孔雀のような恰好で散歩していた、先刻の海岸通りの裏辺りに当るように思えた。

私たちの入った門は半分だけは錆びついてしまって、半分だけが、ちょうど一人だけ通れるように開いていた。門を入るとすぐそこには塵埃が山のように積んであった。門の外から持ち込んだものだか、門内のどこからか持って来たものだか分らなかった。塵の下には、塵箱が壊れたまま、へしゃげて置かれてあった。が上の方は裸の埃であった。それに私は門を入るとたんにフト感じたんだが、この門には、この門がその家の門であるという、大切な相手の家がなかった。塵の積んである二坪ばかりの空地から、三本の坑道のような路地が走っていた。

一本は真正面に、今一本は真左へ、どちらも表通りと裏通りとの関係の、裏路の役目を勤めているのであったが、今一つの道は、真右へ五間ばかり走って、それから四十五度の角度で、どこの表通りにも関りのない、金庫のような感じのする建物へ、こっそりと壁にくっついた蝙蝠(こうもり)のように、斜(ななめ)に密着していた。これが昼間見たのだったら何の不思議もなくて倉庫につけられた非常階段だと思えるだろうし、またそれほどにまで気を留めないんだろうが、何しろ、私は胸へピッタリ、メスの腹でも当てられたような戦慄を感じた。

私は予感があった。この歪んだ階段を昇ると、倉庫の中へ入る。入ったが最後どうしても出られないような装置になっていて、そして、そこは、支那を本場とする六神(ろくしん)

丸(がん)(6)の製造工場になっている。てっきり私は六神丸の原料としてそこで生き胆を取られるんだ。

私はどこからか、その建物へ動力線が引き込まれてはいないかと、上を眺めた。多分死なない程度の電流をかけておいて、ビクビクしてる生き胆を取るんだろう。でないと出来上った六神丸の効き目が尠(すくな)いだろうから、だが、――私はその階段を昇りながら考えつづけた――起死回生の霊薬なる六神丸が、その製造の当初において、その存在の最大にして且(か)つ、唯一の理由なる生命の回復、あるいは持続を、平然と裏切って、却(かえ)ってこれを殺戮することによってのみ成り立ち得る。とするならば、「六神丸それ自体は一体何に似てるんだ」「何のためにそれが必要なんだ」それはあたかも今の社会組織そっくりじゃないか。ブルジョアの生きるために、プロレタリアの生命の奪われることが必要なのとすっかり同じじゃないか。

だが、私たちは舞台へ登場した。

二

そこは妙な部屋であった。鰮(いわし)の缶詰の内部のような感じのする部屋であった。低い天井と床板と、四方の壁とより外(ほか)には何にも無いようなガランとした、湿っぽくて、黴臭(かびくさ)い部屋であった。室の真中からたった一つの電燈が、落葉が蜘蛛(くも)の網にでもひっかかったようにボンヤリ下って、灯(とも)っていた。リノリュームが膏薬のように床板の上へ所々へばりついていた。テーブルも椅子もなかった。恐しく蒸し暑くて体中が悪い腫物ででもあるかのように、ジクジクと汗が滲み出したが、何となくどこか寒いような気持があった。それに黴の臭いの外に、胸の悪くなる特殊の臭気が、間歇(かんけつ)的に鼻を衝いた。その臭気には靄(もや)のように影があるように思われた。

畳にしたら百枚も敷けるだろう室は、五燭(ごしょく)らしいランプの光では、監房の中よりも暗かった。私は入口に佇(たたず)んでいたが、やがて眼が闇に馴(な)れて来た。何にもないようにおもっていた室の一隅に、何かの一固りがあった。それが、ビール箱の蓋か何かに支えられて、立っているように見えた。その蓋から一方へ向けてそれで蔽(おお)い切れない部分が一、三尺はみ出しているようであった。だが、どうもハッキリ分らなかった。何しろかなり距離はあるんだし、暗くはあるし、けれども私は体中の神経を目に集めて、その一固りを見詰めた。

私は、ブルブル震い始めた、とても立っていられなくなった。私は後ろの壁に凭(もた)れてしまった。そして坐りたくてならないのを強いて、ガタガタ震える足で突っ張った。眼が益々闇に馴れて来たので、蔽いからはみ出しているのが、むき出しの人間の下半身だということが分ったんだ。そしてそれは六神丸の原料を控除した不用な部分なんだ！

私は、そこで自暴自棄な力が湧いて来た。私を連れて来た男をやっつける義務を感じて来た。それが義務であるより以上に必要止むべからざることになって来た。私は上着のポケットの中で、ソーッとシーナイフを握って、傍に突っ立ってるならず者の様子を窺った。奴は矢っ張り私を見ていたが突然口を切った。

「あそこへ行ってみな。そしてお前の好きなようにしたがいいや、俺はな、ここらで見張っているからな」このならず者はこう云い捨てて、階段を下りて行った。

私はひどく酔っ払ったような気持だった。私の心臓は私よりも慌てていた。ひどく殴りつけられた後のように、頭や、手足の関節が痛かった。

私はそろそろ近づいた。一歩一歩臭気が甚しく鼻を打った。矢っ張りそれは死体だった。そして極めて微かに吐息が聞えるように思われた。だが、そんな馬鹿なこたあない。死体が息を吐くなんて――だがどうも息らしかった。フー、フーと極めて微かに、私は幾度も耳のせいか、神経のせいにしてみたが、「死骸が溜息をついてる」と、その通りの言葉で私は感じたものだ。と同時に腹ん中の一切の道具が咽喉へ向って逆流するような感じに捕われた。しかし、しかし今はもう総てが目の前にあるのだ。

そこには全く残酷な画が描かれてあった。

ビール箱の蓋の蔭には、二十二、三位の若い婦人が、全身を全裸のまま仰向きに横たわっていた。彼女は腐った一枚の畳の上にいた。そして吐息は彼女の肩から各々が最後の一滴であるように、搾り出されるのであった。

彼女の肩の辺から、枕の方へかけて、まだ彼女がいくらか物を食べられる時に嘔吐したらしい汚物が、黒い血痕と共にグチャグチャに散ばっていた。髪毛がそれで固められていた。それに彼女の××××××××××がねばりついていた。そして、頭部の方からは酸敗した悪臭を放っていたし、肢部からは、癌腫の持つ特有の悪臭が放散されていた。こんな異様な臭気の中で人間の肺が耐え得るかどうか、と危ぶまれるほどであった。彼女は眼をパッチリと見開いていた。そして、その瞳は私を見ているようだった。が、それは多分何物をも見てはいなかっただろう。勿論、彼女は、私が、彼女の全裸の前に突っ立っていることも知らなかったらしい。私は婦人の足下の方に立って、この場の情景に見惚れていた。私は立ち尽したまま、いつまでも交ることのない、併行した考えで頭の中が一杯になっていた。

哀れな人間がここにいる。

哀れな女がそこにいる。

私の眼は据えつけられた二つのプロジェクターのように、その死体に投げつけられて、動かなかった。それは死体と云った方が相応しいのだ。

私は白状する。実に苦しいことだが白状する。——もしこの横たわれるものが、全裸の女でなくて全裸の男だったら、私はそんなにも長くここに留っていたかどうか、そんなにも心の激動を感じたかどうか——

私は何ともかとも云いようのない心持ちで興奮のてっぺんにあった。私はこの有様を、「若い者が楽しむこと」として「二分」出して買って見ているのだ。そして「お前の好きなようにしたがいいや」と、あの男は席を外したんだ。

無論、この女に抵抗力がある筈がない。娼妓は法律的に抵抗力を奪われているが、この場合は生理的に奪われているのだ。それにこの女だって性慾の満足のためには、屍姦よりはいいのだ。何といってもまだ体温を保っているんだからな。それに一番困ったことには、私が船員で、若いと来てるもんだから、いつでもグーグー喉を鳴らしてるってことだ。だから私は「好きなように」することが出来るんだ。それにまた、今まで私と同じようにここに連れて来られた（若い男）は、一人や二人じゃなかっただろう。それが一々××××どうかは分らないが、皆が皆辟易したとも云い切れまい。いや兎角くこの道ではブレーキが利きにくいものだ。

だが、私は同時に、これと併行した外の考え方もしていた。

彼女は熱い鉄板の上に転がった蠟燭のように瘠せていた。まだ年にすれば沢山ある筈の黒髪は汚物や血で固められて、捨てられた棕梠箒のようだった。字義通りに彼女は瘠せ衰えて、棒のように見えた。

幼い時から、あらゆる人生の惨苦と戦って来た一人の女性が、労働力の最後の残渣まで売り尽して、愈々最後に売るべからざる貞操まで売って食いつないで来たのだろう。彼女は、人を生かすために、人を殺さねば出来ない六神丸のように、また一人も残らずのプロレタリアがそうであるように、自分の胃の腑を膨らすために、腕や生殖器や神経までも噛み取ったのだ。生きるために自滅してしまったんだ。外に方法がないんだ。

彼女もきっとこんなことを考えたことがあるだろう。

「アア私は働きたい。けれども私を使ってくれる人はない。私は工場で余り乾いた空気と、高い温度と綿屑とを吸い込んだから肺病になったんだ。肺病になって働けなくなったから追い出されたんだ。だけど使ってくれる所はない。私が働かなけりゃ年とったお母さんも私と一緒に生きては行けないんだのに」そこで彼女は数日間仕事を求めて、街を、工場から工場へと彷徨うたのだろう。それでも彼女は仕事がなかったんだろう。

「私は操を売ろう」そこで彼女は、生命力の最後の一滴を洒らしてしまったんではあるまいか。そしてそこでも愈々働けなくなったんだ。で、遂々ここへこんな風にしてもう生きる希望さえも捨てて、死を待ってるんだろう。

三

私は彼女がまだ口が利けるだろうか、どうだろうかが知りたくなった。恥しい話だが、私は、「お前さんはまだ生きていたいかい」と聞いてみる慾望をどうにも抑えきれなくなった。云いかえれば、人間はこんな状態になった時、一体どんな考えを持つもんだろう、ということが知りたかったんだ。

私は思い切って、女の方へズッと近寄ってその足下の方へしゃがんだ。その間も絶えず彼女の目と体とから私は目を離さなかった。と、彼女の眼も矢っ張り私の動くのに連れて動いた。私は驚いた。そして馬鹿馬鹿しいことだが真赤になった。私は一応考えた上、彼女の眼が私の動作に連れて動いたのは、ただ私がそう感じただけなんだろう、と思って、よく医師が臨終の人にするように彼女の眼の上で私は手を振ってみた。彼女は瞬をした。彼女は見ていたのだ。そして呼吸もかなり整っているのだった。

私は彼女の足下近くへ、急に体から力が抜け出したように感じたので、しゃがんだ。

「あまりひどいことをしないでね」と、女はものを言った。その声は力なく、途切れ途切れではあったが、臨終の声というほどでもなかった。彼女の眼は「何でもいいからそうっとしといて頂戴ね」と言ってるようだった。

私は義憤を感じた。こんな状態の女を搾取材料にしている三人の蛞蝓(なめくじ)共を、「叩き壊してやろう」と決心した。

「誰かがひどくしたのかね。誰かに苛(いじ)められたの」私は入口の方をチョッと見やりながら訊いた。

もう戸外はすっかり真っ暗になってしまった。このだだっ広い押しつぶしたような室は、いぶったランプのホヤのようだった。

「いつ頃から君はここで、こんな風にしているの」私は努めて、平然としようと骨折りながら訊いた。彼女は今、私が足下の方に蹲(うずくま)ったので、私の方を見ることを止めて上の方に眼を向けていた。

私は、私の眼の行方を彼女に見られることを非常に怖れた。私は実際、正直のところその時、英雄的な、人道的な、一人の禁欲的な青年であった。全く身も心もそれに相違なかった。だから、私は彼女に、私が全(まる)で焼けつくような眼で彼女の××を見ているということを、知られたくなかったのだ。眼だけを何故私は征服することが出来なかっただろうか。

もし彼女が私の眼を見ようものなら、「この人もやっぱり外の男と同じだわ」と思うに違いないだろう。そうすれば、今の私のヒロイックな、人道的な行為と理性とは、一度に脆く切って落されるだろう、私は恐れた。恥じた。

——俺はこの女に対して性慾的などんな些細な興奮だって惹き起されていないんだ。そんな事を考えるだけでも間違ってるんだ。それは見てる。見てるには見てるが、それが何だ。——私は自分で自分に言い訳をしていた。

彼女が女性である以上、私が衝動を受けることは勿論あり得る。だが、それはこんな場合であってはならない。この女は骨と皮だけになっている。そして永久に休息しようとしている。この哀れな私の同胞に対して、今までこの室に入って来た者共が、どんな残忍なことをしたか、どんな陋劣な恥ずべき行をしたか、それを聞こうとした。そしてそれ等の振舞が呪わるべきであることを語って、私は自分の善良なる性質を示して彼女に誇りたかった。

彼女はやがて小さな声で答えた。

「私から何か種々の事が聞きたいの？　私は今話すのが苦しいんだけれど、もしあんたが外の事をしないのなら、少し位話して上げてもいいわ」

私は真赤になった。畜生！　奴は根こそぎ俺を見抜いてしまやがった。再び私の体中を熱い戦慄が駈け抜けた。

彼女に話させて私は一体どんなことを知りたかったんだろう。もう分り切ってるじゃないか、それによし分らないことがあったにしたところで、苦しく喘(あえ)ぐ彼女の声を聞いて、それでどうなるというんだ。

だが、私は彼女を救い出そうと決心した。

しかし救うということが、出来るだろうか？　人を救うためには×××が唯一の手段じゃないか、自分の力で捧げ切れない重い物を持ち上げて、再び落した時はそれが愈(いよ)々(いよ)壊れることになるのではないか。

だが、何でもかでも、私は遂(とう)々(とう)女から、十言ばかり聞くような運命になった。

四

先刻私を案内して来た男が入口の処へ静(しず)かに、影のように現れた。そして手真似で、もう時間だぜ、と云った。

私は慌てた。男が私の話を聞くことの出来る距離へ近づいたら、もう私は彼女の運命に少しでも役に立つような働(はたらき)が出来なくなるであろう。

「僕は君の頼みはどんなことでもしよう。君の今一番して欲しいことは何だい」と私は訊いた。

「私の頼みたいことはね。このままそうっとしといてくれることだけよ。その他のことは何にも欲しくはないの」

悲劇の主人公は、私の予想を裏切った。

私はたとえば、彼女が三人のごろつきの手から遁(に)げられるように、であるとか、またはすぐ警察へ、とでも云うだろうと期待していた。そしてそれが彼女の望み少い生命にとっての最後の試みであるだろうと思っていた。一筋の藁(わら)だと思っていた。

可哀相にこの女は不幸の重荷でへしつぶされてしまったんだ。もう希望を持つことさえ怖しくなったんだろう。と私は思った。

世の中の総てを呪ってるんだ。皆で寄ってたかって彼女を今日の深淵に追い込んでしまったんだ。だから僕にも信頼しないんだ。こんな絶望があるだろうか。

「だけど、このまま、そんな事をしていれば、君の命はありゃしないよ。だから医者へ行くとか、お前の家へ連れて行くとか、そんな風な大切なことを訊いてるんだよ」

女はそれに対してこう答えた。

「そりゃ病院の特等室か、どこかの海岸の別荘の方がいいに決ってるわ」

「だからさ。それがここを抜け出せないから……」

「オイ！　この女は全裸だぜ。え、オイ、そして肺病がもうとても悪いんだぜ。僅か二分やそこらの金でそういつまで楽しむって訳にゃ行かねえぜ」

いつの間にか蛞蝓の仲間は、私の側へ来て蔭のように立っていて、こう私の耳へ囁いた。

「貴様たちが丸裸にしたんだろう。この犬野郎！」

私は叫びながら飛びついた。

「待て」とその男は呻くように云って、私の両手を握った。私はその手を振り切って、奴の横っ面を殴った。だが私の手が奴の横っ面へ届かない先に私の耳がガーンと鳴った、私はヨロヨロした。

「ヨシ、ごろつき奴、死ぬまでやってやる」私はこう怒鳴ると共に、今度は固めた拳骨で体ごと奴の鼻っ柱を下から上へ向って、小突き上げた。私は同時に頭をやられたが、しかし今度は私の襲撃が成功した。相手は鼻血をダラダラ垂らしてそこへうずくまってしまった。

私は洗ったように汗まみれになった。そして息切れがした。けれども事件がここまで進展して来た以上、後の二人の来ない中に女を抱いてでも逃れるより外に仕様がなかった。

「サア、早く遁げよう！　そして病院へ行かなけりゃ」私は彼女に言った。

「小僧さん、お前は馬鹿だね。その人を殺したんじゃあるまいね。その人は外の二、三人の人と一緒に私を今まで養ってくれたんだよ、困ったわね」

彼女は二人の闘争に興奮して、眼に涙さえ泛べていた。

私は何が何だか分らなかった。

「何殺すもんか、だが何だって？　この男がお前を今まで養ったんだって」

「そうだよ。長いこと私を養ってくれたんだよ」

「お前の肉の代償にか、馬鹿な！」

「小僧さん。この人たちは私を汚しはしなかったよ。お前さんも、も少し年をとると分って来るんだよ」

私はヒーローから、一度に道化役者に落ちぶれてしまった。この哀れむべき婦人を最後の一滴まで搾取した、三人のごろつき共は、女と共にすっかり謎になってしまった。一体こいつ等はどんな星の下に生れて、どんな廻り合せになっているのだ。だが、私はこの事実を一人で自分の好きなように勝手に作り上げてしまっていたのだろうか。

倒れていた男はのろのろと起き上った。

「青二才奴！　よくもやりやがったな。サア今度は覚悟を決めて来い」

「オイ、兄弟俺はお前と喧嘩する気はないよ。俺は思い違いをしていたんだ。悪かったよ」

「何だ！　思い違いだと。糞面白くもねえ。何を思い違えたんだい」

「お前等三人は俺を威(おど)かしてここへ連れて来ただろう。そしてこんな女を俺に見せただろう。お前たちはこの女を玩具にした挙句、まだこの女から搾ろうとしてるんだと思ったんだ。死ぬが死ぬまで搾る太い奴等だと思ったんだ」

「まあいいや。それは思い違いというもんだ」と、その男は風船玉の萎(しぼ)む時のように、張りを弛(ゆる)めた。

「だが、何だってお前たちは、この女を素裸でこんな所に転がしとくんだい。それにまた何だって見世物になんぞするんだい」と云いたかった。奴等は女の言うところに依れば、悪いんじゃないんだが、それにしてもこんな事は明(あきらか)に必要以上のことだ。

——こいつ等は一体いつまでこんなことを続けるんだろう——と私は思った。

私はいくらか自省する余裕が出来て来た。すると非常に熱さを感じ始めた。吐く息が、そのまま固まりになってすぐ次の息に吸い込まれるような、胸の悪い蒸し暑さであった。嘔吐物の臭気と、癌腫らしい分泌物との臭気は相変らず鼻を衝いた。体がいやにだるくて堪えられなかった。私は今までの異常な出来事に心を使いすぎたのだろう。何だか口をきくのも、この上何やかやを見聞きするのも億劫になって来た。どこにでも横になってグッスリ眠りたくなった。

「どれ、兎に角、帰ることにしようか、オイ、俺はもう帰るぜ」

私は、いつの間にか女の足下の方へ腰を、下していたことを忌々しく感じながら、立ち上った。

「おめえたちゃ、皆、ここに一緒に棲んでいるのかい」

私は半分扉の外に出ながら振りかえって訊いた。

「そうよ。ここがおいらの根城なんだからな」男が、ブッキラ棒に答えた。

私はそのまま階段を降って街へ出た。門の所で今出て来た所を振りかえってみた。階段はそこからは見えなかった。そこには、監獄の高い煉瓦塀のような感じのする、倉庫が背を向けてるだけであった。そんな所へ人の出入りがあろうなどということは考えられないほど、寂れ果て、頽廃し切って、見ただけで、人は黴の臭を感じさせられる位だった。

私は通りへ出ると、口笛を吹きながら、傍目(わきめ)も振らずに歩き出した。

私はボーレン(7)へ向いて歩きながら、一人で青くなったり赤くなったりした。

五

私はボーレンで金を借りた。そしてまた外人相手のバーで――外人より入れない淫売屋で――また飲んだ。

夜の十二時過ぎ、私は公園を横切って歩いていた。アークライトが緑の茂みを打ち抜いて、複雑な模様を地上に織っていた。ビールの汗で、私は湿ったオブラートに包まれたようにベトベトしていた。

私はとりとめもないことを旋風器のように考え飛ばしていた。

――俺は飢えていたじゃないか。そして興奮したじゃないか、だが俺は打克った。フン、立派なもんだ。民平、だが、俺は危くキャピタリストみたよな考え方をしようとしていたよ。俺が何もこの女をこんな風にした訳じゃないんだ。だからとな。だが俺は強かったんだ。だが弱かったんだ。ヘン、どっちだっていいや。兎に角俺は成功しないぜ。鼻の先にブラ下った餌を食わないようじゃな。俺は紳士じゃないじゃないか。紳士だってやるのに、俺が遠慮するって法はねえぜ。待て、だが俺は遠慮深いので紳士になれねえのかも知れねえぜ。まあいいや——

私はまた、例の場所へ吸いつけられた。それは同じ夜の真夜中であった。それはしかし鉄のボートで出来た門は閉っていた。それはしかし押せばすぐ開いた。私は階段を昇った。扉へ手をかけた。そして引いた。が開かなかった。畜生！　慌てちゃった。こっちへ開いたら、俺は下の敷石へ突き落されちまうじゃないか。私は押した。少し開きかけたので力を緩めると、また元のように閉ってしまった。

「オヤッ」と私は思った。誰か張番してるんだな。

「オイ、俺だ。開けてくれ」私は扉へ口をつけて小さい声で囁いた。けれども扉は開かれなかった。今度は力一杯押してみたが、ビクともしなかった。

「畜生！　かけがねを入れやがった」私は唾を吐いて、そのまま階段を下りて門を出た。

私の足が一足門の外へ出て、一足が内側に残っている時に私の肩を叩いたものがあった。私は飛び上った。

「ビックリしなくてもいいよ。俺だよ。どうだったたい。面白かったかい。楽しめたかい」そこには蛞蝓(なめくじ)が立っていた。

「あの女がお前等のために、ああなったんだったら、手前等は半死になるんだったんだ」

私は熱くなってこう答えた。

「じゃあ何かい。あの女が誰のためにあんな目にあったのか知りたいのかい。知りたきゃ教えてやってもいいよ。そりゃ金持ちという奴さ。分ったかい」

蛞蝓はそう云って憐れむような眼で私を見た。

「どうだい。も一度行かないか」

「今行ったが開かなかったのさ」

「そうだろう、俺が閂(かんぬき)を下したからな」

「お前が！　そしてお前はどこから出て来たんだ」

私は驚いた。あの室には出入口は外には無い筈だった。

「驚くことはないさ。お前の下りた階段をお前の一つ後から一足ずつ降りて来たまでの話さ」

この蛞蝓野郎、また何か計画してやがるわい。と私は考えた。幽霊じゃあるまいし、私の一足後ろを、いくらそうっと下りたにしたところで、音のしない訳がないからだ。

私はもう一度彼女を訪問する「必要」はなかった。私は一円だけまだ残して持っていたが、その一円で再び彼女を「買う」ということは、私には出来ないことであった。だが、私は「たった五分間」彼女の見舞に行くのはいいだろうと考えた。何故だかも一度私は彼女に会いたかった。

私は階段を昇った。蛞蝓は附いて来た。

私は扉を押した。なるほど今度は訳なく開いた。一足室の中に踏み込むと、同時に、悪臭と、暑い重たい空気とが以前通りに立ちこめていた。

どういう訳だか分らないが、今度はこの部屋の様子が全で変ってるであろうと、私は一人で固く決め込んでいたのだが、私の感じは当っていなかった。

何もかも元の通りだった。ビール箱の蔭には女が寝ていたし、その外には私と、蛞蝓と二人っ切りであった。

「さっきのお前の相棒はどこへ行ったい」

「皆家へ帰ったよ」

「何だ！　皆ここに棲んでるってのは嘘なのかい」

「そうすることもあるだろう」

「それじゃ、あの女とお前たちはどんな関係だ」遂々私は切り出した。

「あの女は俺達の友達だ」

「じゃあ何だって、友達を素っ裸にして、病人に薬もやらないで、おまけにまだその上見ず知らずの男にあの女を玩具にさすんだ」

「俺達はそうしたい訳じゃないんだ、だがそうしなけれゃあの女は薬も飲めないし、卵も食えなくなるんだ」

「え、それじゃ女は薬を飲んでるのか、しかし、おい、誤魔化しちゃいけねえぜ。薬を飲ませて裸にしといちゃ差引零じゃないか、卵を食べさせて男に蹂躪されりゃ、差引欠損になるじゃないか。そんな理屈に合わん法があるもんかい」

「それがどうにもならないんだ。病気なのはあの女ばかりじゃないんだ。皆が病気なんだ。そして皆が搾られた滓なんだ。俺達ぁみんな働きすぎたんだ。俺達ぁ食うために働いたんだが、その働きは大急ぎで自分の命を磨り減しちゃったんだ。あの女は肺結核の子宮癌で、俺は御覧の通りのヨロケさ(8)」

「だからこの女に淫売をさせて、お前達が皆で食ってるっていうのか」

「この女に淫売をさせはしないよ。そんなことをする奴もあるが、俺の方ではチャンと見張りしていて、そんな奴ぁ放り出してしまうんだ。それにそう無暗に連れて来るって訳でもないんだ。俺は、お前が菜っ葉を着て、ブル達の間を全で大臣のような顔をして、恥しがりもしないで歩いていたから、跗けて行ったのさ、誰にでも打っつかったら、それこさ一度で取っ捕まっちまわあな」

「お前はどう思う。俺たちが何故死んじまわないんだろうと不思議に思うだろうな。穴倉の中で蛆虫(うじむし)みたいに生きているのは詰らないと思うだろう。全く詰らない骨頂さ、だがね、生きてると何か役に立てないこともあるまい。いつか何かの折があるだろう、という空頼みが俺たちを引っ張っているんだよ」

私は全(まる)っ切り誤解していたんだ。そして私は何という恥知らずだったろう。

私はビール箱の衝立ての向うへ行った。そこに彼女は以前のようにして臥ていた。今は彼女の体の上には浴衣がかけてあった。彼女は眠ってるのだろう。眼を閉じていた。

私は淫売婦の代りに殉教者を見た。

彼女は、被搾取階級の一切の運命を象徴しているように見えた。

私は眼に涙が一杯溜った。私は音のしないようにソーッと歩いて、扉の所に立っていた蛞蝓(なめくじ)へ、一円渡した。渡す時に私は蛞蝓の萎(しな)びた手を力一杯握りしめた。

そして表へ出た。階段の第一段を下るとき、溜っていた涙が私の眼から、ポトリとこぼれた。

――一九二三、七、一〇、千種監獄にて――

労働者の居ない船

こういう船だった。

北海道から、横浜へ向って航行する時は、金華山の燈台は、どうしたって右舷に見なければならない。

第三金時丸――強そうな名前だ――は、三十分前に、金華山の燈台を右に見て通った。

海は中どころだった。凪(な)いでるというんでもないし、暴化(しけ)てる訳でもなかった。

三十分後に第三金時丸の舵手(コーターマスター)(1)は、左に燈台を見た。

コムパスは、南西(サウスウエスト)を指していた。ところが、そんな処に、島はない筈(はず)であった。

コーターマスターは、メーツ(2)に、「どうもおかしい」旨を告げた。

メーツは、ブリッジ(3)で、涼風に吹かれながら、ソーファーに眠っていたが、起き上って来て、

「どうしたんだ」

「左舷に燈台が見えますが」

「また、一時間損をしたな」と、メーツは答えて、コムパスを力一杯、蹴飛ばした。

コムパスは、グルっと廻って、北東(ノースイースト)(4)を指した。

第三金時丸は、こうして時々、千本桜の軍内のように、「行きつ戻りつ」するのであった。コムパスが傷んでいたんだ。

また、彼女が、ドックに入ることがある。セイラー(5)は、カンカン・ハマー(6)で、彼女の垢にまみれた胴の掃除をする。

あんまり強く、按摩をすると、彼女の胴体には穴が明くのであった。それほど、彼女の皮膚は腐っていたのだ。

だが、世界中の「正義なる国家」が聯盟して、ただ一つの「不正なる軍国主義的国家(7)」を、やっつけている、船舶好況時代であったから、彼女は立ち上ったのだった。

彼女は、資本主義のアルコールで元気をつけて歩き出した。

こんな風だったから、瀬戸内海などを航行する時、後ろから追い抜こうとする旅客船や、前方から来る汽船や、帆船など、第三金時丸を見ると、厄病神にでも出会ったように、慄(ふる)え上ってしまった。

彼女は全く酔っ払いだった。彼女の、コムパスは酔眼朦朧たるものであり、彼女の足は蹌々踉々として、天下の大道を横行闊歩したのだ。

素面の者は、質の悪い酔っ払いには相手になっていられない。皆が除けて通るのであった。

彼女は、瀬戸内海を傍若無人に通り抜けた。——もっとも、コーターマスター達は、神経衰弱になるほど骨を折った。ギアー(舵器)を廻してから三十分もして方向が利いて来るというのだから、瀬戸内で打つからなかったのは、奇蹟だと云ってもよかった。

——

彼女は三池港で、船艙一杯に石炭を積んだ。行く先はマニラだった。

船長、機関長(8)、を初めとして、水夫長(9)、火夫長(10)、から、便所掃除人、石炭運び、に至るまで、彼女はその最後の活動を試みるためには、外の船と同様にそれ等の役者を、必要とするのであった。

金持の淫乱な婆さんが、特に勝れて強壮な若い男を必要とするように、第三金時丸も、特に勝れて強い、労働者を必要とした。

そして、そのどちらも、それを獲ることが能きた。

だが、第三金時丸なり、または淫乱婆としては、それは必要欠くべからざる事では、あっただろうが、何だってそれに雇われねばならないんだろう。

いくら資本主義の統治下にあって、鰹節(かつおぶし)のような役目を勤める、プロレタリアであったにしても、職業を選択する権利だけは与えられているじゃないか。

待ってくれ！　お前は、「それゃ表面のこった、そんなもんじゃないや、坊ちゃん奴(め)」と云おうとしている。分った。

職業を選択している間に「機会」は去ってしまうんだ。「選択」してる内に、外の仲間が、それにありつくんだ。そして選択してる内には自分で自分の胃の腑を洗濯してしまうことになるんだ。お前の云う通りだ。

私が予め(あらかじ)読者諸氏に、ことわっておく必要があるというのは、これから、第三金時丸の、乗組員たちが、たといどんな風になって行くにしても、「第一、そんな船に乗りさえしなければよかったんじゃないか、お天陽様と、米の飯はどこにでもついて、まわるじゃないか」と云われるのが、怖しいためなんだ。

船の高さよりも、水の深さの方が、深い場合には、船のどこかに穴さえ開けば、いつでも沈むことが能(で)きる。軍艦の場合などでは、それをどうして沈めるか、どうして穴を開けるかを、絶えず研究していることは、誰だって知ってることだ。

軍艦とは浮ぶために造られたのか、沈むために造られたのか！　兵隊というものは、殺すためにあるものか、殺されるためにあるものか！　それは、一つの国家と、その向う側の国家とで勝手に決める問題だ。

これは、ブルジョアジーと、プロレタリアートとの間にも通じる。

プロレタリアは「鰹節」だ。とブルジョアジーは考えている。

プロレタリアは、「俺達は人間」だ。「鰹節」じゃない。削って、出汁（だし）にして、食われて失くなってしまわねばならない、なんて法はない。と考える。

国家と国家と戦争して勝負をつけるように、プロレタリアートとブルジョアジーも、戦って片をつける。

その暁に、どちらが正しいかが分るんだ。

だが、第三金時丸は、三千三十噸（トン）の胴中へ石炭を一杯詰め込んだ。

彼女はマニラについた。

室の中の蠅のように、船舶労働者は駆けずり廻って、荷役をした。

彼女は、マニラの生産品を積んで、三池へ向って、帰航の途についた。

水夫の一人が、出帆すると間もなく、ひどく苦しみ始めた。

赤熱しないばかりに焼けた、鉄デッキと、直ぐ側で熔鉱炉の蓋でも明けられたような、太陽の直射とに、「また当てられた」んだろうと、仲間の者は思った。

水夫たちは、デッキのカンカンをやっていたのだった。

ちょうど、デッキと同じ大きさの、熱した鉄瓶の尻と、空気ほどの広さの、赤熱した鉄板と、その間の、××××××そうでもない。何のこたあない、ストーヴの中のカステラみたいな、熱さには、ヨウリス(11)だって持たないんだ。

で、水夫たちは、珍らしくもなく、彼を水夫室に担ぎ込んだ。

そして造作もなく、彼の、南京虫だらけの巣へ投り込んだ。

一々そんなことに構っちゃいられないんだ。それに、病人は、水の中から摘み出されたゴム鞠のように、口と尻とから、夥しく、出した。それは、デッキへ洩れると、直ぐにカラカラに、出来の悪い浅草海苔のようにコビリついてしまった。

「チェッ、電気ブランでも飲んで来やがったんだぜ。間抜け奴！」

「当り前よ。当り前で飲んでて酔える訳はねえや。強い奴を腹ん中へ入れといて、上下から焙りゃこそ、あの位に酔っ払えるんじゃねえか」

「うまくやってやがらあ、奴ぁ、明日は俺達より十倍も元気にならあ」

「何でも構わねえ。たった一日俺もグッスリ眠りてえや」

彼等は足駄を履いて、木片に腰を下して、水の流れる手拭を頭に載せて、その上に帽子を被って、そして、団扇太鼓と同じ調子をとりながら、第三金時丸の厚い、腐った、面の皮を引ん剝いた。

錆のとれた後は、一人の水夫が、コールターと、セメントの混ぜ合せたのを塗って歩いた。

だが、何のために、デッキに手入れをするか？

デッキに手入れをするか？　よりも、第三金時丸に最も大切なことは、そのサイドを修理することではなかったか。錨を巻き上げる時、彼女の梅毒にかかった鼻は、いつでも穴があくではないか。その穴には、亜鉛化軟膏に似たセメントが塡められる。

だが、まだ重要なることはなかったか？

それは、飲料水タンクを修理することだ。

もし、彼女が、長い航海をしようとでも考えるなら、終いには、船員たちは塩水を飲まなければならない。

何故かって、タンクと海水との間の、彼女のボットムは、動脈硬化症にかかった患者のように、海水が飲料水の部分に浸透して来るからだった。だから長い間には、タンクの水は些も減らない代りに、塩水を飲まねばならなくなるんだ。

セイラーが、乗船する時には、厳密な体格検査がある。が、船が出帆する時には、何にもない。

船のために、またはメーツの使い方のために、労働者たちが、病気になっても、その責任は船にはない。それは全部、「そんな体を持ち合せた労働者が、だらしがない」からだ。

労働者たちは、その船を動かす蒸汽のようなものだ。片っ端から使い「捨て」られる。暗い、暑い、息詰る、臭い、ムズムズする、悪ガスと、黴菌(ばいきん)に充ちた、水夫室だった。

病人は、彼のベッドから転げ落ちた。

彼は「酔っ払って」いた。

彼の腹の中では、百パーセントのアルコールよりも、「ききめ」のある、コレラ菌が暴れ廻っていた。

全速力の汽車が向う向いて走り去るように、彼はズンズン細くなった。

ベッドから、食器棚から、凸凹した床から、そこら中を、のたうち廻った。その後には、蝸牛(かたつむり)が這いまわった後のように、彼の内臓から吐き出された、糊のような汚物が振り撒かれた。

彼は、自分から動く火吹き達磨(だるま)のように、のたうちまわった挙句、船首の三角形をした、倉庫へ降りる格子床(グレイチン)の上へ行きついた。そして静かになった。

暗くて、暑くて、不潔な、水夫室は、彼が「静か」になったにもかかわらず、何かが、眼に見えない何かが、滅茶苦茶に暴れまくっていた。

第三金時丸は、貪欲な後家の金貸婆が不当に儲けたように、しこたま儲けて、その歩みを続けた。

海は、どろどろした青い油のようだった。

風は、地獄からも吹いて来なかった。

デッキでは、セイラーたちが、エンジンでは、ファイヤマンたちが、それぞれ拷問にかかっていた。

水夫室の病人は、時々眼を開いた。彼の眼は、全で外を見ることが能きなくなっていた。彼は、瞑っても、開けても、その眼で、爛れた臓腑を見た。いわば、彼の神経は彼の体の外側へ飛び出して、彼の眼を透して、彼の体の中を覗いているのだった。

彼は堪えられなかった。苦しみ！　というようなものではなかった。「魂」が飛び出そうとしているんだ。

子供と一緒に自分の命を捨てる、難産のような苦しみであった。

――どこだ、ここは、――

彼は鈍く眼を瞠った。

どこだか、それを知りたくなった。

――どこで、俺は死にかけているんだ！――

彼は、最後の精力を眼に集めた。が、魂の窓は開かなかった。魂はちょうど睫毛(まつげ)のところまで出ていたのだ。

卵に神経があるのだったら、彼は茹でられている卵だった。

鍋の中で、ビチビチ撥(は)ね疲れた鰌(どじょう)だった。

白くなった眼に何が見えるか！

――どこだ、ここは？――

何だって、コレラ病患者は、こんなことが知りたかったんだろう。

私は、同じ乗組の、同じ水夫としての、友達甲斐から、彼に、いや彼等に今、そのどこだったかを知らせなければならない。

それは、…………

だが、それがどこだったかは、もっと先になれば分るこった。

彼は、間もなく、床格子の上で、生きながら腐ってしまった。

裂かれた鰻(うなぎ)のように、彼の心臓はまだピクピクしていた。そうしたがっていた。彼の肺臓もそうだった。けれども、地上に資本主義の毒が廻らぬ隈(くま)もないように、彼の心臓も、コレラ菌のために、弱らされていた。

数十万の人間が、怨みも、咎もないのに、戦場で殺し合っていたように、――
眼に立たないように、工場や、農村や、船や、等々で、なし崩しに消されて行く、一つの生贄で、彼もあった。――

一人前の水夫になりかけていた、水夫見習は、もう夕飯の支度に取りかからねばならない時刻になった。

で、彼は水夫等と一緒にしていた「誇るべき仕事」から、見習の仕事に帰るために、夕飯の準備をしに、水夫室へ入った。

ギラギラする光の中から、地下室の監房のような船室へ、いきなり飛び込んだ彼は、習慣に信頼して、ズカズカと皿箱をとりに奥へ踏み込んだ。

皿箱は、床格子の上に造られた棚の中にあった。

彼は、ロープに蹴つまずいた。

「畜生！　出鱈目にロープなんぞ抛り出しやがって」

彼は叱言を独りで云いながら、ロープの上へ乗っかった。

ロープ、捲かれたロープは、………

どうもロープらしくなかった。

「何だ！」

水夫見習は、も一度踏みつけてみた。

彼は飛び下りた。

躯（からだ）を直角に曲げて、耳をおっ立てて、彼は「グニャグニャしたロープ」を、闇の中に求めた。

見習は、腐ったロープのような、仲間を見た。

「よせやい！　おどかしやがって。どうしたってんだい」

ロープは腐っていた。

「オイ、起きろよ。踏み殺されちゃうぜ。いくら暑いからって、そんな処へもぐり込む奴があるもんかい。オイ」

と云いながら、彼は、ロープを揺ぶった。

が、彼は豆粕（まめかす）のように動かなかった。

見習は、病人の額に手を当てた。

死人は、もう冷たくなりかけていた。

見習は、いきなり駆け出した。

——俺が踏み殺したんじゃあるまいか？　一度俺は踏みつけてみたぞ！　両足でドンと。——

彼は、恐しい夢でも見てるような、無気味な気持に囚われながら、追っかけられながら、デッキのボースンの処へ駆けつけた。

「駄目だ。ボースン。奴ぁ死んでるぜ」

彼は監獄から出たての放免囚みたいに、青くなって云った。

「何だって！　死んだ？　どいつが死んだ？」

「冗談じゃないぜ。ボースン。安田が死んでるんだぜ」

「死んだほど、俺も酔っ払ってみてえや、放っとけ！　それとも心配なら、頭から水でも打（ぶ）っかけとけ！」

「ボースン！　ボースン！　そうかも知れねえが、ちょっと行って見てやってくれよ。確（たしか）に死んでる！　そしてもう臭くなってるんだぜ」

「馬鹿野郎！　酔っ払ってへど吐きゃ、臭いに極（きま）ってら。二時間や三時間で、死んで臭くなりゃ、酒ぁ一日で出来らあ。ふざけるない。あほだら経奴（きょうめ）！」

ボースンは、からかわれていると思って、遂々（とうとう）憤り出してしまった。

「酔っ払ったって死ぬことがあるじゃないか！　ボースン！　安田だって仲間だぜ！

不人情なことを云うと承知しねえぞ、ボースン、ボースンと立てときゃ、いやに親方振りやがって、そんなボーイ長たあ、ボーイ長が異うぞ！　この野郎、行って見ろったら行って見ろ！」

見習は、六尺位の仁王様のように怒った。

「ほんとかい」

「ほんとだとも」

水夫たちは、ボースンと共に、カンカン・ハマーを放り出したまま、おもて(12)へ駆け込んだ。

「何だ！　あいつ等ぁ」

ブリッジを歩きまわっていた、一運（一等運転手）は、コーターマスターに云った。

「揃って帰っちまやがったじゃないか」

コーターマスターは、コムパスを力委せに蹴飛ばしながら、

「サア」と、気のない返事をした。

——滅茶苦茶に手前等は儲けやがって、俺たちを搾りやがるから、いずれストライキだよ。吠え面かくな——と彼は心の中で思った。

「おかしいじゃないか、おい」

一運は、チャートルーム（海図室）にいる、相番のコーターマスターを呼んだ。

「オーイ」

相番のコーターマスターが、タラップから顔を覗かすと、直ぐに一運は怒鳴った。

「時間中に、おもてへ入ることは能きないって、おもてへ行って、ボースンにそう云って来い」

「ハイ」

彼が下りかけると、浴せかけるように、一運はつけ加えた。

「そして、奴等が何をしてるか見て来い。よく見てから云うんだぞ」

「オッ」

彼は、もうサロンデッキをあちこち歩き始めた。

一運は、ブリッジを下りながら答えた。

ブリッジは、水火夫室と異って、空気は飴のように粘ってはいなかった。

船の速度だけの風があった。そこでは空気がさらさらしていた。

殊に、そこは視野が広くて、稀には船なども見ることが出来たし、島なども見えた。

フックラと蕾（つぼみ）のように、海に浮いた島々が、南洋ではどんなに奇麗なことだろう。それは、ひどい搾取下にある島民たちで生活されているが、見たところは、パラダイスであった。セイラーたちは、いつもその島々を、恋人のように懐しんだ。だが、その島も、船が寄港しない島に限るのであった。船がつくと、どんな島でも、資本主義にその生命を枯らされていることが暴露されるからであった。

燈台が一つより外無い島、そして燈台守以外には、一人の人間も居ない島、そんな島が幾つも浮んでいた。そんな島は、媾曳の夜のように、水火夫たちを詩人にした。

今、第三金時丸は、その島々を眺めながらよろぼうていた。

コーターマスターは、「おもて」へ入った。彼は、騒がしい「おもて」を想像していた。

おもて(水夫室)の中は、しかし、静かであった。彼は暫く闇に眼を馴らした後、そこに展げられた絵を見た。

チェンロッカー(錨室)の蓋の上には、安田が仰向きに臥ていた。

三時間か四時間の間に、彼は茹でられた菜のように、萎びて、嵩が減って、グニャグニャになっていた。

おもては、船特有の臭気の外に、も一つ「安田」の臭いが混ざって、息詰らせていた。

水夫達は、死体の周囲に黙って立っていた。そして時々、耳から耳へ、何か囁かれた。

コーターマスターは、ボースンの耳へ口をつけた。

「死んだのかい」

「死んだらしい」

「どうしたんだい」

「やけに呻(うな)ったらしいんだ」

「フーム」

「……………」

「で、水葬はいつかい」

「一運に一度訊(き)いてみよう」

「酒が、わるかったんだね」

「ウム、どうもはっきり分らねえ。悪い病気じゃないといいが……」


明日、水葬する、ということに決った。

安田は、水夫たちの手に依って、彼のベッドへ横たえられた。

大豆粕(だいずかす)のように青ざめていた。

彼の死に顔は、安らかに見えた。そして、こう云ってるように見えた。

「もう、どんな者にも搾られはしない」

　これ以上搾取されることが厭になった、という訳でもあるまいが、安田の死体が、まだ海の中へ辷(すべ)り込まない、その夜、一人のセイラーと、一人の火夫とが、「また酔っ払った」

　第三金時丸は、沈没する時のように、恐怖に包まれた。

「コレラだ」ということが分ったのだ。

　船長、一運の二人が、おもてへ来て、「酔っ払って、管を巻いてる」患者を見た。

　二人の士官が、とも(13)へ帰ると、ボースンとナンバンとが呼ばれた。

　彼等は行った。

　船長は、横柄に収まりかえっていられる筈の、船長室にはいなくて、サロンデッキにいた。

　ボースンとナンバンとが、サロンデッキに現れるや否や、彼は遠方から呶鳴(どな)った。

「フォア、ピーク(おもての空気室——船のいわば浮嚢(ふのう)——)のガット(14)を開けろ。そして、死人と、病人とを中へ入れろ。コレラだ！　それから、病人の食事は、ガットから抛(ほう)り込むことにするんだ。それから、おもての者は、今日からともに来ることはならない。それから、少しでも吐いたり、下したりする者があったら、皆フォアビークへ入れるんだ。それから。エー、それから、あ、それでよろしい」

船長は、黴菌を殺すために、――彼はそう考えた――高価な、マニラで買い込んだばかりの葉巻を、尻から脂の出るほどふかしながら、命令した。

ボースンと、ナンバンは引き取った。

フォアビークは、水火夫室の下の倉庫の、も一つ下にあった。

その中は、梁(はり)や、柱や、キール[15]やでゴミゴミしていた。そこは、印度の靴の爪尖(つまさき)のように、先が尖(とが)って、撥ね上っていた。空気はガットで締められていたため、数年前と些(ちっと)も違わないで溜っていた。そして空家の中の手洗鉢(ちょうずばち)のように腐っていた。

そこは、海に沈んでいる部分なので、ジメジメしていた。殊に、第三金時丸の場合では、海水が浸みて来た。

星の世界に住むよりも、そこは住むのに適していないようにみえた。

船虫が、気味悪く鳴くのもそこであった。

そこへは、縄梯子(なわばしご)をガットにかけて下りるより外に方法はなかった。十五、六呎(フィート)の長さの縄梯子でなければ、底へは届かなかった。

これから病人や死体が、そこへ入るにしても、空気は、楕円形の三尺に二尺位の、ガットの穴から忍び込むより仕方がなかった。

そんな小さな穴からは、丈夫な生きた人間が「一人」で、縄梯子を伝って降りるより外に、方法は無かった。

病人を板か何かに載せて卸すということは、不可能なことであった。病人を負って下りることもできなかった。しかし、首に綱をつけて吊り下すことはできた。ただ、そうすると、病人は、もっと早く死ぬことになるのだった。

どうして卸したらいいだろう。

謎のような話であった。

けれども、コレラは容赦をしなかった。

水火夫室から、倉庫へ下りる事は、負って下りるという方法で行われた。倉庫から、ビークへは、「勝手に下りて貰う」より外に方法が無かった。

十五呎を、第一番に、死体が「勝手に」飛び下りた。

次に、火夫が、憐を乞うような眼で、そこら中を見廻しながら、そして、最後の反抗を試みながら、「勝手」に飛び込んだ。

「南無阿弥陀仏」と、丈夫な誰かが云ったようだった。

「たすけ……」と、落ちてゆく病人が云ったようだった。そんな気がした。

水夫はまだ確(しっか)りしていた。

「俺はいやだ！」と彼は叫んだ。

彼は、吐瀉(としゃ)しながら、転げまわりながら、顔中を汚物で隈取りながら叫んだ。

「俺は癒(なお)るんだ！」

「生きてる間だけ、娑婆に置いてくれ」

彼は手を合せて頼んだ。

——俺が、いつ、お前等に蹴込まれるような、悪いことをしたんだ——と彼の眼は訴えていた。

下級海員たちは、何か、背中の方に居るように感じた。また、彼等は一様に、何かに性急に追いまくられてるように感じた。

彼等は、純粋な憐みと、純粋な憤りとの、混合酒に酔っ払った。

——俺たちも——

この考えを、彼等は頑固な靴や、下駄で、力一杯踏みつけた。が、踏みつけても、踏みつけても、溜飲(りゅういん)のように、それはこみ上げて来るのだった。

病める水夫は、のたうちまわった。人間を塩で食うような彼等も、誇張して無気味がる処女のように、後しざりした。

彼等は、倉庫から、水火夫室へ上った。

「ビークは、病人の入る処じゃねえや」

「ビークにゃ、船長だけが住めるんだ」

彼等は、足下から湧いて来る、泥のような呻き声に苛まれた。そして、日一日と病人は殖えた。

多くもない労働者が、機関銃の前の決死隊のように、死へ追いやられた。

十七人の労働者と、二人の士官と、二人の司厨が、ビークに、「勝手に」飛び込んだ。

高級海員が六人と、水夫が二人と、火夫が一人残った。

第三金時丸は、痛風にかかってしまった。

労働者のいない船が、バルコンを散歩するブルジョアのように、油ぎった海の上を逍遥し始めた。

機関長が石炭を運び、それを燃やした。

船長が、自ら舵器を振り、自ら運転した。

にもかかわらず、泰然として第三金時丸は動かなかった。彼女は「勝手」に、ブラついた。

日本では大騒ぎになった。——もっとも、船会社と、船会社から頼まれた海軍だけだったが——

やがて、彼女が、駆逐艦に発見された時、船の中には、「これじゃ船が動く道理がない」と、船会社の社長が言った半馬鹿、半狂人の船長と、木乃伊(ミイラ)のような労働者と、多くの腐った屍とがあった。

——一九二六、二、七——

天の怒声

およそこの世の中で、人間をすっかり腐らせてしまうのは、退屈する事だと思う。退屈は人間を生きたまま腐らせてしまう。

もし誰かが自分で勝手に、この人生というものに退屈したとても、それは決して楽な事ではない。まして、自分ではちっとも、それを望んでいないのに、無理に退屈させられるとしたら、これはもっと苦しい。それも期限がハッキリしていればいい。だが、おそらく「俺のこの退屈は、一九二七年九月から、二九年の三月頃までで済むだろう」などという見通しは、むずかしい。

私はある無期徒刑の囚人と、隣り合わせの監房で暮した事がある。

誰でも、監獄の塀の外では、こんな男を見る事は出来まい。勿論(もちろん)、その男にしたところで、監獄に入るまでは、娑婆にいたに違いないから、その男を知っている、多くの人が居るにはいるだろう。しかし、それにしても、その男は全然変ってしまったのだ。

私はその男が口を利いたのを、一年の間に一度も聞かなかった。いわば、前足を縛られた猪のように、虱や蚤などをつぶすために、または一方から一方へ追いやるために、コンクリートの壁に、彼は体をこすりつけた。

私は、運動の帰りに一度彼の監房を覗き込んだ事がある。その時、彼は監房の隅にうずくまっていた。そして、暗闇で光る豹の眼のような彼の眼光に、私は射すくめられた。

それは人間の眼ではない。といってまた、動物の眼でもない。もし、生きた人間に、自然のと些も違わない義眼を二つとも嵌め込んだら、それは無気味に違いない。

彼の眼は、その義眼がただ一つの表情を持って作られたとでもいうべきものであった。何という執拗な、何という射透すような、深い、鋭い、呪であるだろう。

私は決して役人ではないではないか。私は同じように虐げられた彼の隣人ではないか。その上、私は普通の囚人のように、他の囚人を軽蔑しようなどとは、全で思った事もないではないか、私は気の毒な男に話しかけようとさえして覗いたのではないか。

だのに、彼は、呪以外に何の光もない、その純粋な呪の眼で私を見たのだ。

私は、どちらかといえば無邪気な、暢気な、そのくせ乱暴な、そして、憂鬱な、だが気の置けない囚人だった。何故って私の性質がそうである上に、刑期だって、僅かに十二ケ月だったから、私の退屈や絶望には契約期間があったのだ。

だが、私は、彼の眼に打つ衝ってからというもの、言い表す事の出来ない感情を胸に射込まれてしまった。

私は、私の監房の扉が厳重に閉っているかどうかを、絶えず検して見るようになった。そして、それが押しても叩いても開かない事が解ると、私は安心した。

私は扉を検すると、隣房との厚いコンクリートの壁へ耳を押しつけた。が、どんな場合でも、一つの物音さえも聞きつけることは出来なかった。ただ、絶えず眼を監視窓の方に睨み据えながら、豚のように、猪のように、体を遅鈍にムズムズさせている、彼の気配を感じるだけであった。

私は彼の事を考えるようになった。何の犯罪で入ったんだろう、どんな育ちであるだろう、と。だが、独房ではそんな事を知る由もなかった。だから、私は彼について知っているただ一つの事、その眼の事についてのみ彼を判断するより外に仕方がなかった。

それはちょうど、憤死でもしそうなほど、呪に燃えた瞬間を画いた絵画ではあるまいか、彼の死ぬまで続く同じ呪の表情。たった一つの想念がすっかり化石して彼の上に乗しかかっている。いや、彼の中で生きているものは、ただその呪だけではあるまいか！

だが、何を一体彼はそんなに呪っているのか。呪わねばならないのか。恐らく囚人の心ほど想像し難いものはない。何といっても一癖ある人間の流れ込んで来る処なのだから。

私は十二ケ月で出られるのだった。十二ケ月といえば三百六十五日だ。一日に三度飯を食うから、千九十五度飯を食べればいい訳だった。だから一度の食事はもっとも解りよい私の暦だった。残り千八十二度、千七十度と、私はあらゆる食事の時間に、子供が幾つ寝るとお正月が来る、といって楽しみにして待つように、私は食事を待った。それだけが私の唯一の希望であった。

だが、隣房は一度の食事が何を意味したか、どんな積りで彼は食事をするか、一生涯、たとい八十まで生きようとも、その間の彼の生活は監房の中でのみ営まれなければならないのか。彼には希望はなかった。あるものは彼の現実であった。

彼はその現実に生きる値打を見出したのだろうか。しかし、よしんば、彼が、こんな生活よりは死の方がよい、と思ったにしたところで、自殺は脱獄と同様に至難な業であった。それにまた、よしんばそんな機会があるとしても、彼の心はそんな方へは働かないように、決まり切っていたのではあるまいか。

彼はまだ、ほんの人生へ出発を初めたばかりの若者のように見えた。もし私が判断した彼の若さが正当であるならば、彼の生活は、苦しみにもあれ、歓びにもあれ、これからなのだ。その綿毛の生えた雛のような若者の彼が五十を越したこの私を、全で自分の子供たちが、そこらの悪戯小僧たちを眺めるような態度で生活しているのだ。

何故かならば、若者がそんなに黙って、憎々しげに、たとい監房の中でだって暮せる訳のものではないから。彼の心の中に、まだ自分は十分に世間の事を知ってはいない。と思うならば、彼は、反抗をするか、それが駄目だと悟るならば努めて柔順を装うかする筈ではないか。そうでなければ、彼の無期徒刑は、いつまで経っても、減刑に浴する望みがないのだ。

それに、彼だって、全でたった一人でこの世の中に首を突き出したという訳でもあるまい。たとい、孤児であるにしたところで、彼がそれまで育って来たについては、何か、きっと彼を育てたものがあるに違いない。だとすれば彼とても、何かの思い出は持っていそうなものだ。それとも、その思い出も、現在の彼も、またこれから先の彼も、一様に暗室のように真っ暗なのだろうか。

一坪に足りない監房の中にも、蚊に食われないための方法や、鼻や耳や手や、膝などが凍傷にかからない方法やは、やり方一つで講じられない事はない。だが、そんな事についても、彼が一言も訴えがましい事を云ったのを、私は聞いた事がない。

彼は動物園で生れた象のように、永久に鎖に縛られて、その外の世界を見る事、そこに生活する事を思い切ったのか、または忘れたのだろう。

彼と関わりはないが、私が刑期の半分以上を済ました頃、一つの出来事が起った。それは夏の終りで、朝晩は寒く、日中は暑い時候の頃だった。掃除夫が私の監房に、食器差入口から何か投り込んで、

「新入の十五房から」

と云って、行き過ぎた。

見ると、箸を十字架に結えて、それに足を縛った生きた蝿が無数に、小さな麻糸で括りつけてあるのだ。

蝿は上手に生捕られて、足だけが縛られているので、各々勝手な方向に飛ぼうとして、ありったけの力で羽を動かしていた。そのために、十字架の部分の方が少し浮くと思うと、次には、足の方の部分が少しばかり浮くのであった。このフワフワした、箸と蝿の十字架を見ていると、覚えず、私は微笑んだ。

新入といえば、その言葉だけでも懐しいものである。昨日まで娑婆にいたかも知れない。多分そうなのだ。すると、私は全く知りもしなかった半年の間の、社会のあらゆる出来事を彼は知っているのだ。想像や臆測では絶対に知る事の出来ない、社会の実際の出来事を彼は知っているのだ。

しかも、その彼が私を知っていて、そして蠅の十字架を贈り物にしてくれたのだ！

誰だ、一体、彼は！

それから、私は麻の屑糸で草鞋を作り初めた。画鋲よりも小さい草鞋を。どんなに私は熱心にそれを作った事だろう。全で、それを作り上げると同時に放免になりでもするかのように。

そして、その草鞋に、私と同居はしているが、決して私を信頼したり、愛したりしているからではない、例の蠅を捕えて、十四、五も縛りつけた。そして、その草鞋を染めるための染料として、私は私自身の血を以てした。

というのは、私の指を嚙み切ったり何かするのではなく、私の血を吸って、だにのように円くなって壁に止っている蚊を叩きつぶして、その赤黒い血を塗った。

血を分けた中ではあれど
蚊の憎さ。

と、私に十字架を贈り、私が草鞋を返礼した十五房が、後に私に云った、その蚊の血で私は、その草鞋をベトベトにした。

その血に染んだ、いわば、死屍の河を踏み越えて来たとも思える、その草鞋を八方に引っ張りながら、蝿は舞い上った。それは、パラシュートがいつまでもフラフラしているのに似ていた。

開け放った窓から、澄み切った晩夏の空へ、自由を求めて私の草鞋が飛び去るならば、と、私は思って、だらしなくブンブン呻りながら宙に浮いている、草鞋を眺めた。

が、馬鹿野郎！

蝿の奴等は、自由の空を目がけて飛び去る代りに、各々勝手な方に引っ張るものだから、草疲れてしまった、ノロノロと落っこって来やがった。そこには、風呂桶の蓋のように熱く蒸された、監房の床板があるのに！

私は、そのいくじのない蝿の奴等を、ゴワゴワした官給の便紙に包んで、掃夫を通じて十五房に贈った。

およそ、どんな囚人にだって、「悪い事をした」と思い込ませるのは、困難なことである。だが、「詰らない事をした」とは思い込ませ得る。しかし、そのどちらも思い込もうとしない囚人もある。そんな部類に十五房は属していた。

青桐の葉が芽を出して、それが大きく繁り栄え、そしてまた萎み枯れて行くのを、一つ獄窓から眺めるのは、云い知れぬ淋しさを覚えるものだ。

不思議なものだ。監房に入っていれば、お天気だろうが雨が降ろうが、そんなに気にしなくてもいいだろうのに、囚人ほど天気を苦にするものはあるまい。それは、ほとんど農民以上であるといっても過ぎはしない。

その朝も、私は淋しいほど蒼く澄んだ空を見て、底冷えのする寒さを胸の底に感じながら、なお救われた気持になっていた。

私たちは、運動場に五人ずつ位、共犯関係のない者だけが一度に連れ出された。そして、その囚人たちは、赤褐色の、ジゴマ[1]団が被(かぶ)りでもするような、眼だけ出る木綿の帽子を被って、ゾロゾロ円い運動場を競馬の馬みたいに歩き廻っていた。

その監獄の運動場は、他のと較べてよく出来ていた。扇子(せんす)型に煉瓦(れんが)で囲われてないで、ただ獄庭に、囚人の頭と同じように短く刈り込んだ芝草の上に、真ん丸く打ち抜きでもしたように、踏みつけた跡が赤く禿(は)げていた。だから囚人は体や肺などと一緒に、眼も運動させる事が出来るのだった。

私は、たとえば漣(さざなみ)一つ立たない、山中の湖面のように、淋しいけれども動かない気持で、他の囚人と共にグルグル廻りながら、眼をアチコチ働かせていた。

南の方には、煉瓦造りの自転車工場があった。その向うに港の倉庫に似た長い木造建築が続いていた。その建物からはトロッコに積んだ何かの織物が、絶えず運び出されていた。

人間には、男と女と以外には滅多に中性の人間がいないように、監獄の中にも、看守と囚人以外の、「社会人」――囚人はそう呼び慣わしていた――は滅多にいなかった。

自転車工場の扉の所に、上を霜降りのアルパカにして、下をセルのズボンか何かで、赤革のキッドらしい靴を履いた「社会人」が立っているのが、馬鹿にスッキリと洒落(しゃれ)て見えて私には珍らしかった。

南を除いては、三方皆、獄舎の屋根で切られた空以外には見えなかった。

北側の獄舎、円い運動場から五間とは離れない処に、私たちの独居監が二十四の目のような窓で覗きながら長く横たわっていた。

私は、円く廻るものだから、その各々の方面の景色を交る交る眺めながら、不思議な気がした。

私の前を歩いている他の囚人は、どれもこれも痩せていた。それはちょうど植林された杉林を見る感じであった。入って来た時は各々肥っていたり中肉でいたりするのだが、二ケ月も経つ内には、一様に同じような細さになってしまうのだ。だから入って来る時に、胸に病でも持っていれば、その人間は運動場などへは出られなくなるのだ。

そんな病人や、凶暴な囚人の外に、唖や盲人などが、ひどく年老いた人間と一緒に入っている獄舎などもあった。その獄舎の囚人が入浴に行くのを見るのは、全く一つの見物であった。唖は奇声を発し、盲人と老人は杖に縋(すが)ってノロノロと、一つの長い虫ででもあるように、浴場の方に動いて行くのだ。

私はその行列を内密で窓によじ登って眺めながら、そんなにも不敏活な、自分の自由さえ利かない廃疾者たちが、二重に社会から切り離されているのを不審に思った。彼等は社会に居たところで、この慌しい世の中では、どんな風に生きて行けるだろう。そして、彼等はどんな罪を犯し得ただろう。しかし口の利けない、耳の聞えない唖に、囚人が非常に多かったと思うのは事実だ。

私は、それ等の唖や盲人が、どんな罪を犯したかは知らない。そして、よし彼等が罪を犯したとしても、それを憎むべきかどうかも知らない。

全く健康な、全く働き盛りの人間でさえ、監獄の方が暮しいいと云う者さえある位だから、不具廃疾者が、牢獄に収容されるのは、別な見方から見らるべきであるか、それも私には分らない。

今では監獄でも、活動写真を見せ、蓄音機を聞かせるが、その当時は、そんなものはなかった。私の言いたいのは、どんな生活の間でも音楽はある。そして、たとえば、海の上に住む人や、坑(あな)の中に住む人や、工場の中、農村の大地の上に各々その生活の感情をしんみり唄い出す俗謡がある、という事だ。それのないのは恐らく唖だけだ。

私は、一つ処から、も一つの当てもない土地に歩き初めると、ある時は青く萌え出た芝草の堤の上で、ある時は澄み切った空の下で、狐色に枯れた芝草の上で、仰向(あおむ)きに寝転びながらよく唄ったものだ。

私は何もない澄み切った深い空、または犬のような入道のような、色々の形を持った雲を眺めながら、次から次へと、私のあらゆる生活が私に教えた歌を唄うのだった。春であれば大地は私にその汗ばんだ肌の気を伝えるし、秋ならばどことなく底冷えのする淋しさを私に伝えて、私の生活が気候というものと、いつでも関連している事を覚らせた。

私の歌は豊富だった。海でも、隧道(トンネル)でも、発電所でも、都会でも、農村でも、大工の手許(てもと)の時でも、どこでも生活には唄がついていた。

私は、私の人生の初まりから唄い出して、私の青年、壮年、そして、もう漸(ようや)く草疲(くたび)れて来た現在までの生活を、全半日も草の上で、太陽や雲や、大地と一緒に総ざらいをした。私は、私の歌声に引き入れられた。覚えず笑い出すかと思うと、涙を知らず知らずの中(うち)に流しながら、その唄った時代の生活に、甘いような愁いと共に曳(ひ)き摺(ず)り込まれて、いつまでもいつまでも唄い続けた。

——親は二十歳で児は二十一よ、

どこで勘定が違たやら――

なんかを唄う時、私は頭の下に敷いた腕が、全でセット(2)でも振っているように感じた。

――セーラ可愛やホンコン沖で、

ルックアウトに飛沫飛ぶ――

と唄う時、私は大地が海のように揺れているのを感じるのだった。

――シュウシュどころか今日この頃は、

五銭のバットも吸いかねる――

その時、私はカンカン・ハマー(3)で、船のサイドを錆落ししているのであった。

こうして、私の生活は放浪の時代にも、唄は私を喜ばせ、また、悲しみもさせた。

ところが、囚人の生活は、私からその唄を七ケ月の間奪ってしまった。これはいろいろな他の条件と共に、私をひどく憂鬱にした。

甘ったれたような、寂しそうな、悲しげな、憤ったような、呻くような、錆びた声で唄が唄えるならば、私は監房の中でも、八分通りは娑婆に生きる事が出来るほどなのだ。

私はその唄の調子を、胸と、頭とで考えながら、高い塀や建物で切られた、監獄の上ではない、娑婆の上の空を憧がれながら、円く円く、歩きまわっていた。

私たちの居る監房の窓々からは、時々、片目だけで覗いたり、一瞬間顔だけを出したり、どうかすると肩から上をすっかり出して、運動している仲間を見る囚人などがあった。けれども、看守によっては監房の方ばかり向いていて、彼が直接監視している囚人の方を向いていない看守もあった。そんな看守は誰からも憎まれた。

ちょうどその日の看守は、看守の中で最も意地の悪い、そして非常に権柄ずくな看守であった。事の序だから言うのだが、囚人というものは、おとなしい看守にはよく従うが、必要以上に眼を尖らしたり、啀むような声を出したり、威張ったりするのを軽蔑するものだ。

何とかいったっけ、その看守は。名前は忘れたが何しろ、黒眼鏡そのものといった風な感じの男だった。それは官職から当然受ける反抗以上の、彼個人に対する憎悪まで囚人に植えつけるところの、妙な、損な人間に属していた。

ちょうど、私が雑居監の側から、工場、自転車工場の方角を廻って、我々の独居監の方に正面を向けた時だった。

十五房の窓に、上半身を大胆に丸出しにして、私に十字架を呉れた彼が覗いた。

私は、ジゴマ帽を少し阿弥陀に被って、庇を上げていたものだから、彼はハッキリ私を認めたらしかった。

どうだろう。彼は音楽家だったのだ。いや普通世間では艶歌師と呼んでいる、私の古い友達だったのだ。

「何をしてやられたのだろう?」

と、私は眼で問いたいような表情をして、色の白い、上品な彼の顔を懐しく見た。

「十五房！　何を覗く！」

運動看守が、窓を向いて喚いた。

と同時に、私は十五房が慌てて引っ込むかと思ったのに、運動看守の声よりも、もっと大きい声で歌を唄い出すのを聞いた。上半身を依然として窓に現わしたまま。

それは、憤りそのものの歌であった。白刃の刃を伝わるように、鋭く彼の声は獄庭に貫ぬき亘った。

その歌は六句から成り立っていて、私もよく、燃えるような私たちの感情が沸騰する時に唄うところのそれであった。

十五房はその美しい、世界の隅々までも透るような声で、第一聯を唄い終るまで窓を降りなかった。

看守は、ブルブル顫えるほど憤っていた。

「何という無茶な、しかし痛快な事をやるのだろう。彼奴は！」

と、私は七ケ月目で聞いた歌声に、極度に昂奮しながら思った。私の足は全で土を踏んでいないようだった。頭が充血した。緊張が私に来たのだ。

その一聯の句を唄い終るのに、一分とはかかりはしなかった。けれども私には一時間も聞いた気がした。一方では心臓が痛くなるほど鼓舞されながら、一方では早く止めてくれればよい、と思うほど長く感じた。それは、歌なんか唄った彼に加えられる、懲罰の事が私の気持を昂奮と同時に重苦しくもさせたからであった。

たとい歌を唄わないにしても、そこでは余程うまくやらないと自分を護る事は困難であった。そこほど人間を手もなく秘密裏に殺害し得る処は外には無かった。そこはトルコの王宮の内部よりも、外部からは覗き込み得ないのだ。殊にその中に五年入っている者でも、十年入っている者でも、その中の事を全部知るという事は、絶対に不可能であった。その陰鬱な建物、蜂の巣のように並んだ小さな監房、どこまでもどこまでも続いているような暗い日の光の射さない廊下。その廊下の外れのどこからとも分らない処から響いて来る悲鳴や呻吟。

ガチャッ！　と鳴って扉から出て行ったまま永久に帰って来ない、囚人。マッチの棒みたいになって病監に担がれて行く禁錮囚。いつの間にか冷たい屍骸になってしまった自殺囚。

そして、それ等の事は、偶然、覗き窓から一瞬間だけ、チラリと見ることが出来るだけなのだ。後はまた、時計のセコンドを永久に瞶めているような、焦れったい倦怠と、不安の時間が彼——誰でも構わない——を待っているのだ。

そこには、いつでも何か、探り得がたいものが、薄暗がりに潜んでいる。

勿論、刑期は決定している。だが、囚人はその刑期に百パーセントの信頼は置けないのだ。いつ病気に罹るか分らないではないか。監房の生活は健康に良い生活ではないから。それにどんな事が自分の上に降って来るか分らないのだ。監房には親指の入る位の亀裂が、支那とロシヤとの国境の線みたいに屋根際から床下の方まで続いているのだ。いつ地震が来るか分らないではないか。そして、地震には、今度こそは一堪りもないだろう。よしんば建築は辛うじて倒れないにしても、社会の情勢次第でどうなるか分ったものではないのだ。関東の震災を思い起せば足りるだろう。

また、囚人名簿だって、どんな風に書き誤られていないとも限らないのだ。人間のする仕事だ。おまけに、たといそれがどんな風変りな人間であったにしても、監獄の仕事を興味を持ってやり得ると考えられるだろうか。

もし囚人から憂鬱や不安を除き去ろうとするならば、歯科医が歯神経をプラチナの針で抜くように、囚人の頭の中から脳味噌を搾り出すより外に仕方がない。

それにしても絶えず不安に押しつけられている事は、どうしても堪えられない事がある。そんな時、囚人は、自分の不安を検してみたくなる発作に襲われるのだ。それはチョッと考えると不自然であるが、しかし囚人にはそんな心理が働くのだ。もっとも囚人でなくても、誰にでもたといより悲惨であり、より苦痛であっても、宙ぶらりんな状態よりも決りのついた状態の方が、好ましい事ではある。

十五房がそんな破天荒なやり方で、単調を破ったので、私たちは早速運動を切り上げさされた。

私は今でもありありと思い起すのだが、十五房はよくやってくれた。その運動看守は私とても、全く癪に障っていたのだ。彼は不便に出来た瀬戸ものの尿瓶以外の何物でもなかった。それは胴も尻尾もない頭だけの蛇みたいな奴だった。

「早く歩け！」

とそいつは、私たちを怒鳴った。全で鶏小屋へ鶏でも追い込むような格好に両手を拡げながら。

尻の切れた藁草履で芝生から赭土へ、赭土からジメジメ膿でもにじみ出そうな監房の間の叩きの上へ、そして、自分の住居へ当てられている監房へと、私たちは追い込まれた。

私たちが各々入房すると、運動看守は十五房へ飛んで行った。

私たちは監房に入った。全一日の中に私たちが監房から外へ出得る時間は、その運動の五分か七分か以外にはなかった。その短い時間私たちは外に出ていると、今度監房へ帰った時決って表し難い感情に捕われる。それはホッと安心したような、または残り惜しいような、全く妙なそわそわした気持である。私はよく、運動から帰ると直ぐ、立ち上って窓から、たった今まで競馬のように、円形に歩き廻っていた単調な獄庭を眺めた。私が歩き廻っていたその同じ獄庭を、厳重に金棒を張られた窓の中から見る時、それはもう決して前と一つのものではないのであった。その金棒がまるで幻のベールででもあるかのように、獄庭は幻影化されて見えるのであった。それは子供が自分の玩具を捨てて、他の子供の玩具に引かれるのと違うであろうか。人は自分の手許にあるものは、彼の夢の対象には択ばないものとみえる。

たとえば、私は五十年の間苦しくも、また夢見心地にも、私の理想に向って生活して来たこの本土を、それは全く多くの思い出を以て埋められた奇しい絵巻物ではあったが、それを私は展げて眺めかえそうとはしなかった。不思議ではないか。私はチベットや、または南米のボリビアの生活ばかり想像していたのだ。それは何とはなしに私を引きつけた。よしどんなに私がそれに憧れようとも、それが私に分る筈がなかったところから、私が引きつけられ、夢見心地に撫でられたのであるかも知れないが。

まあそんな事は私だけのロマンチシズムであろう。誰もが同じ処を見るものではない。私の聞いた一人の強盗犯は、七年の刑期を黙って終えて、七年前忍び込んだ時の同じ家へ押入った。その時小娘がいたのだが、七年後の彼は同じ小娘がいるだろうと思って入ったのだ。ところがその娘はもう年頃になって養子を迎えていた。その養子は都合の悪い事には警察の柔道の先生だったので、彼は手もなく取り押えられてしまった。そして出獄してから四日目に三度刑務所に舞い戻って来てこう云ったというのだ。

「今度出たらみな殺しにしてやる！」

そして今度出られるのは、十五年先の事なのだ！　そして彼は十五年経って出たとすれば、彼の考えていた通りまたぞろ押し込むに相違ないのだ。私にはそんな人間の気持を考えられない。けれどもそんな人間が現実にあるのだから仕方がない。

私がそんな風な事を考えている時、十五房の方から大きな声で喚き合うのが聞えて来た。勿論、十五房と看守とが議論しているのだろう。

十五房は永島と呼ばれていた。私は社会にいる時も彼と親密に往来していた。彼は涙脆(もろ)い、気の柔(やさ)しい、義の強い男だった。私には彼のような優しい人間がどうして、巡査の佩剣(はいけん)が飴ん棒みたいに曲るほど、人を打殴(ぶんなぐ)ったのか合点が行かなかった。彼は職務執行妨害罪と傷害罪とで来ていた。女のように優しい顔や体軀の彼が、そのどこに勇気を蓄えているかは、私を不思議がらせた。兎に角彼は彼の属する階級以外のものとは、口を利くのも厭わしく思っているらしかった。

一度などは、教誨師が彼の監房の扉を開けて、その扉に凭れながら彼を誨していた。(そこでは誰でもそうする習慣なのだ)ところが永島は、

「まあ、そんな門口に立っていられては、とっくりお話も承れませんから、むさ苦しい処ではありますが、どうぞお上り下さい」

と云ったそうだ。で、何気なく教誨師も釣り込まれて監房の中へ入ると永島はいきなり中からドシーンと、扉を引っ張って閉めてしまった。教誨師は悲鳴を挙げて救を求めた。看守が駈けつけた。ところが法衣を纏った教誨師が扉にしがみついていて、扉を開けると同時に叩きの上へ転がり出てしまった。永島は平常の教誨師が泛べているような表情で端座していた。そして言ったそうだ。

「いや何事も対等で話さなくちゃね。距てがあっちゃ物事には仲々諒解がつき憎いものですからね」と。

勿論、彼は懲罰を食った。懲罰は彼にはこたえた。それは普通の肉体を持っている者にでもこたえる。その上彼は数度の入獄で肺をひどく痛めていたのだ。

「俺はなしくずしに自殺してるのだ。またなしくずしに殺されてもいるのだよ」

そんな風に人並より弱い彼が、そして懲罰がどんなものであるか、それが他の者よりもどの位自分によくないか、を知り抜いている永島が、何だってあんなに気でも狂ったように歌を怒鳴ったのだろう。

私はいつも坐る所へ官規通りに坐って、そして鉄格子越しに頭の中も眼の中も青くなるほど、澄み切った空を眺めていた。

叩きの廊下を草履でポトポト歩く、幾つかの足音が私の耳に入った。きっと永島が呼び出されて、叱られて懲罰を受けるために出て行くのだろうと私は思った。

子供の世界では叱られればけりがつくが、大人の世界というものは、叱られただけではけりがつかない。意地の悪い邪悪な、いつまでも根に持った、陰険極まる懲罰がある。子供を叱る親は、親の都合で多くの場合子供を叱りつける。大人の場合だってそうだ。

そして、殊にこの一廓では、人間を人間でなくしてしまう。五年も十年も、たった一つの事を考えて人間が生きて行く。同じものを食い、同じ色を瞶め、同じ匂を嗅いで、生きて行く。もし人間がいくらでも大きくなるものとすれば、そこでは監房の型の、何千丁かの豆腐みたいな人間が出来上るだろう。そんな人間の頭はどこにあるか？　それは豆腐から頭を見付ける人間以外には発見出来ないだろう。同じ型の多くの豆腐たちは、よし形はそうでもあれ、その各々の犯罪の傾向だけの質で固め上げられるのだ。

いつまでも、十五年後でも、同じ家に押し入ろうとする強盗、八度監獄に投り込まれても、窓から敢然と歌を唄う永島、それにまた、この私だって同じだ。

「へん、珍らしくもねえや」

四人はその最も困難な、苦しい立場に陥られた時でも、黙ってそう感じている。ほんとうは彼は不安や恐怖を持っているのだが。その不安や恐怖の度がひどければひどいほど、彼は自分でそれと相殺する捨てっ鉢な気持が必要になって来るのだ。何故ってどんなに足掻いても、暴れても免れ得ない事だから。

それにしても、無限に長く連なった錆びた鉄の鎖の、一つの環と同じ獄内の一日は、外の錆びた一日と些も違ったところはないのに、何故永島は、一体何だってあんなに大きな声で、全で火のついたように怒鳴り出したのだろう。彼の歌と私に贈ってくれた生きた蠅で飾られた十字架とは、何かの関聯があるだろうか。

しかし、私は永島が奇を衒って歌なんか怒鳴る男ではない事をよく知っている。それはもう大分前の事であったが、永島と私とがある事件で、一緒にやられて法廷に立った事があった。その時は、皆やられなくて済んだ位い何でもない事件だったのに、株屋の息子で刺戟を求めるためみたいに、私たちの仲間に入っていた若林という学校出たての男が、予審で輪に輪をかけて事件を大きく作り上げてしまった。つまりある程度の刺戟は彼に必要だったのだが、未決監になると薬が利きすぎて、彼は自分で求めた刺戟から逃げ出したくなったのだった。それは無理もない事だと私は思う。若林にしてみれば若気の過ちでもあろうし、また道楽としては、軟派な道楽よりは気も利いているし、それに一寸見(ちょっとみ)には道楽には見えないのだから、もっとも、そんな事を道楽半分に、または道楽の代りにやられたのでは、下積みになってる仲間たちは堪ったものではない。何といっても、人間は生きているのであって、化学の薬品ではないのだから、実験が間違ったといって、壺の中へ捨てられる代物とは、いくら貧乏に馴(な)れていても、苦労に馴れていても、自(おのず)から違おうというものだ。

　その若林の、いわばまあ教室の実験を、いきなり街頭に持ち出したのが、彼の失敗であった。彼がまた、予審で無理に事件を大きくしたのも同情出来なくはない。彼にしてみれば、詰らない事で引っ張られたというより、大きな事でやられたかったのだし、また大きく思わせれば、その大きな事件を自白したというので、恩典にも預れようというのだから、大したまあ悪意はない訳であった。

　彼はまあそんな無邪気な気持ちで、もうすっかり足を洗って、家に帰って株の取引きの手伝いをやっていた。彼は故郷から公判廷へ出かけて来た。その事件は大したものでもなかったので、皆保釈で出ていたのだ。

検事の論告があって、事実調べに入って昼時分になったので、裁判長が休憩すると云って、皆が出かけ初めた。若林は彼自身の弁護士を持って、そしてその弁護士は反対の方面から弁護するという事が分っていたので、被告も傍聴者も興味を持っていた。

ところが、その若林の答弁も彼だけの弁護士の弁論も、聞けないような事件が持ち上った。

というのは、若林が一足先に出ようとしていると、すぐその後から永島が、人を押し分けるようにして、まだドアの手前で、裁判官や弁護士や、傍聴人なども法廷にウヨウヨしているのに、若林の奇麗に撫でつけたポマードだらけの髪の毛を引っ摑(つか)んだのだ。そして蹴飛ばしたのだ。

「犬奴(め)！」

若林は振り向いた。その顔は腐った青桐の葉のような埃(ほこり)っぽい土色であった。彼は蹴られた腰の辺りに手を当てて、人々の間を裁判官席の方へ、死に物狂いに駆け戻った。

「救けて下さい。私の命を保証して下さい。裁判長！」

と彼は叫んだ。

裁判所の中には異常な空気が漂い初めた。永島は保釈を取り消すと嚇(おど)かされた。おまけに「永島たちの前では一言も口を利けません」と、ブルブル震いながら、若林が云ったので、裁判は若林だけを分離して進める事になった。

「殺す積りではなかったさ。だが右の腕を一本位貰う積りではあったよ」

と、永島はその日、若林が汽車で出発する時刻まで止めて置かれた裁判所の門を出ながら、薄暗の中でその女のように白い顔を私に向けながら話した。

彼はそんな風に思い切った事を、ポカッとやる男だった。しかし見たところでは、私たちの仲間中で一番穏かな人間に見えた。

私はそんな風な、彼に関する色々な話を思い耽っていた。もうやがて夕食になろうと思われる時であった。永島の事や夕食の菜の事や、放免後の事などごっちゃに頭の中で捻り廻していると、私の監房の扉が大袈裟にガチャッと鳴った。私はビクッとした。幾度聞いても監房の扉の音は、全く監獄にピタッとしている。あんな種類の音を社会で聞き得るものではない。私は耳の傍で一日中赤ん坊に泣き立てられる方を、まだしも辛抱する。殊に今日の運動看守と来た日には、それを知っているのかどうだか、ワザとひどく音のするように力一杯叩きつけるのだ。

その看守が扉を開けて立っていた。

「オイ」

と云って、顋をチョッとしゃくった。出ろと云うんだとは思ったが、私は腰を半分浮

かしたまま、

「何ですか」

と訊いた。

「出るんだ」

と章魚の吸盤に似た口を開いて、運動看守が云った。

私は出た。そして看守溜りの一隅の、法廷の粗末な縮図みたいな調室に入れられた。彼は私の後ろに立っていた。正面のドアを開けて、芝居の舞台みたいに一段高くなっている所へ、部長が出て来た。彼は机の前に立ったまま、まだ椅子にも腰を下さないうちから、

「おまえは今日歌を唄うのを聞かなかったか」

と訊いた。そして、腰を下した。

「何ですか」

「歌を聞かなかったか、と云うんだ」

波止場の隅に捨てられたワイヤロープを、彼の口髯から聯想して、私はいた。

「長い事もう歌も聞きません」

「馬鹿！　お前が運動に出てる時、十五房が窓から半身乗り出すようにして、怒鳴っ

たじゃないか、あれが聞えなかったか！」

「あ、あれですか？」

「あれですか、とは何だ？　聞いただろう。何の歌だった」

「あれが歌だったのですか？　私はまた何だろうと思っていました」

「おまえは十五房の唄うのを聞いただろう。そして半分身体を出したのも見ただろう」

「私は見ていました。私の家のある方の空を」

「十五房を見なかったか」

「ハイ、見ませんでした」

「歌は聞いただろう」

「ハイ」

「どの方面から響いて来た！」

私は部長の顔をちょっと見た。彼はボツボツ安心しかけているように見えた。

「私はまた、天が叫んだのかと思っていました」

「馬鹿！」

それから口ぎたなく私を罵（ののし）った。私は下を向いて低気圧の去るまで、毒菌に似た赤褐色の囚衣の膝を見詰めていた。

「どうしてもお前は、天が怒鳴ったと主張するんだな。記録に取ってもいいだろうな」

と、遂々痺れを切らして部長が言った。

「ハイ、天が叫びました」

と私は答えた。

私と一緒に運動に出た、他の囚人たちも十五房が唄ったとは云わなかったとみえる。十五房は懲罰を食わなかった。

それにしても、他の連中は何と答えたのであろう。不思議なものだ。彼等は十五房を知ってはいなかったであろうのに、彼を不利な立場に置きはしなかったのだ。

面白い事には、その時の看守はそれ以後、段々人間が練れて来たように思われた。彼はこう思ったのではあるまいか。

「囚人に罰を食わさなくても、囚人であるだけで充分罰を食っているのだ」と。

実際、それはその通りだ。そしてまた、懲罰を食う囚人も随分多いのだ。

監獄には変った事件はそう毎々起らない。

私も、この話をこんな変化のないところで打ち切りたくはない。それは変化のある話も稀にはあるのだから。

だがまた、こんな変化のない労役に従う囚人もある。それは監獄中の監房や事務所などに使う、水道の水を井戸からタンクに押し上げるポンプ番である。

彼は朝から晩までポンプを押している。真冬でも彼の額からは汗が流れている。彼の傍を通って運動場に出て行く、私たちを見る彼の眼は、砂糖臼に縛りつけられた牛の眼に似ていた。私は彼が二年も経ったら、きっと恐水病に罹るに相違ないと思った。

――一九二七、七、二八――

電燈の油

川向うには三軒の飯場が、貧民窟の塵箱みたいに三つ並んで立っていた。

その少し川上には、取入口の見張り小屋と、社宅が四軒、浴室が一軒建っていた。

氷の白い縁取りをした、青いリボンのような冷たい川が、桃園発電所[1]の方へ溯っていた。そして川上へのリボンは、堰堤と吊橋とで区切られていた。堰堤の真下の川原では、蟻かなんぞのように労働者達が一所に固(かたま)ったり、ぽつんぽつんと一人ずつ距離をおいて行列をしたり、散兵線を敷いたように踞(うずくま)ったりしていた。

珍らしく晴れた日であった。海抜三千余尺の澄明な空であった。寒気は厳しかった。

それらの景色は、彼が今立っている白樺の根元から見ると、何だか、この世の中がくよくよしなくたってでも渡れそうな、そう世智辛いものではないように思われた。橋本は、白樺にもたれながら考えていた。

――こんな所に来さえしなければいいのだ。何だって人間は、こんな所に来るんだ。自分で態々、登りつめた鰻のようにこんな山の中へ、登って来るからこそ、あの蟻のような人間共は、死ぬよりも悪い苦しみをするのだ。見ろ！　凡ての物事は運ぶ通りに運んでいるではないか。ほら、十台のポンプはパイプ一杯に水を吐いている。仲間達は、打ち欠けたガラスのような、痛い水の中に腰まで入っている。石を抱え上げているじゃないか。ポンプの下では、まるで、地球の中心を掘り当てようとでもするように、シャベルや、ジョレン(2)や鶴嘴で、かんかんに氷った砂や、玉石を起しているではないか。

ざまあ見やがれ！　てめえ達は、自分では砂を掘っている心算でいるが、ほんとうは墓穴を掘っているではないか。一体！　てめえ達は、何のために生きているのだ。生れたから生きているとでもいうのか。人間の体のありとあらゆる部分をどの位虐使出来るかを、自分で自らに試しているとでもいうのか。

俺は嫌だ。だから、「この寒中に尖ったガラスのような水の中に入らない」と俺は言ったんだ。するとどうだ。中山の野郎、お前は何しにここへ来たのかと吐しやがった。

「俺か、俺は飯を食うために来たのだ」

「飯を食うためには働かなくちゃぁならねえ」

「働いているじゃぁねえか。白熊みたいに、寒中の水の中に飛び込むのが、たった一つの働きか」

「誰も入らないと来たら、堰堤の根掘りが出来るか」

「てめえなんざ、酒ばかり呷りやがって、一滴の水も体につけねえで、梶棒をぶら下げて立っていりぁ、それで飯が食えるから、寒中の水がどの位冷てえかが分らねえんだ」

中山はいきなり橋本の頭を目蒐けて梶棒で殴りつけた。橋本は、飛び下った。そして長柄のスパナで、中山の梶棒を叩き落した。と、中山は彼が何時も愛蔵しているメスを抜いた。闘争は、百四、五十の労働者にいい見物であった。中山は傷害前科七犯を有する狂暴な男であった。

彼は、彼が指揮する労働者達は、絶対に彼に服従することを要求していた。服従しなければ、梶棒とドスが彼にあった。だが、正月の元日に、仕事をすることすら乱暴であるのに、水の中へ腰きり入って、石を抱え上げるということが、どんなに癪に障ることであるか。しかも、その賃銀は、一円二十銭ぽっきりなんだ。その凡ての同じ苦しみを、橋本の仲間達百数十の労働者は嘗めているのだ。そしてその凡ての労働者を凍死させる目的ででもあるかのように、豚のように川の中に追込む其奴が中山なのだ。

昨日、アメリカのある財団の派遣員を案内した、電力会社の社長一行の高級自動車が、七台も俺達の頭の上の街路を、川上の桃園発電所の方へ疾駆して行った。俺達は、その借金の抵当なのだ。中山だって、あの自動車の中の連中からみれば、まだ尻尾の取れないお玉杓子と同じじゃねえか。

だのに、このお玉杓子奴(め)は、メスを振って俺に斬ってかかる。

橋本は、憤怒で胸が煮え返った。彼が振り上げ打ち下すスパナは、中山と同時に、中山の頭の中に働いている非道な株主や重役の、搾取に対して向けられたものであった。

そういえば、橋本の敵は、中山の酒肥りしたテカテカの面(つら)は、社長の顔に似てるようにさえ見えた。橋本の敵は、中山一人だけではなかった。中山を通じて、労働者全体に覆い被(かぶ)さっている、白くして嫋(たお)やかで優しい手であるが、しかも最も惨虐な搾取の手に向って打ち下す一撃であった。

中山は、わざと、半分笑いながら、または笑ったように見せかけようと努力しながら、メスを腹の前に、橋本の方へ向けて握り締めながら言った。

「やくざ野郎！　てめえ等のような青二才に、こみやられるような、中山と思うか。来るなら、覚悟を決めて掛れ。でなけりゃ、そいつを捨てろ！　命が欲しけりゃ、今のうちに謝った方が得だぜ」

中山の言葉が、終(しま)いの二言位を言い切らない中(うち)に、橋本の最初のスパナの一撃が、中山の肩に当った。

　グスッ！　というような音がした。同時に、橋本の左の頬には、地獄を覗く穴ででもあるかのような、肉の窓が開いた。鮮血が、氷の上に飛んだ。橋本の第二撃は中山の頭に当った。中山は、満員席の後ろに立っている、活動写真の見物のように爪立ちをした。そして、橋本の心臓を覗ってただ一突という恰好をしながら氷った地面によろよろと倒れた。

　橋本の打撃は、中山の背中に向って、機械的に続けられた。彼の敵は、斃れた。だが彼の与えた憎怒と復讐に燃えた打撃は、中山を撃つのではなくて、彼の上へ上へと、そそり立っている搾取の白い手を殴るのであった。

　今は、橋本は断然、この呪われた工事場を切上げねばならなかった。橋本は、女房や子供や老婆を持っている（長屋持ち）労働者であった。

　白樺の、幹にもたれていた彼は、静まり返って何等の物音もなく、水の中で働いている彼の仲間達を見下した。

「さよなら！　お前達は何時までも、川の石と力比べをしているつもりかい。お前達の掘った、トンネルのようにお前達の生活は暗いのかい。さよなら」

自然の風物は、この上もなく清かった。空気は澄み切っていた。川は全くどんなリボンよりも綺麗だった。大地の肌の上には、落葉が真綿布団のように、深々とかぶさっていた。

彼は深い落葉を踏んで麓の方へ下って行った。

彼は、自分の長屋へ帰るという気持の出た刹那に、その意志とは反対に、家とあべこべの方へ歩き出した。昨日、彼の家で起った出来事が、彼が家へ帰ろうという考えと、反対の方へ彼を誘った。

彼は、も一人誰かを、いや、もう五人も、いや一切、人間の不幸の上に、生活の土台を置いているものを、力一杯ぶん殴ってやりたくなった。

昨日の昼食時間の事だった。彼は、畳にすれば四畳半位の、彼の長屋へ飯を食いに帰った。その部屋は、出入口の他には、窓というものはなかった。隅の方には、床板を張らない一隅があって、そこで丸太ん棒が燻(くすぶ)っていた。アンペラを敷いた床板の上には、橋本の母が、鼻持ちのならぬ悪臭を放つ分泌物で、襁褓(むつき)と、部屋中の空気を、煙のように充満させていた。護謨(ゴム)の焼ける匂いどころではなかった。彼の妻は、過労と絶望のために、神経病を起して、人事不省で寝ていた。その病気は、全く奇妙な病気であった。

どこへでも、彼女の気の向いた時、引っくり返ってしまうのであった。そして、鼓動が、天井からぶら下った煤(すす)の糸みたいに、ビリビリと揺れるだけのものであった。

呼吸は、口へ耳を持って行かなければ、しているかいないかが、分らなかった。三度目の発作の時に、橋本は仮病だと思って、女房の横っ面をぶん殴った。だが女房は、ぐっと横を向いただけで、瞳孔を開けたまま、首をぐらつかせたに過ぎなかった。

そして、最も悪いことには、昨日は、その二人の寝ている所へ、彼の二人の子供のうち、三つになる上の子が、囲炉裏の中に転げ込んだ。子供の右の手は、燃えさしの木の一本のように、焼け爛(ただ)れた。悪臭と同じように、泣声は部屋一杯に鳴り轟ろいた。老母は、聞える耳と、見る目は持っていたが、起ち上る足の力を持っていなかった。子供の母は、大きな目を開いてはいるが、その瞳孔には、何の姿も入らなかった。

隣りの長屋の、内儀(かみ)さんが、子供を囲炉裏から撮(つま)み上げた。

子供は、捻じ切れるような叫びを上げながら、母の隣りへ寝かされた。内儀さんは、橋本を迎えるために、帳場の方へ駈け出した。そこへ橋本が、帰って来た。

「嘉坊が、嘉坊が、火傷したんだよ」

「甚(ひど)くかえ！」

「右の手一杯だよ。外側がベロッと焼け剝(む)けているんだよ」

彼は全速力で、彼自身が火傷でもしたように、長屋に飛込んだ。

そこには、彼の母が、依然、鼻持ちのならない悪臭を放ちながら横たわっていた。彼の妻が、依然、瀕死の状態で横たわっていた。

女房の傍では、彼の長男が、汽船のホイッスル(汽笛)のように、口を開けて泣き喚いていた。二つになる次男が、兄貴の泣いているのを、面白そうに覗き込んだり、一緒になって泣き喚いたりしていた。

橋本は、じっと立っていた。彼の頭の中は、女房の眼と同じく、何物をも受けつけないように見えた。

彼は、ふうーと肺臓一杯の溜息をしながら、アンペラの上へ坐り込んでしまった。

「早く医者に連れて行かんか！」

と、内儀さんが後ろから呶鳴った。

——地獄——

橋本は呟いていた。

「早く連れて行かんと死んでしまうぞ！」

と、誰かが喚いた。

——医者か、医者もいいだろうなあ——

と、彼は鈍く感じただけで、ひどい瓦斯でも立罩めたような、薄い視線で、部屋中の、暗黒な惨たらしい情景を眺めていた。

長男の泣声は、鋭い鋼鉄の針金のように、耳から、彼の脳髄を突き射した。悪臭は、鼻にメリケンを入れた。それは頭にこたえた。

――死――

そのためには、仲間だろうが、社長だろうが、何奴でも構わない、手近な奴に打っつかって、ダイナマイトのように破裂したかった。

――死んだ方が、さっぱりする――

医者は、峻険な道三里の向うにあった。峻険な道三里、それは負ってでも行かれる。だが、医者の診察費、往診料、薬価それは峻険なる道千里の向うにあった。その道は、杜絶された道であった。

こんな状態の下で、人間は、何を生活の目標にするのだろうか？ 中山にしろ、その他多くの労働者達が、自分自身を自分の家族達を、自然と、機械と、過労と、酷使と、食糧の欠乏と不良と、絶えず死の淵へ追いやられる、この惨澹たる不幸、それは何を意味するだろうか？

事実は、橋本の周りのどんな者へにもかかわらず、彼の前に陰惨に拡げられていた。

母の命も、妻の命も、また子供の命も出来るだけの事をしなければならないのであった。橋本は、死人に等しい妻の傍へ寝ている、子供の所へ行った。そして自分の傷口でも見るように、子供の傷を見た。子供は、身悶(みもだ)えして泣いた。

「あいた――い。いたいよう――」

と泣き喚いた。

彼は、犬がするように、子供の、赤身の出た火傷の上を、嘗(な)めてやった。傷跡一杯に、唾液をべとべとに舐(な)めつけた。

味噌や、胡麻油や、醤油などが、火傷に利くことを彼は知っていた。だが、そのどれもひどい痛みを伴うものであることを自身の体験から知っていた。

子供、子供の命は、その親が与えたものではないか。自分の与えた命を、育て上げることは、親の唯一の喜びではないか。その喜びをさえ、橋本は持つことが出来なかった。犬がするような、猫がするような、原始的な治療法しか、自分の子供に与え得ないのが、橋本の現在の姿であった。

橋本は、子供の傷跡に、唾液と共に、埃(ほこり)の交った涙をさえ附け加えねばならなかった。手も足も出ない！　全く手も足も出ないのが橋本の姿であった。

この工事は、D電力株式会社の二万五千キロの発電所の取入口、堰堤修繕工事であった。

そこでは、橋本のうけた苦しみと、同じような苦しみ、同じような嘆き、それが半年の間に三十回以上も起った。

そこでは、苦しみに堪えることだけが生活であった。

炭坑や、トンネル工事では、多くの労働者達が生埋になる。

橋本や、その他の労働者達も、生埋の状態と変ったところがあるだろうか？

これらの悲惨な事実に対して、読者は作者を責めるかも知れない。

「何故それならば、作者はその労働者達を団結させないのだ」

その苦情が正当であることを作者は認める。それが正当であるからこそ、自分はこの文章を書くのだ。

よし、この文章が、芽出度し芽出度しに終らないからといって、作者を責める者があるならば、それは現在の無産大衆の一般的状勢を知らなさ過ぎるというものだ。屋外自由労働者に対しては、オルガナイザーの活動が足りないことを自分は認める。

しかし萌芽はある。

橋本は、川上を向いて、益々高くなる山の方の街道を鈍く歩いて行った。譬え生きた心臓を挽肉器にかけるとしても、橋本のような苦しみは、なかったかも知れない。

橋本は考えた。

——俺は、家へ帰るのが真実ではないだろうか。俺は家へ帰る。そして今まで多くの仲間がやったように、阿母(あぼ)と女房と二人の子供を締め殺してしまう。そして俺も首を縊(くく)る。なし崩しに死ぬよりも、自分で殺したり死んだりする方が始末をつけたということになるではないか？

だが、そんな始末をつける必要があるのだろうか？　成程、それで俺の身辺は始末がつくだろう。それと同じやり口で俺の周囲の身辺の始末もつくだろう。

労働者達が、自分で絞首台の台を蹴飛ばすように、どん底まで行って自分の始末をつける。それなら、一切、万事は、また文句なしに片がつくのだ。

だが、俺は別のやり方をする！　俺達が搾取されることは、俺達の責任ではないのだ。

俺は所を換えて、仇を討たなくちゃあならない。

彼は、一昨日、七台の高級自動車がドライヴした、その同じ道を川上に向って歩いて行った。

彼の歩いている、この川の沿岸、それにはＤ電力株式会社の数十の電力発電所がある。

その発電所の数千の、労働者の、赤い心臓の、赤い光が東京や、大阪や、名古屋や、その他の大都市の、あるいはホテルに、舞踊場に、活動写真のスクリーンに、大ブルジョアの玄関に食堂に、煌々(こうこう)と輝いている。

この電燈の光は、あるいはこの電力は、その燃え盛る呪(のろい)の眼を益々大きく睜(みは)る！　終(しまい)にはブルジョアジーを焼け溶すほどにも強くなる。橋本のその後の生活は、それを証明しているのであるが、それは次の物語に属する。

人間肥料

私の友人が私に言った。

「おい、俺たちの組合の研究会があるが、それに一晩話しに来てくれないか」

「一体どんなことを俺に喋舌(しゃべ)らせようってんだい」

「何でもいいんだよ」

「いけない！　俺みたいなヨタリスト(1)は組合の人から聞くことはあっても、話すようなことはない」

「元気を出せよ。何でもいいんだ。文学の話でもいいんだ」

「俺には文学なんて解らねえんだ」

「アッサリしてやがらあ。文学の解らねえものに小説が書けるかい」

「小説が書けても書けないでも、俺には人に話して聞かせるような智識は何も無いんだから仕方がない」

「それじゃ研究会を聞きに来いよ」

「うん。聞きにならいく」

そこで私たちは出かけた。

友人の家は全く奇妙な場末に在った。その家の立ち並んだ貧民窟は、揃って電車の響が嫌いなように、省線電車にも、市内電車にも、私設電車にも遠く離れていた。そのくせ電車通りよりも人家が建て込んでいて、一畳当りの人口が多かった。

私は友人の家の二階に上った。六畳の間であった。六畳とはいうが畳表というものは残骸も見られなかった。すっかり腐っていた。

畳だけではなく、友人の家は何となく瀕死の病人を感じさせた。

時は、天高く馬肥ゆる秋なのだから、一体ならば少々草疲れた家や人間からでも、どことなく引きしまったものを感じなければならないのに、ここはたがの外れた肥桶みたいに始末の悪い頽廃を感じさせた。

「いやに君んところは何もかも草疲れてるんだなあ」

「うん。今に、もっとよく分るよ」

「何だか臭ぇなあ。硫黄でもいぶしてるんじゃないか」

「あらゆるものをいぶしてるんだ」

「止せやい」

「ほんとだ。今に分るさ」

「消して来いよ。鼻持ちがならねえじゃないか」

「そいつが急には消せねえんだ。搾取が急に消せないように」

「謎みたいな事云うなよ。何だい一体、あの臭気は」

その時誰かが、階段をボキボキ折れそうな軋みを立てながら上って来た。

私たちは、階段の出入口の襖の方を揃って眺めていた。その襖は一方は下の方が二寸ほど開いており、片一方は上の方が二寸ほど開いて、この家の傾斜を示していた。

その下の方の隙間へ、摺古木みたいなものが三寸ばかり突き出た。次の瞬間には襖が、ガタガタ揺れながら開いた。

そこに現れたものは、すっかり角の取れた人間であった。それは文字通りに角のとれた、いわば、歯車からすっかり凸起部分がとれてしまった、といった風な活きた存在であった。

私は瞬間、愕いた。

それは火葬場附近でさえ、そう多く見られる種類のものでさえもなかった。火葬場附近で諸君が見られるのは、も少し突起部分が多いのだ。ところが、今、私の眼の前に現れたのは、今まで私が見得たどの存在よりも滑っこくて、のっぺら棒で、円っこいのだ。一口に言ってしまえば、彼または彼女は章魚（たこ）か海豚（いるか）かに似ていた。

その存在は矢張り海豚に似た口——突起部分は口だけであった——を開いて言った。

「今晩は、御苦労様でございます」

「今晩は、御苦労さんです」

と、友人の中山が直ぐに答えた。

中山は労働組合長をしており、一無産政党の中央常任執行委員であった。その彼が、私をこういう風な薄気味の悪い方法で歓待するという事は、私には不審であった。プロレタリアートの前衛は、も少し朗（ほがらか）に、快活に、闘争的に私を歓待してもいいではないか。これでは全（まる）でプロレタリアートの解放なんかという考えはケシ飛んでしまって、グロテスクな作風を好む、作家の気味悪い仕事部屋へ連れて来られたようなものだ。

「他の人たちも来ますか。今夜は幾人位来れるのですか」

中山は聞いた。

「仕事の都合で七人位しか来られないだろう、なんて言っていました」

と、嗄（しゃ）がれてはいるが、ハッキリした声でその男——男の声である——は言った。

「今日は、諸君が希望しておられた小説家の依田君を連れて来ましたよ」

「そうですか。それはどうもありがとう御座いました。此方（こちら）が依田さんでいらっしゃいますか」

「そうです」

と中山が言うと、その男は私の方を向いて言った。

「私は中山さんの組合にいる徳田というもので御座います。実は、私はあなたの愛読者でして一度お伺（うかがい）してお話を承りたいと存じましたのですが、御覧の通りな顔付や体になりまして、たとい私に罪が無いとはいえ、あなたの御迷惑になってもと存じまして、中山さんにお願（ねがい）してワザワザ来て頂きましたような次第ですから、どうぞあしからず、何か私たちのようなもののために、叫んで頂く機会があればと存じましたものですから」

「そうですか。それはどうも」

と、私は答えるには答えたが、この情景をどういう風に判断し、私の作とこの愛読者とをどう結びつけて考えていいか、てんで見当がつかなかった。

そのうちに二人、三人と集って来た労働者は、皆が皆、彼のようにノッペラボーではなかったが、手の指が無かったり、指の爪が無かったり、耳が半分溶けかけている、といった風な不具者ばかりであった。

私も労働組合を組織したことや、また、方々の労働組合を訪ねたり、争議にも度々参加したことがあるが、一口に言えば「化物屋敷」みたいに、こんなに不具者の揃っている組合を見た事が無かった。

私はこんな風な悲惨な状態にある労働者を前にして、何か話すなどという事は絶対に不可能である事を知った。

「私はあなた方に何かお話ししようとして来たのではありません。中山君が「研究会を聞きに来い」と云うので来たのですから、諸君のお話を聞かせて頂きたいと存じます」

と、最初に来た最も甚(はなは)しく角の取れた徳田を見ながら私は云った。

「じゃあ、依田君に皆で身の上話でも聞かせてやったらどうです。お茶でも飲みながら」

中山がそう云ったところへ、彼の細君がお茶を運んで来た。彼の新妻はまた、その夜、そこへ集った不具者と正反対に、若い魅力のある美人であった。

不具な労働者たちは、若くて美しい中山の細君を見ると、その眼を揃えて苦しげに光らせた。

その眼付きを私は忘れる事が出来ない。

最初の男が語り出した。

「今は、もう私も駄目です。もう何も摑(つか)むことが出来ません。お茶を飲むにも、ほれ」

こう云って彼は、擂古木のような両手を、茶碗よりも一尺も先に突き出して、キリンが水を飲むような格好で、畳の上から茶を飲んだ。

「もし、私が今の工場に入る前に労働組合や無産政党というものを知っていたら、私はこんなにまでなるのではありませんでした。人間というものは、いや、思い切りのいい人もあるだろうが、私は思い切りが悪かったのでこんなになっちまったのです」

「一体どうしてそんな風になったんです」

と、私は辛棒し切れなくなって訊(き)いた。

「あなたは私たちが悪い病気で、伝染する悪い病気でこんな格好になったのだとお思いになるでしょう。なる程、私たちは悪い病気に相違ありません。だが伝染はしないんです。私たちの工場に来さえしなければね。しかし、私たちの工場に来たが最後、そして思い切りよくそこから飛び出さなかったら、もう私みたいになるに決っているのです。見て下さい。私には歯も無ければ、爪もありませんでしょう。ここにいる一番健康な藤原さんだって、見たところは立派な男でしょう。だがもう歯と爪をやられているのです。

そこから一番にやられるのです」

「何だってそんな工場に勤めてたんですか。早く止めればよかったですね」

「ところがそう行かないのです。私たちはほとんど前科者か、それでなければ行き倒れになりそうになった人間ばかりなんです。誰だって、一時間後に死ぬる行き倒れよりも、もう数日間でも助かりたい、って心は持ってますからね」

「どうせ死ぬんだ。だが、どうせ死ぬにしても空き腹では死にたくない。腹一杯食ってから死にたい。と、行き倒れでもしようって人間は皆考えますよ。

私は生れてから此方、腹一杯でいるか、腹が空っぽでいるか、そのどちらかで、「ちょうどいい腹加減だ」ってな目に会った事がありませんでした。

腹が空っぽになると、私は掻っ払い、強盗、無銭飲食、なんでもやりました。一度なんかライスカレー三十六皿と、カツレツ二十四皿食った事がありました。無論警察へ突き出されましたがね。

「何だって手前無銭飲食なんかやるんだ」

と刑事が私の横っ面を十も殴った後で訊くんです。

「腹が空いてましたから」

と私が答えると、刑事が云うのです。

「それにしても手前、ライスカレー三十六皿と、カツレツ二十四皿と一つものばかり食う馬鹿があるか。どうせやるんだったら、何故もっと外(ほか)の色々なうまいものを食わないんだ。え？」

そこで私は言ったんです。

「へえ、今になってみりゃあ私もそう思いますんで」

そこでまた、私は十ばかり殴られて、おまけに殴った刑事は、全く愉快そうに笑いましたよ。

「間抜け目！　もう間に合わんわい」

ってね。そりゃ全くです。いつも私は後で「間に合わない」事ばかりやって来ました。御覧の通り、最後に来てしまいました。もうどうしようにも全く「間に合い」ませんです。

いくら腹が空いても、「前科者」なのでどこだって使ってくれませんから、「もう悪いことをすまい」と決心して、行き倒れのどたん場まで踏んばるんです。だが、どたん場になると、「もう一度腹一杯」と思うんです。無邪気なもんでさ。腹一杯食えば後はもう死んでも殺されてもいいと思ってるんですからね。ところが警察へつき出される、うまくはないが行き倒れる心配はない。掻っ払いをやる。監獄へ行く。腹は空くが飢え死にはしない。

結局、私たちはこう考えるようになるんです。

――俺たちは娑婆でまともに生きようとすると飢え死にしなけれゃならん。だが娑婆を荒す積りなら飢え死にしないで済む。――

とね。全くです。今では私たちの時と違って、やる奴も賢こくなりましたよ。「説教」なんかが出るようになりましたからね」

そこで私は口を挿んだ。

「近頃は人気のある泥棒が出ますね。鬼熊や説教強盗[2]なんかとても人気がありますね。偽物が出るなんざ面白いですね」

「全くです。だがもう私なんかコソ泥も出来ないんですからね。鉤が無くっちゃね。ハハ、、、、」

と、彼は、調子っ外れの豆腐屋のような声を出して、陰気に笑った。

もう一人の男は、足が跛で、歯と爪のない男が言った。

「私もその前科者なんですがね。私は徳田さんみたいに智慧がないもんだから、腹が空いて寒いのを着物のせいにしたんですよ。で、古着屋の店先からマントを外したんですが、アッサリ捕まっちまいましてね。マントを剝がされて、冬中寒い目に会わされて正月の十日の日に放免になりました。で、私は教誨師に頼んだのです。

「も少し暖くなってから出して下さい。でなけりゃとても寒くて出られやしません」ってね。

「それじゃ、免囚保護所(3)から着物をやるから仕事を世話する処へ行くか」

と言いますので、

「ええ、仕事さえ世話して下さりゃどこへでも行きます」ってんで、徳田さんと同じ工場へ来ちまったんです。ところがこの工場は監獄の工場よりも余っ程悪いんです」

「一体、どんな工場です。その工場というのは？」

と私は訊いた。

「そいつが、さっき君が消して来いと云った臭い工場なんだよ。消したくても中々消せない臭い工場なんだ。あの臭いは肥料会社の毒瓦斯の臭気なんだ」

と中山が言った。

「実際、堪らないね。この臭気は。よくこの辺の人は黙ってるんだね」

「黙ってはいないさ。住民はブツブツ言ってるさ。柱に打った釘が半年経つと腐っちまうんだ。植木だって盆栽だって片っ端から枯れっちまうんだ。人間は溶かしちまうんだ。ところが溶ける奴に瓦斯で溶ける労働者や住民と、金で溶ける町内の有志ってのが有るんだから始末がいけないんだ」

「ふん、まるで人間を肥料にする気なんだね」

そう云って私は考え込んだ。

「そうですとも、私たちは原料費の要らない人間肥料ですよ。まったく」

と、徳田が空洞を吹く凩(こがらし)のような声で、合槌を打った。

——一九二九、一、一五——

暗い出生

そこに一つの黒い影があった。

その影はこの地球に存在する無数の「影」と同様に、プロレタリアートの心臓を代表して打上げる呪(のろ)いと反抗の豊富な醱酵素であった。

彼は生れながらにこの世に対する鋭い呪いと反抗とを植えつけられていた。彼の漸(ようや)く活動し始めた可憐な胃の腑は、飢餓のために縮み上った。

彼は労働者の子として、生れ落るとすぐ、そのがむしゃらな憤怒を泣き声と一緒に吹き上げた。私は悲痛に彩られた世界の労働者としての彼の出生前後を、その歴史の第一頁として左に記録しておきたいと思う。

彼の母親はお初といった。

お初は臨月の腹を抱えていた。彼女の腹の中には機会を覘(うかが)って飛び出そうとしている彼がいた。

お初はもう長いこと失職している夫の長吉が、今日は何か仕事を見つけて来るだろうと案じて暮した。けれども夕方、蒼白く痩せた長吉の顔がむっつり黙って帰って来るのを見ると、その度毎に彼女はがっかりして溜息をついた。

「くたばって失せろっていう腹だ。ふざけてやがる」

長吉はきまったように独り言をいって、火のない火鉢の前にあぐらをかいた。

お初は長吉にどんな容子(ようす)だったかを尋ねる元気もなかった。彼女は時々窮屈がって手足を伸ばす腹の中の子を考えると、近づいて来る自分の出産のことが次第に気にかかって来た。

「早く何とかしてくれなければ困るわ」

「べら棒奴(め)！　酔狂で毎日歩いてるんじゃねえんだ」

「炭も米もないのにどうするつもりなの？」

「どうもこうも追っ着かねえや。一晩位は我慢しろ」

「そんな出鱈目(でたらめ)言ったたって仕様がないじゃないの。何とかして少し作って来て頂戴」

「逆立ちしたってどうにもならねえよ。まあ待て、明日になればまた何とかならア」

「呑気(のんき)なことを言う人だね。今が今困っているのに」

「俺の半天でも持って行けばいいじゃねえか」

「あんな襤褸をいくらも貸すもんじゃない」

「文句を言わずに明日を待て。明日なら俺にだって少しは宛があるんだ」

「宛になんかしていたら大変だ」

何分間かの後、お初は決心して長吉の「襤褸の半天」と、最後の自分の一枚のボロ羽織を風呂敷に包んで家を出た。彼女は疲れた牝犬のように力なくよたよたして歩いて行った。着ている着物を一枚ずつ剝ぎとられて行く心細さが彼女の胸を締めつけた。こんなことばかり繰りかえしていて、最後には一体どうするのか——いよいよどうにも動きのとれぬ最後のどたん場に陥りつつある自分達の哀れな姿に気がついて彼女は戦慄した。

お初の手には幾枚かの銀貨が握られていた。彼女は何と何を買わなければならぬと思って、胸算用しながら歩いていた。街の店にはもうまばゆい電燈がついていた。八百屋には水々しい野菜が堆高く積まれ、魚屋の店先には品物を吟味している客が一ぱい群っていた。

彼女はふとある呉服屋の前で止った。店にはメリンスや絹物の小布類が山と積まれて、売出しの楽隊が景気よく囃し立てていた。女客が店一ぱいに溢れて、小僧の送り迎えする元気のいい声が時々鳴り渡った。

お初も皆の後へついて店へ這入った。彼女はやがて生れて来る自分の子供に、どうにかして一重ねの着物を用意しておかねばならぬとかねてから考えていた。

「今夜このお金で買って縫おうかしら」と彼女は考えながら店の呉服類を漁っていた。

「思い切って買おう」

彼女は決心したものの、布を買えば今夜の米が買えないと思うとやっぱり躊躇された。が、この時彼女の頭にはある一つの考えが浮んだ。彼女は恐しさに足ががたがた震えた。

「高がこれ位のものだもの、分りっこないわ」

彼女は自分に言いながら辺りを見廻した。他の客達は熱心に積重ねられた布地を引繰り返したり、行ったり、戻ったりして雑沓した。

彼女は眼をつぶって手を引込めた。彼女の出張った腹が、一層醜く不恰好(ぶかっこう)に脹れて見えた。彼女は嘔吐を催しそうなむかつく胸を押えながら、そっと他の客の間をすり抜けて表へ出た。

「まあよかった」

外の冷い風が上気した彼女の顔に快く吹いた。彼女は後ろを振返らずにさっさと急いだ。するとこの時、

「もしもし、ちょっと」という声と一緒に、彼女の肩を摑んだものがあった。彼女はぎょっとして立止った。

「済みませんが、ちょっと来てくれませんか」

呉服屋の若い番頭が、彼女の袂を引きながら言った。お初はしまったと思った。その場でわっと泣き出したい衝動に駆られた。

「済みません。ほんとに悪いことをしてしまいました。お返ししますからどうぞ勘弁して下さい」

お初は隠していた一反の布地を番頭の眼の前につきつけながら震え声で嘆願した。

「ちょっとここでは見っともないから店へ這入って頂きたいです」

「ほんとにどうぞここで勘弁して下さい」

お初の顔は恐怖のために青ざめていた。そして彼女は泣いて謝ったが、とうとう番頭のために店内へ引きずり込まれてしまった。

間もなくお初は知らせに依ってやってきた××署の刑事に拘引されて行った。

お初は始終ぶるぶる震えていた。大変なことをしてしまったという恐怖のために、寒さも飢えも感じなかった。

「お前は悪いことと思いながら、どうしてこんなことをしたんだ。ちゃんと金は持っているくせに何故金を払わないんだ。人のものを黙ってとるのは泥棒だよ。いいか、高がネルの一反位をどうしてこんなことしたんだ」

刑事は今にも掴みかかって来るかと思われるような見幕でがみがみ言った。彼女は首垂れてじっと聞いていた。それがどんな事情に依るにしても、人のものをただ黙って盗むことはこの上もない不道徳であるという単純な常識から、刑事は彼女の行為を難詰した。

「そんな腹を抱えて警察の厄介になるなんて、見っともないじゃないか。欲しけれゃ何故金で買わぬか。この世の中は曲ったことをしては通りませんよ。いいか、あの店ばかりでなく外の店でもやったろう。こうなりゃお前も運のつきだ。どこどこの店でとったかそれを皆白状してしまえ」

お初はおどおどしながら刑事の顔を見上げた。何という小憎らしいことを言うのか、長い失職の中に食うや食わずの生活をして来た彼女等夫婦は、今、刑事の面罵を浴びるに値する何等の不徳義なことの片鱗さえもその過去には持っていなかった。彼女はここでふと幾分臆病すぎる長吉のことを思い出しながら、自分のちょっとした不心得に依って受けたこの侮辱を、どう叩き返してやろうかと思った。

「これ一つだけです」

「嘘ついちゃいかん。言わぬと白状するまでここへ留めておくがいいか。見え透いたそんな嘘を言うもんじゃない」

「ほんとにこれだけです」

「お前は図々しい奴だね。強情はここでは通りませんよ。僕をなめてるんだな、このすべた女郎奴！」

いきなり調帯(しらべかわ)(1)のような平たい手がぴしゃりとお初の頬に飛んだ。彼女はよろけながら口惜し涙を流して歯を食い縛った。

「お前のような図太い女は言うまで放り込んでおく。いいか」

「そんな無理を言ってどうします」

「生意気なことを言うな。お前は反抗する気か。この泥棒猫奴！」

また刑事の手がぴしゃりと飛んだ。彼女はじっと刑事の顔を睨(にら)んだ。自分のやった万引に対する自責よりも、次第に刑事に対する憤怒の情が彼女の心を焼きつくして来るのを覚えた。

「何という眼つきをしやがるんだ。よし、そんな気だったらこっちにも覚悟があるんだぞ。後で後悔するな」

お初は突き飛ばされるようにして留置場へぶち込まれた。

「お前は何を万引したんだ」

看守が格子戸の外から彼女を伺うようにして訊いた。けれども彼女は黙っていた。

もう全く夜になっていた。狭い留置室の中には黄色い少しばかりの電燈の光が格子を漏れて流れていた。寒い。じっと坐っていると、敷いてある薄べりを通して身体中の体温が地底へ吸われて行くように腰から下が冷えて来た。

彼女は腹を空かしている夫を思い出していた。作って来たあの金だけでも届ける工夫はないだろうかと考えた。長吉は自分がこんなところへ放り込まれていることを知ったらどんなに怒るだろう。

「魔がさしたんだわ。馬鹿なことをしてしまった」

彼女は後悔した。すると急に悲しさが込み上げて来て、啜り上げた。

何時間か経ち、寝る時間が来て看守が毛布を一枚ずつ入れてくれる頃から、彼女の腹がしくしく痛み出した。

「きっと冷えたんだわ」と思った。

お初は腹を押えながらじっと坐っていた。看守は度々彼女に毛布を敷いて寝るように言った。が、興奮した彼女は寒いのと毛布の気味悪く臭いのとで寝ることが出来なかった。それに彼女は、一体この事件の結末がどう片づくのか、心配で無理に眠ろうとしてもそれは出来ない芸当だった。

またしくしく腹が痛んで来た。彼女は聞き耳を立てるように腹の中の胎動に注意した。やがて生れて来る子供のことを考えると、彼女はいくらか晴々とした気持になって来た。子供が生れたら子供にだけは貧乏の苦しみをなめさせたくない。どんな苦しみをしてでも子供を立派に養育して行くことだけに一身を捧げよう。が、彼女は現在の自分の惨めな姿を思うと、腹の中の子供に対してまで済まないような気持がして来た。浅はかなことをしてしまったと思うと、彼女の胸はまた一ぱいになって来た。

自分を撲りつけた刑事や、番頭や、夫やの顔が次ぎ次ぎに眼の前に浮んでは消えた。失職以来すっかり元気をなくして以前よりは粗暴にさえなった長吉が、彼女にはこの世で一番慕わしい人に思われて来た。

「あの人は労働者だもの、私のことを怒るような人じゃないわ」

腹の痛みは次第に烈しくなって来た。彼女はどうしたんだろうと思った。彼女は立上って膝を崩した。すると引吊るような痛みが腹部から背骨へ走った。彼女は思わず唸いて身を横たえた。

「おい、どうしたんだ。毛布を敷いてちゃんと寝ろよ」

看守がまた外から覗きながら言った。

腹の痛みは時間を置いて規則的にやって来た。ひょっとしたら産気づいたのではないかしらと思うと、彼女の頭には氷のような悪寒が走った。

夜は更けて行った。

彼女の腹痛は、だが癒りそうもなく、時間の進むのと一緒に反対に烈しくなって行った。腹の臓腑を突刺すような疼痛が襲うて来る毎に、彼女は歯を食い縛って堪えたが、我慢が出来なくて微かに唸きを挙げた。すると看守は時々怪しんで覗き込んだ。

お初は耐えきれなくて遂に毛布の上に腹這いになった。時々気持の悪い水が胸から込み上げて来た。

「どうしたらいいだろう」

彼女は当惑して自分に言った。もしかしたらと思った出産が、次第に迫って来たことを彼女は予知せずにはいられなかった。

彼女はこんな豚小屋の中で可愛い子供を産むことを考えると恐しかった。彼女は呼吸を殺し、臭い毛布の上に顔を押しつけて唸くまいと努力した。息切れがして苦しい喘ぎが歯の間から漏れた。

「おい、お前お腹でも痛むのか」

と看守がまた言った。

お初は返事どころではなかった。

下腹部一帯の疼痛にじっと耐えている努力だけでも非常なものだった。

女としての恥かしさから、彼女は大きな力でのしかかって来る力をはねのけて、見苦しい唸き声を挙げまいということに全努力を打込んだ。

「隣りの女はどうしたんだい。眠れやしない」

と隣りの留置房の男の声が彼女の耳にも聞えて来た。

お初は毛布を被って腹這いになったまま、両手にしっかりと拳を握りしめていた。彼女はもう自分が子供を産もうとしていることに少しの疑いをも持たなかった。彼女は薄べりの下の床板を通して地底から来る氷のような寒気を今は少しも感じなかった。労働者として、あらゆる虐げの中に生きて来た長吉の子を、自分は更に頑強に力強く守り育てるために産まなければならない。

留置室の四角な箱の中で、彼女はもう今は女としての慎ましさをすっかりかなぐり捨てて唸いた。板壁の汚れた木目がぼやけたり霞んだりした。

「おい、困ったな」

看守は明らかに狼狽し出した。

辺りはしんとして、留置人の囁く声が、時々漏れて来るばかりだった。

長い間彼女等を飢餓線上に追いつめて苦しめて来たものに対する憎悪と呪いとを、彼女は微かに唸くその合間合間に、腹の中の子へはっきり刻みつけようとした。

「今産婆を呼びにやったから待っておれ」

看守は電話をかけて来ると、お初の留置室の前へ来て言った。が、もうこの時、彼女は忙しい息づかいに喘ぎながら、襦袢の袖を引ちぎって生れ落ちたばかりの自分の子をくるんでいた。

「おや、生れたのかい?」

と看守はびっくりしてまた飛び出した。

「この子が仇を討ってくれるんだ」

とお初は言った。

お初は寒さに凍えはしないかと心配しながら自分の羽織を脱いで赤ん坊の体にぐるぐる捲きつけた。

夜が明けて、一時間ほど経ってから、産婆が、彼女を始末にやって来た。

生れた子は男の子であった。八時頃になると珍らしい見世物か何ぞのように、巡査や私服が彼女の留置室を覗きに来た。赤ん坊はきれいにお湯をつかって、綿にくるめられ、上を襤褸で巻きつけてあった。

彼女は疲れて横になりながら、赤ん坊の顔にじっと見入っていた。夜っぴて苦しんだ昨夜に比して、彼女は一切の重荷を卸したような安らかな気で再び自分の事件について考えていた。が、生れた赤ん坊の和やかな顔を見ていると、自分の事件なんかどうでもよかった。彼女はこのような屈辱の中で産み落された子供に対する愛と呪いとの錯雑した感情の中に自分を浸していた。

「何故こんなところでこの子は生れたのか、私はそのことをこの子が大きくなったら話して聞せよう」

お初はそっと赤ん坊を引寄せた。急に涙が溢れて、赤ん坊の顔がはっきり見えなかった。

「おい、これをここの小使が赤ん坊に着せてくれと言って持って来てくれたから着せてやれ」

看守がこう言いながら一重ねの洗い晒しのメリンスの着物を差入れてくれた。

「まあ、親切な小使さん」

とお初は心の中で感謝した。

お初はすぐ着せようかどうしようかと躊躇した。そして巻きつけた襤褸の上からその着物を着せてしまった。やっと人間の子らしい恰好を整えて来た。

彼女は痩せた青白い腕に赤ん坊を抱き上げて「坊や」と一声を呼んでみた。赤ん坊は呼吸しているのも分らない虫のように眠っていた。

彼女は特に、別に二枚の毛布を許されてそれを敷いて赤ん坊と寝ていた。

一切を終って彼女はこれから先きの自分達の生活や子供の将来について考えていた。

ふと、がちゃりと留置室の扉が重々しく開いて看守が顔を出した。

「迎えに来てくれたよ」

と看守は言った。

彼女は頭を動かして看守の方を見た。

すると彼女は、看守の後について這入って来た長吉の姿を見とめて卒然とした。

「お初」

と長吉は名を呼びながら彼女の枕元へ寄って来た。

彼女は赤ん坊を長吉の方へ押しやりながら啜り上げた。

「心配するな。随分苦しんだのかね」

長吉はいつになく優しく言った。

そしてその枕元へぐったりと坐り込むと、飽かず赤ん坊の顔を眺めた。

猫の踊り

「拘禁されているのだ」と、思えば良いではないか、と、私は、自分に云い聞かせ続けて来た。

もっと、ひどく、悲しい、苦しい運命の下に喘いだ、自分だったではないか！

「苦痛に馴れろ！」と、では、お前は云うのか、と、私は、自分に反問した。

「いや、俺は、苦痛などに、馴れたり、甘んじたりなんか、しはしない」

と、私は、また、私に言い返した。


でなくとも、今は、余りに多過ぎる人たちが、苦悩に眼を瞑り、馴れ、諦めている時代ではないか。

「何という事だ！」

と、舌っ足らずで、半分も、ものを云わない、新聞を見てさえも、私は、腹が立って来るのだ。

いや、すべて、インチキだ。

インチキだけが、大威張りで、飯を食ってる時代なのだ。

真実に、ものを考え、行おうとする者にとっては。

などと、憤慨するまでもあるまい。

由来、文筆を業とする者には、時の権力に、追従阿諛する者は、そうたんとは無かったのだ。

ところがどうだ。

いや、私は、危く、小説を書く代りに、随筆を書くとこだった。いけねえ。

私は、空家の二階に住んでいた。

といっても、黙って、もぐり込んだのではなく、ちゃんと、友人の細君の仲介で、借り受けたのである。

二階、六畳と四畳半で、月十円、というのだから、間代としては、高いというほどではない。

それどころでなく、非常に安かったといってもいい。何故かって、下の、六、四半、二畳の室も、私たちが勝手に、使ったからである。集会の時に。

その上、台所のポンプは、私に湯銭を夥しく節倹させてくれた。何一つない台所で、私は、一日に何回となく、冷水を浴びる事が出来た。三十七ケ年振りとかの暑さも、井戸の水までも征服する訳には、行かなかったのだ。

会合のある度に、芝から高円寺まで歩いて来る仲間なども、この台所のポンプで「助かる」と云っていた。

私は、タオルを買う金が惜しくて、敷布の破れたのを引きち切って、タオル代りにしていた。

その後、タオルを買う機会に打つ衝ったので、較べてみたが、十銭位の新らしいタオルよりは、敷布の切れっ端の方が、余っ程タオルらしいってことが分った。糸のほぐれるのを辛抱すれば。

どうして生活していたか、という事は、タオルの問題よりも重要であろう。

私たちは、炎天の道を歩きながら、話し合っていた。

「おい、お前は、蛇だの亀だのってものが、羨しいたあ、思わねえかい」

と、私は、友人に云った。

「冬眠が出来るからってのかい？」

「うん、そうだ。冬だけではちょっと不自由だが、それだってお前、助かろうじゃねえか。冬は、炭だの着物だのって、夏ほど、楽じゃねえからなあ」

　友人の定村は、二人前の口腔を持っているので、その顔に特徴があった、がその口を蔽(おお)っている、二人前もある唇を、天の岩戸みたいに押し開いた。そして、重々し気に私に云って聞かせた。

「人間は爬虫類とは違うよ。爬虫類ならば、冬眠だが、人間が、そいつをやるとなれば、いつだっていいってことに、ならなけれゃ、「不思議」だよ。たとえば、臍(へそ)は生れたら最後、役に立たないが、あいつを利用して、あそこから、捻(ね)じ廻しでもって、ねじをかけるんだよ。「かっきり十年後に眼が明く」とか何とかいう風にだね。

　そうすれゃ、俺なんか、資本主義の寿命に見当をつけて、そいつが済む時分に眼が覚めるような具合に、捻をかけるね。そして、女房や子供には、もう五年位、長く眠るようにしとくよ。

　何てったって、建設期は困難だからね」

　実際、私たちは、冬眠ではなく、いつでも随意な時に、冬眠生活に入りたい時代であった。

それが出来ないばかりに、毎日に多くの人たちが自殺していた。

人は、自分自身の、胃腸の健康さに対してさえ、脅威を覚えなければならなかった。

私は、子供たちをその母親と一緒に、その実家に「預けて」来ていた。

これは、同じ「預ける」にしても、郵便預金や、銀行預金のような訳には行かない。殊に、子供たちは、東京の郊外から、空気が清澄で、風光明媚な、木曽谿谷の山の町に移ったので、驚くほど、健康を増した。従って、その食慾の増した事は、驚嘆すべきものがあった。

これは、私にとって、喜ぶべき事であったが、同時に甚だ肩身の狭い現象であった。ゴシップによれば、妻の親爺が死ねば、私に五万円転がり込む、という羨しい妻の実家は、税金の滞納で、箪笥や何かを差し押えられていた。農村に囲まれた、地方の小都市は、商品を店晒しにして、古くするだけの役目をしているようにみえた。

猫に、踊りを教え込む時は、焼けた鉄板の上に載せるのだそうだ。猫奴、足が熱いものだから、飛び上ったり、逆毛を立てたり、後足で立ってみたり、前足で逆立ちをやったりして、足の熱さを冷まそうとするのだ。これが習慣になったのが、猫の踊りと称される奴だ。

ところがどうだ。

私たちの足の下も、焼けた鉄板なのだ。どこに足を置き、腰を据えるべきか。

私は、別の機会に、支配階級だけの住んでいる「国」を書いてみようと、思っている位である。

私は、もう、東京で、足の下が熱くて居たたまれなくなったので、親子四人で、妻の実家へ、熱い足を移したのであるが、それにしても、ここだって、熱くも冷たくもなくて、至極、腰の落ちつけ具合が良い、というのではなかった。

つまり、私は、猫の踊りを、踊らなければならなかった。

さて、私の空家の二階住いは、かっきり一ケ月の間続いた。

私は、寝たり起きたり、水を浴びたりするのは、その空家でやった。食事は、定村の食客になって、朝晩、飯を食いに通っていた。

この生活は、私自身にとっても、かなり不思議なものであった。

その空家の階下で、私たちのグループの会合が開かれ、色々な話し合いをし合う時は、私は、そのグループの一員であった。その時は、そこは、賑かでもあり、活潑でもあり、愉快でさえもあった。

皆が帰ってしまって、私一人になると、私は、私が「一人」である、という事に対してさえ疑を持った。

——俺は一人前ではないのじゃあるまいか。半人前位のものか、または、それ以下なのじゃあるまいか。

そして、集まりの無い日が、幾日か続くと、私は、自分の巣の、空家の二階が、ひどく埃だらけである事に、気がついた。私は、丹念に独房を掃除する囚人のように、そこを掃除するのであった。

私は、私の頭の中に、うるさく、夕立雲のように、むくむく湧き上って来る、疑念と闘うか、忘れるかする必要があった。

「反動期に際会して、自信が無くなったり、疑を持ったりするのは、小ブルである」と、批評家が、百万遍云ったところで、私は、自分を疑ってみる癖を止める、という事は出来なかった。

私は、そういう人間をさえも、疑ってみるのであった。

——あいつは偉い。それは俺も知っている。だが、よしんば、あいつが偉いにしても、俺たちを、あいつ等よりも、馬鹿だ、とか、卑怯ものだとか、何だかだと、わいわい書いたり騒ぎ立てたりする必要があるだろうか。ひょっとすると、あいつは、「俺はお前たちより偉い」という事を証明するために、他人(ひと)を扱(こ)き下す「必要」が、生ずるのではあるまいか。さもなければ、偉いとか何とかいう事を抜きにしても、あいつは、倉庫の中に金塊でも積んでおくように、頭の中に「自信」だけ、積み込んでいるんじゃあるまいか。こんな事を考えるのが小ブルなんだろうか。俺は一体小ブルなんだろうか。そうだとすると、どこがそうなんだろう。いろんな事を考えるのが、いけないんだろうか。いや、教育が無いからいけないんだろう。いや、俺には、俺に貼りつけられたレッテルが、どんな色をしていようと、俺は、カメレオンみたいに、そんなにしょっ中、変色してやしない積りだ。俺は、白地を、いきなり赤地に染めちゃったんだろうか。ええい、くそ。それじゃお門(かど)が違わあ、勝手に、何とでも云やがれ、俺は、黙って辛抱してるんだ。やれる事だけやってりゃいいいや。——

この当時、軒並といっても過ぎないほど、各種の労働争議が、頻発していた。そして、その争議の多くは、工場主や経営主が、行衛不明になっちまう、というのがお定まりみたいであった。

そのうちの一つの、ある映画従業員の争議に、応援に行った私は、私の実感を次のように述べた。

――私は昨夜、久し振りに銭湯に行きました。久し振りにです。そして、そこのお湯に浸って、何気なく効能書を見ますと、リウマチ、神経痛、動脈硬化、皮膚病、肩の凝りなどにいいと、書いてありました。これは大変結構なことです。五銭で、垢を洗い落して、サッパリした上に、これだけ効能があれば、大したものだと思って、読み続けて行くと、後が悪いのです。消化を助け食欲を増進す。とあるのです。

こいつあいけない。前の方だけで沢山だ。後の奴は桑原桑原！と、私は、早く上りさえすれば、後の効力（ききめ）が追いつかないとでもいうように、慌てて上っちまいました。何故かって、私は、生れつき胃腸が丈夫な上に、目下、失業同様な身の上で、友人の家に食客になっているからです。ところが、その友人てのが、私が転げ込んだために、三食を二食にしちまったのです。すると、慌てたのは、そこの三つになる子供です。正に、欠食一歩手前と悟ったものか、食事時の緊張振りというものは、見るも哀れな位なのです。つまり、この私が、三歳の幼児の領分にまで、文字通り「食い込んだ」訳なのです。

如何に私が、消化を恐れ、食慾の増進を恐れるかは、御察し下さる事と存じます。これは私の場合は、私が米を作る、農民で無いのですから、仕事も無いのでありますが、米を作る農民自身が、これ以上の状態なのであります。――

と、いった風な事を喋舌（しゃべ）ったので、私の考えは農民の苦惨な生活の上に落ちた。すると、私の頭の中は、都市と農村との、焼けた鉄板の上を、猫のように逆毛を立てて、踊って歩く、私たちの一家の生活が、一杯になってしまった。

と、同時に、これは「俺だけではない」という考えが浮んだ。

――これは、私の場合でありますが、諸君の現在の状態も、遅いか早いかの問題と思います。――

そう云って、「今は冷静な聴衆である諸君も、遠からず、計画的な、情熱的な行動者となるであろう」という風に結んで、私は壇を下りた。

会場はとても暑かった。私は汗で、体中に、キャラメルをしゃぶった、子供の涎でもくっつけられたように、ネトネトした。

次には、まだ若い映画館の女給さんが立って、熱弁を振っていた。

私は、ぬけぬけと、偉そうに人の前で喋舌ったので、少してれて、友人と急いで会場を出た。

この夜、一緒に歩いた友人は、腕のいい大工であったが、半分以上失業していた。

一緒に外に出ると、

「五十銭ばかりあるから、一杯、飲まないか?」

と、私に言ってくれた。

五十銭というと、当時、茄子が、夜店で五百個買える金額であった。

私は、自力更生なんかという、苦労も知らなければ、時代も知らない、老人たちの云い草が、癪に障ってならなかった。

農民が、茄子五百ケを五十銭で売らねばならない時に、酒、煙草、その他の税金が、一銭だって下ってるか。

汽車賃だって下ってるか。

重役の奴等は、疑獄だの、横領だのを、散々っぱら働いてる時に、俺たちからは、ガスや電燈は、いきなり止めて行きやがる。

私は、支配階級と、その側にくっついて、大衆を踏んづけている奴等を、蛇のように、執念深く呪っているのだ。

「五十銭ばかりって、君。酒一升の中にゃ、四十銭の税金が這入ってるんだね」

と、私は友に云った。

「そうだってね。だけど、何もかも、無茶苦茶だよ。村会議員から代議士。村長から大臣まで、無茶をやるよ。全く無茶だよ。僕の行ってる家に、大変な家があるんだよ。債券の利札だけで食ってるっていうんだよ。それがさ、女中だけ五人も使ってるんだよ。使われてる人間は、女中が五人だが、使ってるのは、若造がたった一人なんだ。若造奴！　何をしてるかっていうと、「君たちの仕事は刺戟が多くって面白いだろうなあ」って僕を羨しがってるんだ。どうだね、五十銭ばかり、湯水みたいに使っちゃおうよ」

一方、私は「消化」を恐れている。

一方、私たちは、「消化を恐れる」ような気持を、忘れる事も求めている。

営養の必要なように、睡眠も必要なのだ。

私は、友人に、しつこいほど、明日の飯代は大丈夫かと訊ねた上、大丈夫だという言質を得たので、

「じゃあ、安いうちを知ってるから、そこへ行こう。十銭で二合余り飲ませるうちがあるんだ」

そこは、会場から十町余りも離れた、私の空家に稍々近い処にあった。

私は、合羽を売ったり、破けた帯を売ったり、古雑誌を売ったりして、その酒場へ、寝酒を時々飲みに行っていた。

その酒店は、ソーセージみたいに、両側の括れた、中だけが路幅の広い道路に面していた。何だって、あんな、変てこな道路を造ったんだろう。町会議員が砂利を食うためか、地主が、地価を吊り上げるためか。

その、ソーセージみたいな通りで、一銭に十個の茄子を売っていた。そのお百姓のお

やじは、五銭玉を持っては、私たちの行きつけの、酒屋へ、「チュウ」を呷りに来た。

そのおやじは、「忘却のために飲む」などという言葉は、使いはしなかった。

「チュウでもやらなけゃ、やり切れねえ」と云っていた。

こういう、いわば、人世の滝壺ともいうべき、町では、巡査というものが、メーデーだの、米に関するデモについてだのの、場合における巡査と、甚しく様子が変って来る。

一方では、顎紐をかけて、ゲートルをつけて、密集した一群の巡査であるが、この滝壺に現われる場合は、「見て見ぬ振をする」それになっている。

適当であるか、どうかは分らないが、ゴーリキーのドン底に出て来る、巡査を、(1)私は聯想しないではいられない。

それも、その筈であろう。

私が、この前、定村と二人で、そこで飲んでいる時であった。

ひどい眇目の男が、のれんを押し分けて入って来た。

「〇〇はいないか?」

と、いきなり、年齢不詳の男が、誰に向ってだか分らないが、聞いた。

そこには、店の番頭と、私と定村切りであったが、私たちは、その男を知らないので、十銭に約二合の酒を、チビリチビリ飲んでいた。

「ようし、返答しねえんだな」

と、云って、その男は出て行った。

私と定村は、顔を見合わせて、ちょっと、溜息をついて、また、飲み続けた。

暫くすると、また、眇の男が入って来て、

「何が可笑しいんだ」

私たちに云った。

可笑しいどころではないのだ。溜息をついて、嘆息していたところなのだ。――兎に角、世の中が面白くないのであろう。何かに反抗したいのだろう。ムシャクシャするんだろう。――

と、思ってさえいるのだ。ただ、こんな、二合に近いか、余るかの酒を十銭で、一斗樽の上に、腰を下して飲んでる人間を、その、喧嘩相手に選ぼうとする事が、間違っているのだ。

だが、また、こういう酒場にこそ、導火線に火のついているような、人々が来て、急いで安酒をぶっかけて、導火線を引き千切って行こうともするのだ。

定村は、おとなしく答えた。

「何にも云わなかったですよ」

眇の男は、私たちを見詰めていたが、直ぐ出て行った。

私が、眇と思ったのは間違いであった。その男は、眼を据えていたのだ。道理で、薄気味の悪い、眇だと、私は思ったのだった。

大工である友人と、その店に行くとその夜も、例の眇目の男が来ていた。

その夜も、その男は、私たちに搦(から)んで来た。が、私たちは敬遠していた。搦んだところで、向うの男は損をするだけなのだ。徒(いたずら)に精力を使わせて、骨折損をかけるのは、私たちといえども慎しむべきであろう。

私は、友人と、量は多いが、質は頗(すこぶ)る稀薄な酒を飲みながら、その男が、何だって、もっと高級な酒場なり、カフェーなりの、客を物色しないだろうと思った。この酒場では、最後の五銭、または十銭を、飲み乾してしまう連中なのであった。

私は、よく思うのであるが、喧嘩をするのにも、手っ取り早く、手近かにあるものの方が、気楽にやれるものとみえる。

仲間喧嘩の如何に多い事よ！　だ。

階級闘争の前に、先ず、同志打をやっているのではあるまいか。

私は、空家の二階で、いつものように、眼を覚ました。六畳の方は万年床が敷きっ放してあるので、四畳半の方へ、いざって行って、煙草の吸殻を探した。足の低い、丸いチャブ台の上には、二人の子供の写真が、インクの箱に凭れて、私を見ていた。

田舎の町で撮って、妻が私に送ってくれたものである。撮る時は、写真機のレンズを見詰めていたものとみえて、どんな風に斜にしても、二人は、私を見詰めている。

「父ちゃん、また、酔っ払ったね」

「父ちゃん、また、酔っ払うの」

「父ちゃん、お仕事して、パン買ってね。クリームパンだよ。ね、ね」

「父ちゃん、どうして、よそのおじさん、たんすを持ってったの？　僕、邪魔になんかならないのになあ」

「父ちゃん、たんすの角で、頭を打ちゃしないよ」

「父ちゃん、東京へ帰ったら、早くお仕事して、呼んでね」

などと、この写真の子供たちは、切実極まる事を、この半端な親爺に話しかけるのである。

「まあ、そう云うな。父ちゃんは今、一服煙草が吸いたいんだよ」

と、私は、独り言を呟きながら、写真から眼を外らした。

東北では、五歳から下の児たちが、沢山、餓死しているという。全国の津々浦々で、沢山の幼い生命が、親子心中の犠牲になっている。

何という世の中だ。

私は、「子供を育てる」なんて、僭越な事を思ってはいない。「育って貰う」のだ。軽い万年ペン一本で、二人の子供たちの四本の箸を、支え切れるかってんだ。

重い沢山の、鶴嘴や、鍬でさえも、軽い箸を支え得ない時代なのだ。どいつだ！　労働者、農民の、豊富な膳から、かっ払って行ってしまう奴は！　膳の上には豊富に実った穀物があるのに、口に持って来ようとすると、いつの間にか、捲き上げられてしまっているのだ。

私は、バットの吸い殻を、新聞紙の上に、湯ざましの中から引っくりかえして、一口、吸うに堪えるのを探した。ところが、大抵の奴は、吸口まで焼けているのだ。

「税金の払い戻しをさせりゃ、今から、俺は、煙草屋が始められるんだがなあ」

このだらしのない、私という父親は、バットの吸殻などに拘泥しないで、勇敢にやっつければいいのだ。

何を！　××××みたいにか！

そう簡単にも、勇敢にも行かないのだ。

私は、まだ、定村は寝ているだろうとは、思っていたが、腹が空いて来たので、経木の帽子を被って、炎天の下に出た。

――人生四十にして、一家を成さず、か――

と、私は、袋小路から出る曲り角で、呟いた。

定村はまだ寝ていた。私は、鳶が餌を覗って空を舞うように、朝食を覗って、定村の家の廻りを、大通りや、路地などを、ギクシャク曲りながら廻った。

この場合、鳶と私との差は、足に有った。鳶の足には、砂っ埃は溜らないからいい。私の足は埃だらけになった。

「おい、定村あ、起きろよ」

と、辛棒がし切れなくなったので、定村の小さな借家が、動き出すほど、強く表戸を私は揺ぶった。

――大変な居候だ――

と私は思った。定村が起きて表戸を開けてくれた。

家の中は、便所の臭気と、人いきれと、外側から焙り立てる太陽の熱とで、ひどく息苦しかった。

「よく、こんな暑い処で、朝寝坊が出来るもんだなあ」

と、私は云った。

定村は、青い顔をしていた。そして、顔がむくんでいた。

「いや、大変なことをやらかしちまった」

と云って、彼は、表へ出て行った。

暫くして、定村は、包み紙の汚れた紙包みを一つ持って帰った。

定村の三つになる子供への、ロシヤパンの土産であった。

子供は、パンに飛びついて、貪り食った。

「うまそうに食やがるなあ」

と、私が云ったのに対して、定村は、

「うまい筈だよ。このパンは二十円についているんだもんなあ」

と、細君の方を盗み見しながら、頭を掻いて云った。

「さては、酔っ払いやがったな」

「申し訳のない事をしちゃった」

と、定村は、全で、私の金を遣い込みでもしたように、閉口し切っていた。

定村の、思い出しながら、ボツボツ話した事は、

「昨日、稿料を二十三円、原稿と引き換えに貰ったんで、尻尾だけ飲もうと思って、新宿で一杯やったんだ。それも、一人で飲んだんじゃ済まないと思って、新宿では、ビールをコップに二杯だけにしといて、君の家へ行こうと思って、省線で帰って来たんだ。その途中に俺の家があるんだから、寄って、二十円とパンだけ置いて行けばよかったんだが、そこが、ほら、空きっ腹に、久し振りのビールが入ったんで、変な気になったらしいんだね。わざわざ、家の裏を通って、君の家の方に行ったんだね。その途中でさ、カフェーの入口に盛ってある、波の花を、踏み潰して歩く事に、何という事はなしに、興味が湧いて来たらしいんだ」

「詰らねえ事に、興味を覚えやがる奴だなあ」

と、私が云うと、

「まあ、そうまぜっかえすな。兎に角尻尾だけ飲もうって気なもんだから、肴は何も取らないで、塩豆だけで飲んだ。今考えると馬鹿馬鹿しくって、仕様がない。ビフテキでもフンダンに食うんだった。そのうちに酔っ払っちゃって、誰かに喧嘩を吹っかけられたらしいんだね。その揚句、突き飛ばされるか何かで、財布は転げ出る、僕は転んだままグーグー寝ちまった。てな事らしいんだ」

それで、定村の青い顔をして、悄気込(しょげこ)んでいる訳が分った。

私は、慰さめねばならなかった。そして、実際、その、ソーセージみたいな通りでは、定村が二十円かっ払われた夜、ひどい喧嘩があって、一人の男は、顔に、二十針も縫うほどの、傷を負わされたそうであった。そして、それから、三、四日経っての夜、今度は、顔を斬られた男が、その夜斬った方の男を「斬り返した」という評判であった。

その通りの下宿に住んでいる、友人のNは云っていた。

「いや、毎晩の事だよ。十二時過ぎてからは、毎晩、斬ったり斬られたりらしいんだ。別に、遺恨があって斬るってんじゃなくて、手当り次第――というほどでもあるまいが、兎に角、簡単にやるらしいね。昨夜なんか、いつまでも、「助けてくれえ」って、悲鳴を挙げていたよ。それが、どうも、斬り返された方の悲鳴らしかったよ」

そういう物騒極まる場所での泥酔事件だったので、

「二十円で助かったのは、君、拾いもんだよ。大怪我をするぜ。人心、物情、騒然たるものがあるのは、お互(たがい)に知ってるんじゃないか。もう止せよ。ほんとに気をつけろよ。この間の晩だって因縁をつけられかけたじゃないか。もう止せよ。あの通りは！」

と、私は云った。

「もう止めた。あの通りのみならず、外で飲むのはもう止しだ。そんな時代じゃないからね。どうも、君が癖が良くなったと思ったら、今度は僕の番らしい。そんな後継ぎは御免だからねえ」

そして、私たちは、初めて声を上げて笑った。

この挿話は、忘却を求めて、過ぎた場合の顕著な一例であろう。忘れるどころではない。一生涯、忘れる事の出来ない、大きな思い出として、定村には残るであろう。

私は、その後、その空家の二階に、かっきり一ケ月住んだ後、その空家を立ち退かなければならなかった。

その家の持ち主が、その空家に手を入れるとかいうのであった。

「手でも足でも勝手に入れやがれ！」

と、私は思った。そんな空家の二階なんかに、何の執着も無かったが、しかし、さしずめ、どこかに、寝るだけの巣を見付けなければならなかった。

定村の家へ転がり込む、という事は、私として忍びなかった。

猫は、も一度、前足で立たなければならなかった。

古い仲間の一人の細君が、「後払いでいい」という、下宿を、新井の薬師の側に見付けてくれた。

私たちは、荷車を借りて、そこへ引っ越した。

そこは、新井薬師の墓地の見下せる室であった。私は、その下宿の四畳半から、墓地を見下し、ブランコの鉄具のキーキー鳴るのを聞きながら、八年ばかり前に、思いを溯らせない訳には行かなかった。

八年前、私は、つい、ここから一丁とは離れていない家から、S刑務所へ入ったのであった。

その時も、今は亡い、二人の男の子を残したまま立ち去ったのであった。

夕方になると、私は、かつて私たちが住んでいた家の前を通ってみた。

その家は、八年前と同じように立っていた。ちょっと、雨が降ると直ぐ便所が一杯になる家であったが。

今も、私は二人の子供たちを、田舎に残して、自分自身でも、得態の知れない生活の中に喘いでいた。

多くの子供たちと、それを育てかねる親たちで、今地上は、呻(うめ)きもがいている。

私は、若い時と同じように、今の世相に呪詛(じゅそ)を送っている。そして、肉体の衰えて行くことを淋しく思わないではいられない。

ブルジョア共は、勝手な事をやってる時に、私たちは、飢えて死なねばならないほどの窮地に追い込まれて、喘いでいる。

だが、地鳴りがしている。

耳を澄ますと、山抜の前触れのように、地鳴りがしている。

私は、石にかじりついても、泥棒をしても、人殺しをしても、子供たちを育てて、新らしい時代を生むために生きて行くのだ。


――一九三二、九、七――

人間の値段

病院の玄関は清潔だった。正面は広い板敷きの広間で、突き当りには応接室があり、それを挟んで各科の、外来患者待合室があった。

受け付は左側にあって、土間からでは背の高い大人でも、首から上位しか出ない位の高さにあった。

浜辺と太田は、水を撒いたコンクリートの土間から凍み上って来る寒さで、靴を交る交る踏みかえながら、受け付の窓口の看護婦と問答していた。

「へえ、居ないんですか。おかしいなあ、I病院ってここでしょう」

浜辺は上着のポケットから、持って来た紙っ片を出して見た。

「矢っ張りI病院です。下流の方の工事場から来た労働者ですよ。頭に傷をして、それから気が変になったっていう病人ですよ」

「そんな人は入院していません」

と、もう、そんな漠然とした訊ね方なんてあるか、といった風な素気ない調子で、受け付の室では一番「頭」でありそうな看護婦が、電話のハンドルを廻し、電話番号表を見ながら答えた。

「居ない筈はないんだがなあ。ちょっと調べてみて下さい。病人は山下五郎というのです」

「いくら調べても居ない者は居ません」

そう云って、看護婦は電話をかけ始めた。

I病院の玄関から広庭を門の方へ歩きながら、浜辺は不愉快な変な気持に囚われた。

「太田、ここだって云っただろう」

「うん、この病院だって、隠居がちゃんと云ったんだ。ふざけてやがる。どうも変だ。外の病院を一通り聞いてみよう」

浜辺は四十歳位の、太田は三十歳位の、労働者風で、ゲートルを足に捲いていた。

晩秋で、天気のいい日は暖いが、だからといって、海抜千メートル内外のこの高原には、平地よりも早い冬が近づいて、山々の頂は白くなったり、黒さを取り戻したりする頃であった。

山間の小さな町ではあったが、病院が四つ五つもある位の町だったので、その一々の病院で、山下五郎という入院患者を尋ね廻るのには、足が相当に労れた。

「山本二郎という人なら入っていますが、その方は傷ではなくて、腹膜炎と肋膜と心臓と、その外沢山の病名で入っていられまして、この町の商人の方です」

などと返答された病院もあった。

一軒の全く綺麗な病院では、看護婦や医師が出て来て、

「そんな人は入っていませんよ。うちじゃかつて男が入院したためしがないですよ。ほら看板を見て下さい。何しろ産婦人科ですからね」

散々な恰好で、その綺麗な玄関を飛び出した二人は、また元のI病院へ引ッかえした。

「べら棒奴、産婦人科だって、工事場の医者は専門はそうだが、頭のへしゃげた怪我人だって入院させてらあ。殺すか生かすか、そんなこたあ知らねえが。ヘッ」

と、浜辺は云った。

I病院に再びかえって来た時は、鋸みたいにギザギザになった山の向うへ、秋の日が落ちて、もの淋しい寒さと、薄暮とが高原全体の上に蔽いかぶさって来た。

受け付でさっきの看護婦に、

「事務長か、副院長か、何かそういった風の人に会わせて下さい」

と、太田が云うと、

「御用件は何ですか」

と、顔を覚えてるとみえて、何か警戒するような口調で答えた。

「用件はお目にかかってお尋ねしたいのです。入院患者の事を聞きたいのですよ」

そう云って、浜辺は親方の名刺を出した。

「どうぞこちらへ」

と云って、突き当りのガランとした応接間に通された。二人はどうしても山下五郎を発見しなければならなかった。そのためにだけ、下流の工事場から一晩泊りで出て来たのだったから。

事務長に会うと直ぐに分った。その病人はもう六ケ月も前から入院していて、災害扶助法(1)の期限が切れているのだ。

「十二号病室に案内しなさい」

と、呼鈴を鳴らして、看護婦に云いつけた。

浜辺と太田は看護婦の後について、広い廊下を歩いた。建坪が広くなるということには一切考慮を払わないといった風な、田舎の病院の二間も幅のある廊下が、長く続いていた。もう、夕暗が家の中ではほとんど夜といってもいい位だった。電燈の灯が暗く、ところどころ廊下の天井から、ブリキの傘の下にとぼっていた。

幾つかの廊下を曲り、炊事場と洗濯場とを兼ねた大きな流しを三つも通り抜けた。防火扉らしい敷居が廊下を直角に横切っている、次の室が山下五郎の病室だった。

「ここです」

と云って、看護婦は行ってしまった。

六畳敷位の病室の中には、暗い電燈が一つ灯って、入っただけの時は、病人がどこにいるかが分らなかった。

「御免下さい」

と云って、浜辺と太田は病室に入った。が何にも返事は無かった。が、よく見ると、室の一隅の三角形になった処へ、屋根板みたいな布団を敷いて、そこへ傷ついた鷹が、堤に背を凭せて眼を剝いているような恰好で、病人がよっかかって、文字通り眼を剝いて睨んでいるのが分った。

その顔は歪んでいるように見えた。大抵の人間の顔というものは、一見相対的に左右が揃っているのだが、この病人の顔は何だか一方だけで出来ていて、右側の顔の部分が半分位欠けてしまったか、萎んでしまったのかと思わせた。それで、右の方の眼だけ、顔から余分にはみ出した、といった風な感じがした。

両手は力を入れて、布団の上に突っ張っているようだった。きっと背骨の重みを幾らかでも軽くするためだったろうと思われた。

病人の左手に高い窓があって、その外は塀が一丈余りの高さで突っ立っているらしかった。その窓の下にも一つ床が敷いてあって、そこには誰も寝ていなかったが、枕頭に、うどんの岡持(おかもち)が置いてあって、空になった丼が一つその側に有った。

「今晩は、遅くなって伺いまして、申し訳がありませんが、最初お尋ねした時、居ないなんて、看護婦が云うものですから」

と、浜辺は云って、灰が固まってしまって、炭の形さえもない鉄火鉢の側へ腰を下した。だが、病人は隅っこにじっとしたまま、些(ちっと)も動こうともしなければ、声を立てるのでもなかった。

「あの、山下五郎さんでしょうね」と、太田は病人の方へ云って、「オイ、病室を間違えたんじゃないかい。へまな病院だからな」と、浜辺に囁(ささや)いた。

「附添いの方が居られるとか聞いて来ましたが、どこかへお出かけになったのでしょうか」

と、浜辺は病人に、怒鳴ったといってもいい位、無作法な大声を出して訊(き)いて、バットに火をつけた。

マッチの硝烟の臭(におい)と、バットの臭とが病人の鼻を刺戟したのか、病人はノロノロと右手を上げた。そしてまるでその右手の指でこすり出したとでもいうように、

「う、う、う」

と、唸(うな)り声に似た発音をした。

いろいろな点から推して、剝いてはいるが病人の眼は視力を失っているようだった。それはちょうど、「隅っこからこうして眼を剝いている以上、もう俺から何もカッ払わせやしないぞ」と、威嚇(いかく)しているように、無気味な眼であった。

若い太田は夕飯を食って来なかったので、腹がペコペコだ、と、うどんの空丼を見ながら浜辺をつッついた。

「これじゃ話のしようがありゃしない。附添いの帰って来るまで、飯を食いに行こうじゃないか」

と、浜辺の耳に口をつけて云った。

「まあ待て」

と、浜辺は腹の空(す)いたことも忘れて、隅にいる病人を見入っていた。

――俺はこの病人に値をつけに来たんだ――

という考えが、浜辺の頭を一瞬ちょっと走り過ぎた。

そこへ、外の廊下を、人の足音が走るように忙しく聞かれ、襖に似たドアを勢よく押し開けて、極く若い、まだ二十か二十一、二位の青年が入って来た。

彼は入ると、うどんの岡持の置いてある方へ行って、病人の手に自分の手を触れた。

「帰って来たよ」という相図らしかった。そして、ひどくぶっきら棒な調子で、浜辺と太田を交る交る眺めながら、

「何か用事ですか」と聞いた。

「はあ、ちょっと御病人の事でお伺いしましたが、あなたは阿部さんですか」と太田が云ったのに対して、

「そうです」と、青年は答えて、額にかかって来る長髪を撫で上げた。その顔は細面で鼻筋の通って高い、だが青白くて疳癪持ちらしい感じを与えていた。

「そして、あなた方は一体どなたです」

と、阿部といわれる青年が問い返した。

「実は山下さんの事で、どの位の金額なら帰郷して貰えるか、まあ、ざっくばらんに云っちまえば、そういう訳なんです。あ、申し後れましたが私は太田高三という者です」

「失礼しました。浜辺一といいます」

阿部という青年の青白い顔に、急に火が燃え出したかと思われるほど、血が登って赤くなった。

「御覧の通りです。金は私が貰うのじゃなくて、この男、山下五郎といいますが、この男と、この男が故郷に残してある、三人の子供とその母とが貰うのです。ですが、私は会社の監督の森本氏が何故来ないいんだか、訳が分らないのです。原因はあの人にあるのですからね。いろいろ訪ねて戴くのは有難いが、来る毎に違う人が来て、当の責任者――それも職務上の責任者じゃ、ありませんよ。この男の頭に石を落して、こんな不具の体にしときながら、その当人が一度も当の犠牲者を見舞おうとしないんです。そして、金でだけ片をつけたがっているんです。そしてです、その金も話にならないんです。この眼ばかり剝いて、そのくせ何にも見えない、耳も聞えなくなって、嗅覚だけで生きてる、それも長い事生きて行くことは、到底も覚束ないのです。この三ケ月の間に――私は友人と交替して三ケ月前から附添ってるんですが――どの位衰弱したかお話も出来ない位です。その男に向って、三百円だけで辛棒してくれ、と云うんです。こんな不具者だったら、誰も始めっから、三百円なんて値はつけないでしょう。ロハだっていやですからね。だが、この男は元気で真面目に働いていたんですよ。鶴嘴を振って、汗を垂らして働いていたんです。そこへ上から石が落ちて来て、頭に「コツン」と当ったのです。

それも山が崩れて来るとか、抜けそうな玉石が抜けて来たというんなら、また、いくらか落度というものが、こっちにあると云われても、考えようもありますが、ステッキの先で撥ね飛ばした石ですからね。あんな高いピーア(2)の上から、何の必要があって石を撥ね飛ばすんです。下には数百の労働者が働いているってことは、もう一年半も前から分っている事じゃありませんか」

阿部は時々、横目で自分が介抱している、病人を見ながら、勢い込んで話した。

「そのお話も実は承って参りましたが」

と太田が云い出した。太田も若いせいと、会社の監督の立場とを考えての上で、少し興奮しているようだった。

「実はその責任者の森本氏は、すっかり神経衰弱に罹っちゃったんです。この一件ですね。というのは、ステッキで小石を撥ね飛ばすような権限は、会社は監督に与えていない、という理窟なのです。そうしますと、これは会社の関り合ったことじゃなくて、監督の個人の問題になるんです。そこで、神経衰弱に罹っちまったんです。明白に失策ですからね。賠償金は個人で出さねばならないが、御承知の通り、この会社は貧弱な会社ですからね。その上、首の心配まであるんです。そんな粗骨な監督は危くていかん、という事になりますからねえ。そこんとこへ持って来て、その次席の監督という奴が、技師長直系で何も分りもしないくせに、森本氏の欠点を拾って、こじ出してやろうと企んでいるんです。こいつは実にたちの悪い監督で、仕事の妨害以外は何もしないといった風な奴で、蚕の学校を出て、土木を「引き」でやろうっていう途方もない奴なんです。何でも技師長の何代か前の遠縁に当るっていいますがね。で、つまり、森本氏は挟撃されてる形になってるんです。何しろこの会社と来たら、長く勤めるほど給料が下るってんですからね。十年間に三度月給を下げられた、なんてのがいるんですから、で私たちも同情に堪えないんですが、森本氏個人を責めてみたってどうにもならないと思うんです」

山下は、二人の段々声高になって行く話も、耳に入らないのか、じっとしたまま、少し体を隅っこへ押し込めるようにして、眼だけ依然として剝き続けていた。

「分ります。森本氏の話は分ります。が、御覧下さい。この外傷性神経病患者を。森本氏の窮境に同情して「よろしゅうございます。分りました。そんな御事情でしたら一文も要りません」と、私がこの男の代人として云えるでしょうか。この男には三人の子供があるんですよ。まだ下のは家にいて、上の二人が小学校に通っているんです。そして細君が薪を背負い出したり、炭を運んだりして、この男から送って来る金を待って、暮しているのです。それに、私が、森本氏に解決を急いでくれるように、手紙を出さざるを得なくなったような事情も湧いて来たのです。ちょっとお待ち下さい。火を熾しましょう。冷えて来ましたからね。私たちだけなら寒いのを辛棒して寝てしまうことにしていますが」

そう云って、青年は廊下の方へ出て行った。炭を買いにか、火種を貰うためであろう。

「弱ったなあ。おっそろしくむずかしい話だなあ。おらあケツを割りたくなったぜ」

と太田は囁くように云って頭を掻き、隅にうずくまっている無気味な患者を、チラと見て眼を伏せた。

「分のいい話じゃあねえことは、初めっから分っていたが、これほどたあ思わなかったね。こっちの言い分じゃないが、こいつあ頑張られたって仕方がねえよ。だけど、そうでござんすかって引っ込んだんじゃあ、何のために日当を貰って来てるんだか、いい恥さらしというもんだ。が、それにしても、若い衆奴、なかなか弁が立つんでやがら。ちょっとしっかりかからないと、煽られちゃうぜ」

と、浜辺は数十年間その生活によって、決められた通りの、ものの言い方をした。

「腹ぁ空らねえかい。飯を食って来ようじゃないか。寒くていけないや」

そこへ、阿部が炭取りと十能とを持って帰って来た。

「わし等ぁ飯をまだ食ってませんので、どっかで腹を拵えて来たいと思いますが、あんたもまだだったら、如何ですか。附き合って戴きたいんですがね」

と、浜辺が云った。

「いや、私はもう済みました。よかったら電話でここへ取りますが」

「病人を前に据えてちゃ、悪いけれど、うまくないですからね。ちょっと食って来ますから」

と云って浜辺は腰を浮かしかけて、折敷けの構えみたいな恰好になりながら、

「何ですが、ちょっとおつき合い願えませんか。病人の見てる前で、たとえ見えないにしても、ああして眼を剝いて睨みつけていられると、どうも話がしにくくって仕方がありませんがね。聞えないんだということが分ってたって、ひょっとすると一言位は聞えるかも知れない、とも思いますしね。済みませんが御足労を願って」

「いや全で聞えないというんでもないんですよ。それから全で見えないというんでもないんです。ただ、聞かせるためには手を握っててやるとか、小学校の子供たちのするように肩を組んで、それから耳に口をつけて話してやるとかしないと、聞えないんです。それも聞えないというんじゃないんですよ。あなた方が話していらっしゃる事は一々ちゃんと聞えてはいるんですね。ただ、その意味が分らないだけなんです。一言、一言は聞えるらしいんです。だが、その言葉と言葉との聯がりがつかないんです。医者に云わ

せると、アルコール中毒のひどいのや、脳溢血後の患者に、こんな症状が起ることがあるそうですが、つまりこの病人にとっては、私たちが、この病人の一身上の重大な話をしているその話声が、そこの廊下をバタバタ歩く、無遠慮な看護婦の足音と同じでしかないんです。意味のない単なる音ですからね。だから、あなた方がどんな無茶な話を、この男の身上について、たとえば、「こんな体じゃ一両も出せないぜ」などと話したところで、聞えるが、そのために憤ったり、喜んだりするってことは絶対にないんです。これは、この男のために全で音が聞えないのよりはまだ悲しいことではないでしょうか。医者の云うところによると、こういう症状は医者でも解らないほど微妙な変化があるらしいのです。俗に「勝手つんぼ」と云いますね、自分に都合のいい事だけは聞えるが、たとえば借金取りみたいな都合の悪い場合は、頑強な金つんぼになる、といった風なあんな症状は必ずしも、全然嘘ではないらしいというんです。もっとも、まだ、今のところはこの病人はまだその点までさえも恢復してはいないらしいんです」

阿部はそう云って、哀れな病人の手を取って、彼の膝の上に引き上げた。

その時、病人の眼がちょっと動いて、顔の硬直したような筋肉が、少し動いたようだった。左半面だけのような感じのする、病人の顔が何かの表情をしようとして、ちょっと歪んだので、それは一層奇怪な、凄惨(せいさん)な気を見る者に伝えた。

阿部は、その病人の、木か何かで出来たような感じのする手を自分の膝の上で、握りしめて、

「御覧なさい。この眼を、この眼も今では明り取りの窓の役に立つだけらしいんです。耳と同じですよ。明るいという事は分るらしいんですね。こうして打っちゃっといて、私が出かけても、きっとこの隅に入りますからね。決して、この隅の方を向くことはしないんです。暗い方に何かの危険が潜んでいるとでも思うのでしょうか。この暗い隅の板壁に背中を固く押しつけるんです。堅い処に押しつけているという事で、つまり、もう背ろの方の暗黒との間に距離が無い。どんな危険も、背中と板との間に這い込む隙は無い、と感じるまで、出来るだけしっかり隅っこに嵌り込むんです。私は、始め、奴さん虱を湧かしたんだな、と思ったんです。奴さん、背中の虱が痒いもんだから、壁に押しつけて押し潰そうとしてるんだな、と思ったんです。何しろ明るいという事は感じることが出来ても、着物の裏をムズムズ這い廻ってる虱を見付ける、というような精巧な機能は、もうこの病人の眼玉から抜け出しちまったんですからね。で、私は可哀相になって、この病人の背中に、シャツの釦を外して、素手を突っ込んで、掻いてやろうとしたんです。私が手をそうです。手首にまでも背中に入れないのに、この遅鈍な病人は、飛び上ったんです。私は驚きました。飛び上るような恰好はしていませんからね。御覧

なさい。この通りの姿勢をしていたんです。この通りな姿勢をしていて、咄嗟に飛び上るということが出来るでしょうか。想像もつかないでしょう。それが飛び上って、啀むような声を出したんです。私は直ぐ手を引き抜いて、そうっと病人の処から離れました。すると、この病人は、体を右左に揺り始めました。こういう風にですね」

と云って、阿部は奴凧が空に昇って行く時のように、体を鈍く左右に揺ってみせた。

「それが、どうも、ぴったり壁の隅に食い込まないで不安だ、という風らしいんです。その筈ですよ。部屋の隅は直角三角形になっているんですからね。背中が、ぴったり嵌り込むっていう訳には行きませんよ。黙って見ていますと、三十分も一時間も、その運動を繰り返すのです。私は怖ろしくなって、この病人を残したまま部屋を飛び出しましたよ。何しろ、私が虱をとってやろうとしただけの、ちょっとした背中の皮膚への刺戟、それも虱のむず痒ゆさなら病人も馴れているんでしょうが、虱よりも数百倍大きな、五本の指を持った人間の手ですからね。病人は動物的な本能から飛び上ったんじゃないかと思われるんです。背中という奴は全く無防備ですからね。あるか無いか知らないがもし有るとしたら幽霊なんて奴ぁ、真正面から出てくれる方が助かりますよ。どうも後ろから幽霊が跗いて来るようだ、なんてのは気味が悪いですからね。それにこの病人はもう、自分が何気なく働いてるところに、つまり、無防備に後頭部や背中を上にして働いていた時に、石が後頭部に落っこちて来て、こんな風になったことは覚えてはいないらしいんです。けれども、何年か前に犬に噛まれた狂水病患者が、自分では意識しないで、犬の真似をするってのが真実なら、この病人にも、その頭の変になる刹那の衝動が、今だに意識のずっと奥の方に残っているとは考えられないでしょうか。何しろものを考えたり、感じたり、判断したりするその部分へ、直かに打っつかったんですからね。ハッ、とした瞬間に、まだ、この男の脳細胞が狂い出さない前に、「背後は危ない」と、思っただろう位の点までは、私、想像出来ると思うんです。だから、この病人の正面には警戒は要らない訳です。どんなにふくろうのように眼を剝いていてもですね。その代り背中の方はそうっとしといてやらねばなりませんよ」

阿部はそう云い終えると、山下の表皮のついたままの木のような手を、そうっと元の処へ戻してやった。それはこう云い添えているような調子であった。

「心配するんじゃないよ。突っ放なすんじゃないんだから」と。

「お話はよく分りましたが」

と、実は余りよく呑み込めない浜辺が云い出した。彼は何とか話をつけて「顔」を立てなければならない立場にあった。

「だが、その、一体、金額の方はどの位出したら折り合って戴けるのでしょうか。その方にもっと話を進めて戴きたいのですが」

「そうです。具体的な話をしませんでしたね。勿論、この病人の始末をつけるのには、今では金額に頼るより外ありません。それは私も残念ながら認めます。ですが、私はまだ御覧の通りの青二才ですから、世の中の事も駈け出しでよく分りませんし、まして、どうしたら事件はうまく解決がつくか、という事も心得ていませんし、正直な話、見当もつかないような有様です。ただ一つ、青二才の分際としまして、一切の事件が、「金」のために余り解決がつき過ぎると思うのです。一にも金、二にも金、金さえあれば片のつかない話は無い、と思われるのが悲しいんです。早い話が、この男の処置にしたって金が無ければ片はつかないんです。ですが、それならば金さえあれば「綺麗に片がつく」でしょうか。この眼や、この耳や、この人間に、金をたとえば一万円やったとしますね。そんなに出しっこはありません。あなた方を前に置いて失礼ですが半分も出しません。が、よしんば出してくれたとしても、それでこの病人が救われるでしょうか。救われるどころか十万円貰っても、大して長くは持ちますまい。病室が三等から一等に替り、附添いが私から白衣の看護婦に代り食事がよくなる、手当がよくなったとしたところで、全快はしますまい。ところが片がつくっていうことになれば、この男が健康で働いていた時の事を、思い出さない訳には行きませんからね。ところが、十万円でも片がつかないのに、四百円で「片をつけろ」ということになると、これはもう「ええい、面倒くせえ、片附けちまえ！」の「片附けに」なっちまいますからね」

「お話を伺ってると、だんだん話がむずかしくなって行くようですが、何とか」

と、今度は太田が云った。「どうも今の時世としては、外に仕方の無い話ですから」

「私も困っているのです。私だって、いつまでも恢復する見込の無いこの病人に附き添ってるという訳にも行かないんです。私も働かなければ生活出来ない体なんです。誤解の無いように申し上げておきますが、この病人に支払われる見舞といいますか、治療費といいますか、そんなものに眼をつけて、私は看病してる訳ではありません。私は交替させた友人と同郷の関係から、この病人を交替で見てるんです。お互（たがい）に働いて下宿代を送り合うということにしましてね。ところが働いてもその働いた本人が、食えるか食えないか、という時代です。で、あなた方に催促されるまでもなく、私も片がつけたくなって、森本氏に手紙を出したのです。多分、その手紙のためにあなた方の御足労になったのじゃないかしら、と思ってる位なのです」

「それは結構です。それならなおさら私たちの来た甲斐があるというものです。わしたちの来る時にちょっと耳にしたのは、警察でもこの事件を早く解決つけたいと云ってるし、森本氏もだが、ただあなただけが頑張って、いや、どうも、ざっくばらんに云っちまいますが、あなただけが難かしいんだ、なんて聞きましたが、それじゃあ、誰も、一刻も早く解決をつけたがってることに一致してるわけですね。それを承って安心しました」

と、浜辺は、阿部と病人の顔を見較べ、右の掌で顔を撫で下しながら、掌の下で太田の方へ目くばせをした。

――警察へ二、三度引っ張られたんで、弱気になったんだろう――

と、太田に目で云った訳だった。

太田は、早口で喋舌る阿部の話を、全部呑み込めた訳ではなかったが、兎に角、「片をつける」ために口を利いたり考えたりするのはもう真っ平だ、という気持になっていた。断崖の下でハッパ作業をしたり、高いピーア（橋脚）の上で作業したりする、日頃の自分の未来が、山下で暗示されているようで、理窟なしに不愉快な、沈み込んだ気持に陥っていた。早く話なんかつけないで、切り上げて、ハヤカン（淫売婦）でも冷かしながら、一杯呷らないことには、この「不景気」な気持は「背中の方から」工事場までも跗いて来そうな気持に囚われた。――考えてみれゃあ、会社の監督の神経衰弱なんか俺の知ったこっちゃないじゃないか。俺が怪我をして死んだって、そして、その原因がヘボ監督の設計の不備からにしたって、監督は涙一つこぼしっこありゃしないや。若い衆はうまい事を云やがったよ。「金のために何事でも片がつき過ぎるって云やがった」――「ところがです」と阿部は云い出した。

「誰も片をつけたがっているのですが、矢っ張り結局は金額の問題になるのです。ですが千円なり二千円なり一度に、という心算ではないのです。村税だって月賦で納める時代ですからね。千円一度に貰うよりも千五百円を二年なり三年なりに分割して貰いたい、とこう思うのです」

「それゃ願ったり叶ったりだろうと思いますがね」

と、早く話を切り上げたいためと、阿部の申し出が、まるでこっちの立場からでも云うようなのに同感して太田が云った。

と、浜辺は太田の尻を左手で捻りながら、

「いや、御尤もですが、それが一度っ切りの話にして戴きたい、と、こう云うんです。別に、長引いてるうちに金額を殖やしてくれとか、何だかだと、因縁をつけられるだろうと疑う訳ではないのですが、二年や三年はおろか、月々半年間という位なところでも、森本さんの神経衰弱の方が保つまい、とこう云うんです。ですから、御無理でも三百円位の一時金で、手打を願いたいとこういう訳なんですが」

「いやその話なら以前のお話と些も変っていません。森本さんが半年続かないのなら、会社に対して交渉するより仕方がありますまい」

「ところが会社は森本さんを馘切るでしょう。そうなると、工事上の責任が無い以上、会社に責任はない、と会社は突っ撥ねるに決ってますよ。そうなると、三百円はおろか、五十両だって出ない、ということになりませんか」

「御覧下さい。あなたの云う事は、このまだ死なないが、もう死にかけている、そして生きていたところで、「全く」何の役にも立たない、この病人を見ないで、頭の中でだけ、でっち上げた対策だってことを。あなたはそういう方針を授けられて、持って来られたのでしょうから、御無理もありませんが、これがあなたの友達で、私があなたに五十円も出せなくなるだろう、などと云ったら、あなたは憤り出しますよ。憤ったって、一文にもならなくたって憤り出しますよ」

阿部はまたしても熱して来たように見えた。少し膝を引きしめて、膝っこぶを両手で、灸の熱さを辛抱する時のように、力一杯に握り締めた。そして続けた。

「あなたは三百円で、一時に打ち切ってくれと頼まれていらっしゃいました。そして今それを云われました。そしてその通りになればあなたの顔は立つでしょう。その通りに実際運んで手打になったと、まあ、仮に考えてみましょう。その時あなたは「ああ可哀相なことをした。三百両ぽっちじゃあ、どうにもなりゃしない。病人の薬代だけにだって足りない位だ。それなのに家には女房が子供を三人も抱えて待ってるんだそうだが。それでは病人が早く死ねばいいが、あのまま死なないで、もし中風病みたいに、生きも死にもしないで、五年も十年も納屋の隅で、眼を剝き続けているとしたら、一体どうなるというのだろう。ああ、俺は殺生なことをした」とはお思いにならないでしょうか」

そう云うと、阿部はちょっと口を切って、病人の枯れたような手を、そうっとまた、自分の膝の上に乗せて続けた。

「今、この枯れたような病人を御覧になってあなたは「三百円でちょうどだ」と仰言れるでしょうか。その上おまけまでついているんですからね。女房と、三人の子供と。この四人の人間の命の問題なのです。ちょっとお待ち下さい」

阿部はそう云って、ポケットから新聞紙の折り畳んだのを取り出した。それは大分前の一週間以上も前の、この地方からずっと離れた、山下の出身地の地方新聞だった。

阿部はその新聞を、畳み目から破けないように叮嚀に拡げ、浜辺と太田の方へ押しやった。その時、阿部の手は顫えてるようだった。

「どうぞこれを御覧下さい」

そう云って、阿部は鼻を啜った。そして懐から別の新聞紙を取り出すと、それを拡げて顔中に被せるようにして、ジューンと、鼻汁をかんだ。

火鉢に火は熾（おこ）ったが、室を温めるというほどまでに炭が豊富ではなかった。寒さが山から降りてでも来るように、身に迫って来た。

「では、ちょっと拝見します」

と云って、浜辺は新聞を取り、太田と二人首を寄せて、阿部の指した、社会記事を読んで行った。

それは四、五行の珍らしくもない記事であった。

「これは、何か、病人と関係があるんですか」

と、浜辺はまだ解しかねたように、阿部に訊いた。

「そこに出ている「二人の欠食児童」というのが、この病人の上の二人の子供なのです。そして、「籾（もみ）を盗んだ」というのが、この病人の女房なのです。も一人の児は学校に上っていませんから欠食児童ではありません。その代り学校にも上っていないから、朝から晩まで家にいて「欠食」して、母親、この病人の妻ですね、その女親にうるさく「腹が空った、腹が空った」と云い続けただろうことは、新聞記事には出ていませんが、十分想像して戴けることだと思うのです。ところが午後になると二人揃って「欠食児童」が学校から仲良く帰って来るのです。そしてもう三年になってるんですからね。上の子はそして女の児ですからね。ですから母親に、「腹が減って堪らない」とは云わないのです。「母あさん、今日は父さんから送って来たの？」と訊くのです。その父ちゃんが、ほら、御覧下さい。あなた方の前でふくろうのように眼を剝いて、背中を用心するために、壁の隅に固く嵌り込もうとしている、この男なんです。この男が金を送れなかったのは、石がコツンと、案内なしで頭の上に落ちてからですから、かっきり八ケ月になります。二ケ月は工事場で、ただ、飯場に寝ていて、工事場について廻る、婦人科出の医者の「薬」を飲んでいたのですからね。ですが母親は子供たちに、「お父さんはこうこういう訳で生きるんだか死ぬんだか分らないような恰好で、寝そべってばかりいるんだよ」とは云えませんからね。たとい一度来てみて委しく病状を知っていてもですね。まして一度だって見舞いに来やしません。もし見舞いに来たいと思えば、小学校三年の女の児が、どこかの酌婦にでも売れるまで待たなければ、汽車賃も出来はしないのです。一方は眼を剝いて死にかけている。死なないにしても虫みたいにしてただ活きている。一方は籾でも盗まねば、子供の弁当につめてやる米なんか、ありっこない。地主に借りたらいいだろう、と仰言るんですか。貸してもよさそうなもんだ、と私も思いますね。勿論、この病人の女房は恥を忍んで、今まで百遍も断られた、その地主の処に借りに行ったんです。ところが地主はいつもの通りに、「一升だけ貸して下さい」と云うのに、「貸してはやるが、保証人を二人立てて来い。そして利子は金に直して年二割にしとこう」と云うんです。この病人の女房はそれでも保証人を頼んで一升借りた事があったんですよ、背に腹は替えられませんからね。ですが、百遍も、一升の米にそうそう二人の判を貰いに歩けますか。山の中ですからね。下の児を連れて二軒の小作を訪ねて、クドクドと判をついてくれと頼んで、地主の家で一升借りて来れば、朝、上の子供たちを学校に送り出しといて直ぐ出かけても、帰って来れば子供はもう学校から帰って、不安そうに母親の不在を待っていて、そこらの藪陰から飛び出して来るのです。子供心にも、「ああ、うちの母あは帰って来てくれた」と安心するのでしょうね。そんな風にして学校から帰った子供たちの前に、永久に姿を見せない母親が、村にだって一つや二つの例ではありませんからね。そこへ、この眼を剳いたふくろうは帰って行かねばならないのです。こちらで「片がつけば」、私は、どうでもこうでも、そのうちへ送って行かない、という訳には参りません。途中で河の中か何かに、この哀れな病人を蹴込んでおいて、三百円だけ持って「山下五郎君から言伝りました」と云って置いて来た方が、待っている女房や子供たちは喜びますよ。その方が実際的ですからね。そして、私は過失致死か何かで監獄へ行って来れば、大抵済むでしょうからね。「どうも目が見えないのに、私が大便をするからじっとして待っててくれ、と云うのに、病人のくせに、国に帰ったのを感づいたのか、歩き出したとみえて、用を済まして帰ってみると、どこにも姿が見えませんでした」と云えば、死人に口なしですからね。だが、何のために、私は誰にも害をしたことのない、頭に石の落ちるまでは、器用で、勤勉で、仲間たちに愛された男を、河の中に蹴込まなければならないでしょう。そんな「必要」があるでしょうか。あなた方は、ほら、あなた方の目の前にいるこの男を、このふくろうのような哀れな病人を、私が殺した方がいい、とお考えになれるでしょうか。如何でしょうか。私は、私は……」

と、阿部は、また、ポケットから古新聞紙をとり出して、鼻をかんだ。そして続けた。

「正直に申し上げますと、私はこの病人の前で、この病人の不幸について金額の話をするのが、堪らないほどいやなのです。たとい十万円にしてもです。それはちょうど、病気に罹って、「死ぬ前」に屠殺場に送って早く殺さないと、一文にもならないばかりか、食う事も出来なくなる馬の事を連想するからです。これは私が青二才で、今までこんな場合に幾度も出会って、馴れてしまっていない証拠でしょう。こんな事情は、日本中の町々、村々に毎日のように、数えることも出来ないほど起っている、「何でもない事柄」なのでしょうからね。で、それに馴れてしまえば、「三百円」、「いや八百円」、「いや三百五十円」、「では歩み寄って五百五十円」といった風に、取り引きすることが出来るようになるかも知れません。馬喰(ばくろう)が馬を売買するようにですね。そして、それは日常誰も些も疑おうともしないで、あたり前の事として行われている事柄です。そんなことにこだわっているのは、野暮の骨頂だということは、私にもよく分っています。ですから私も、このふくろうのように眼を剔いた病人をせり売にかけましょう。「三百円出す」と仰言いましたね。私の方では弁護士が、民事裁判にしたらいいだろう、と云っています。が、まだ弁護士は「値」をつけていないんです。弁護士は人間に「値」をつけるのが商売みたいなものですが、それでも、私が話した事情を聞いていて、値をつけかねていましたよ。ですが、私はその弁護士の方に、この病人の「値段」の方は一任してあります。通り相場というものがありましょうからね。残念ですが、私は青二才で相場の方はちっとも分らないんです。じゃあ、弁護士の方へ御案内致します。御食事を遅らせて済みませんでした」

と云って、阿部は、眼を剔いている山下五郎に、薄い掛布団を、顎から両肩を包むようにして、胸から膝の方へかけてやって、そして表皮のついた木のような手を、阿部の両手で挟んだ。そして蒸しタオルでも叩くように、両方の掌で叩いて、そうっと掛布団の下へ入れてやった。

こうして彼等は、すっかり暗くなった夜の中へ、山下五郎に値をつけるために、弁護士の事務所の方へ病室を出て行った。

窮鼠

中西仁という男の、東京における生活を是非書いておかねばならぬ。

どんな人間の生活だって、一と通り簡単に描くということは、楽な仕事ではない。

殊に中西のような人物の生活については、その困難は甚しい。

中西が住んでいた家は、鮑みたいな外観を持っていた。

非常に大きな、平べったい、傾斜の鈍いトタン屋根——その屋根だけの大きさからいえば、田舎の小都会の、四、五百人位も収容する芝居小屋の屋根ほどの大きさであった——の下に、極端に短い柱がそれを支えていた。

それが、ゴミゴミした住宅や、小商店の街の間に嵌り込んでいた。

それだけの屋根の面積からいえば、高さも三階建て位でないと釣合いが取れないのだった。が、中西の住んでいた家は、それだけの屋根の平家だった。

それは鮑が岩に密着しているような格好で、大地の上に建っていた。

その屋根の下には、真中に、道路からそのまま続いた道路があって、荷物を高くさえ積んでなければ、荷車を引っ張り込むことが出来た。

その屋根の下の道路が、十字型に家を仕切って、その道路から各々の部屋に、いきなり上り下りするようになっていた。

その部屋の数が幾つあったか、私は数えたことはなかったが、とにかく三畳敷きで、押入れが上半分は向う側のになっており、下半分はこっち側になっていて、非常に沢山であったことは知っている。

その各々の三畳の室に、各々一家族または二、三の家族が住んでいたのであった。

三畳の間にそんなに、時とすると十数人の人間が「住んで」いたのである。が、どうしてそんなにも沢山の人間が、三畳の間に住むことが出来たかといえば、押入れの上、または下の半分も、立派に半畳の役目をしたからであった。つまり押入れつき三畳の間というよりも、三畳半の間として、多くの家族はその借間を利用したのであった。

押入れに入れる荷物の事などは心配するまでもなかった。そんなもののあるものは、まだこの「劇場の屋根」の下に来るのは早過ぎた。

この三畳半の部屋は、その「半目（はんめ）」の、押入れの間で珍らしい問題がよく起った。

上の半畳には隣の子供たちが二人寝ているが、下の半畳には、こっちの夫婦者が、子供たちから喰み出されている。またその逆である。とか、上も下も夫婦ものだった、とか、その取り合わせは、複雑を極め、造化の妙を思わせるのであった。

その「劇場の屋根の下」に、どうしても免れることの出来ないおまけとして、南京虫がいた。南京虫という動物は、極めて狭い場所に群がって棲むことが好きだとみえて、この家では、新興国家の人民のように、繁殖力が強かった。

南京虫の副作用について、私は何も発表すべき新発見を持たないが、とにかく、こいつはしつこく、人間を痒ゆがらせた。

上の押入れで、南京虫を追っぱらうために、子供たちが夢の中で、足をバタンバタンさせると、その下に寝ている夫婦者は、これとても南京虫の襲撃を受けている上に、その震動を受けるので、夢、甚だ円らかでなかった。

上の段に寝ている者に、寝ながら運動する事は無作法であることを知らせるために、下から蹴上げるという、無作法な方法をとる者もあった。

押し入れの板の節穴から覗く、という風なことにも、誘惑を感じる年頃の者も絶無ではなかった。もし、ここで私がこのアパートの一日を書こうなどとしたら、それだけで、千枚を書き潰してしまうだろう。

一口に云ってしまおう。

その多くの住人たちは、一日、一ケ月ではない一日、つまり毎日毎日、二十銭の屋根代と彼等の食糧とを稼ぎ出すためにだけ、生きているといった風だった。

そして、中西は、その家屋委員会の委員長であった。

どうして、そんなアパートに「家屋委員会」などというものがあったか、といえば、それは家賃値下運動の結果、そういうものがひとりでに出来上ったのであった。

今までは、一日に二十五銭の家賃だったのだが、三畳の間一間っ切りで、二十五銭は高過ぎる、ということは定評だった。

第一、便所が、この大きな人間の集団に対して、二つしかなかった。

「留置場だって、もっと寛大な割合で、便所がある」のだった。

第二に、井戸がたった一つしかなかった。その上に壊れていた。よしんば壊れていなくても飲用にはならなかった。アンモニアを含んでいた。アンモニアと片仮名で書くと、蜂に刺された時につける薬だ。そんなに南京虫の多い長屋だから井戸の水がアンモニア水を含んでいるんだろう、などとからかう読者があると困るのである。非業の死を遂げた高橋是清(1)が、ホルモンを用いたからといって、ホルモンの原料そのものをそのまま、用いたのではない。それと同じで、この井戸水にはアンモニアを「含んで」いただけなのであった。こうした井戸の場合では、ポンプが壊れていた方が良かったかもしれなかったが、それにしても、洗濯や洗い物に困るのだった。

その上、これだけの大人数が出入りするのに、出入口が一ケ所しか無かった。ちょうど、それは蜜蜂の巣箱の出入口のように雑沓した。

それは、家主が屋根代の取り立てをするのには好都合だったが、住民の方では具合が悪かった。

要するに、このアパートは生活する上に、全く不都合に出来ていた。不都合な方では条件が完備していたが、そのくせ、後から後から住民が押しかけて来て、空いた時はなかった。

住民の頻繁なる移動は、家主の大いに歓迎するところだった。何故かって、一日に二度も屋根代が取れるからだった。出た人間からと入った人間からと、だから、設備を整えて、住民に腰を据えられる事は、損害を意味するのだった。何たる家ぞや！であった。

中西たちの部屋は、十字路について曲らないで、道について入って真っ直ぐの、奥から二番目の左側の一つであった。そこからは便所に行くのには都合がよかった。突き当りが便所だったので、一間置いた隣が便所だった。その代り臭かったり、入口附近と同じように交通がはげしかったりした。

通路に下駄や、ドタ靴を脱ぐので、瞬く間に踏んづけられる、という難があった。

そこに、下駄——中西の下駄はスリッパに近かった。下駄の歯の部分が夙っくにすり減ってしまって、台の部分が、もうほとんど平坦になる位に減っていた。だから鼻緒も、横緒も裏返してすげ直す事が出来なかった。穴の部分だって減るのだから、緒の部分も一緒に減った。だから彼は、緒をすげる穴に楔を打ち込んでおいた。円錐形に近い小石を拾って楔にした——を脱いで、板戸を持ち上げるようにして明けて入ると、とっつきの右側に広田の机があり、窓際に中西の机があった。

二つの机は石油箱の一方の板を引っ剝がしただけのものであった。引っ越しの時には板を打っつければ、たちまち、もとの石油箱に戻ってくれるから重宝だった。

押入れには、幸い上の部分だったし、定住者は二人切りだったので、布団が入れてあった。布団だけでは押入れが広過ぎた——二人で合計布団は三枚だったし、薄かったので、八つ折りに畳むことが出来た——ので、半分の場所には、土釜と七輪と炭の入った蜜柑箱と、茶碗などが入れてあった。

畳はもう表はなくて、藁の芯だけだった。それも糸が切れていたので、堅い感じはなくて、足ざわりも柔かかった。

室と室とを仕切ってあるのは、もとは壁だったらしいのだが、今は板が打っつけてあった。両隣のようやく匍(はらば)って歩く位の赤ん坊が、壁板につかまって立ち、それを太鼓代りに叩いて喜ぶのはいじらしい極みであった。八釜(やかま)しかったには違いなかったが、八釜しいからって、どうすることが出来よう。

中西はその騒音の中で、ヘブライ語の辞書の編纂に従っていた。

「ヘブライ語って、どんな言葉なんだい?」

と、私が訊(き)くと、中西は石油箱の上の、原稿を私に見せて、

「こんな言葉なんだ」

と答えた。

「何が何だか、サッパリ分らんねえ。君には分るのかい」

と私が訊くと、

「俺にゃヘブライ語の必要はないよ。この辞書の要る人に、ヘブライ語の必要があるんだ」

と答えた。

「だって、君はいつヘブライ語なんか研究したんだい」

「研究なんかしないさ」

「じゃ、どうして知ってるんだい」

「どうしてって、俺がかい。知るもんかい。ヘブライ語なんて、むずかしいものを知ってる位なら、辞書なんか拵えないで、いきなり大学の先生にならあな」

私は黙り込んで考えたものだ。

もし中西がヘブライ語を知らないとすると、一体辞書をどうして作るんだろう？　と。まさか、中西が、今からヘブライ語を考え出すのではあるまい。ともかく、太古にあった言葉なのだろうから、そいつを一九三〇年代に、もう一度創造するということは、可笑な話なのだ。そんなつじつまの合わない話ってあるものではない。

「じゃ、どうして辞書を作るんだい？」

と、私は訊いた。

「どうしてってかい。こっちには毛が一本あるが、こっちにはないだろう」

と、中西はその、古釘の箱を紙の上にブチ撒けたような、原稿を私に見せて説明するのだった。

「この毛のあるか無いかで、問題が起って来るんだ。だから、毛のないのが誤りの場合には、毛をくっつけてやればいいんだ」

「毛のないのが誤りの場合ということがどうして分るんだ」

「どうしてったって、何でもないじゃないか。原稿の方が正確で、ゲラ刷りの方が不正確だってえ、信念を持たんじゃあ、校正という事業は、根本的に成り立たんじゃあないか」

「なんだ。校正か」

「馬鹿にするな、いやしくもヘブライ語だからな」

「たとえば、よしんば、校正であろうとも、全(まる)っ切り知らないのに、そいつをやっつけるというのには、余程の勇気が要るね」

「君は、ヘブライの太古から、一九三〇年代まで人類が生きて来、進化して来たのに、勇気という要素がなかったとでもいうのかい。ヘブライ語の最初の一字を拵らえた奴なんか、人類の精神的勇猛の権化みたいな奴だよ。とにかく、ありもしない字をデッチ上げた奴なんだからなあ」

「いやどうも、恐れ入ったよ。君の勇気はヘブライ語の創始者の直ぐ次ぎだよ」

「ところがそうでないよ。隣の部屋の赤ん坊たちの方がもっと勇敢だよ。僕が校正をやってると、引っくりかえって、足をバタンバタンやって、泣き喚(わめ)くだろう。その震動で、毛を二、三本おまけにくっつけるなんてことがよくある。が、こいつは僕の責任じゃないからね。後世恐るべき辞書が出来上るこったろうよ」

私はフキ出してしまった。

だが、笑い事ではなかった。中西はそれによって、たとい一週間であろうとも、現実のパンを稼ぎ出したのだ！

もっとも、校正の方が、原稿よりもひどく間違っている場合には、そう、長続きする訳はないものだ。一度、校正を持って行って、二度目に持って行った時、中西はアッサリ断わられてしまった。

だが、この一事をもって、中西が無責任な人間であると、判断して貰っては困る。どのような責任といえども、生命が無ければ果し得ないのだった。先ず生きて、それから、というのが中西たちの立場であった。

中西がヘブライ語の辞書の編纂に、一週間ばかり携ったことから、彼をインテリゲンチャだと思われては困る。

中西の本来の職業は、——そういうものが本来の職業であるかどうか、厳密な社会科学的な定義は専門家に譲るとして——登録労働者(2)であった。

針金細工のように痩せた、背の低い、両方の眼玉に乳色の星の入った、視力の薄い、その上いつひっくりかえるか分らない発作を持った人間が、登録労働者であった。売るべきものは労働だけだったが、中西の場合では辛うじて燃える生命の焔そのものを売っているのだった。

それは労働力を売って、生命を継続するためよりも、「死」を購うためのようにみえた。

「実に」

と、よく中西は云った。

「欠乏の襲撃は小うるさい。藷を買えたと思うと炭が買えない。藷も買えない時は、「野生の大根」を生食する。が、野菜には中毒する。まだ野菜の中毒について、医学者は研究が足りないよ。大根はジアスターゼを含んでいるから、大いに食う方がいい、と奨める。だが、ジアスターゼばかり食っていたらどうなると思う。肉体全体が消化してしまうという恐るべき中毒症状が起るんだ。全く、こう体中が溶けてしまいそうな、ドロドロしたクリーム状になるような、ダルサが襲って来るんだ。こういう状態は腸の管の中に入っている分には、適当な状態かも知れないが、荒々しい、人類の社会の空気に直接触れているのには、余り快適な状態ではない。このクリームの状態が、もうまる一ケ月間、僕には続いているんだからなあ」

「どうだい、一つ、思い切って溶けちまわないか。生命保険に入っといてだよ。保険金は組合の方へ寄附するとして、そのクリームをチューブに入れて売り出すんだ。ホルモン、ジアスターゼ、各種内臓成分百パーセント含有「生命の素」ってな名前で売り出すんだ。こいつあ利き目は百パーセントだ。とにかく、人体を溶かしちゃったんだから、偽物じゃないよ。もっとも、溶ける時に、新聞社、警察官、医学博士、立会いでだね」

と、広田が、自分も半練位の状態で冷かすのだった。

「いや、待てよ。そいつは名案だ。もっとも俺自身が溶けちまっちゃ、元も子も無いからな。後が続かないや。原料が根絶しちゃあ、成品も出来ないからね。よし、そうだ。兎でやろう。兎に生大根ばかり食わすんだ。そうだ。おい、箱を拵えろよ。俺はどっからか兎を貰って来る。これは重大な世界的発見だよ。これなら永遠に誇るべき大発明だ。もし余り売れ行きが良過ぎて、兎では間に合わんというような時には、豚でやるんだ。そうだ、兎より豚の方がいいぞ。豚の方が本来消化機能が強いからな。だが、今、早速豚という訳には行かん。こいつには資本を要するからなあ。無資本の俺たちだから、さしずめ兎かモルモットから始めるんだ。鶏でも構わんが、嘴(くちばし)が溶けにくいだろう。殊に雄鶏なんか蹴爪という難点がある。クリームと一緒に蹴爪を呑んだために、人間の膨らはぎから蹴爪が生えたなどということになると、洋服屋から反対される虞(おそれ)があるからなあ。ズボンが作れなくなっちまうじゃないか。どうしても先ず、兎からだ兎からだ」

「だが、商品生産は先ず、能書から考えとく必要があるぜ。第一、適応症だね。何にでも利くという風に書くと、世間の人間は何にでも利かない、と直ぐ悟ってしまう懐疑的な風潮が、世上を風靡してるからな」

「そんなことは何でもないさ。効能書なら俺に委せとけよ。「アダム・イヴの昔より一九三〇年代に至るまで、人は何によって、生き続けたか？」という大見出しをつけるんだよ。名句だろう。「豚の生活力を見よ！」いやこいつはいかん、たとえ原料を豚にするにしても、豚という文句を使っちゃいかん。人類は豚に負うところが実に多いのに、どういうものか豚という言葉を嫌うからね。たとえば、ブルジョアは豚という言葉から、自分の貪欲を連想させられるし、俺たちの仲間は不潔を連想するからね。まあ、どうせ、俺たちの腹の空った仲間は、この薬とは縁が無いさ。この上腹が空いて、胃腸が丈夫になっちゃ叶わんからな。だが顧客には、それがどんなに下品な肥っちょが服むにしてもだ、「上品」な文字を使わなけゃいかん。美文口調ってものはブルジョアにとっては、香料みたいなもんだからなあ「紳士、淑女、諸氏よ！」とやるんだね。「ゲップを出すのは非礼ですぞ」とやるんだ。「食後本剤を直ちに服用して御覧なさい。百円のテーブルを一人で食べた後でも、もう一テーブル食べたくなります」とやるんだ。「満腹感を味いたき人は本剤を服むべからず。本剤は服用後直ちに飢餓状態に入りますから」とやるんだ。どうだい。こいつを、あらゆる大カフェー、大料理屋。とにかく、俺たちの手の届かんところで売り捌(さば)くんだ。薬価は高いほどいい。心理的に薬効を高めるからね」

「もう食いものの話はするなよ」

と、どんな種類の胃腸薬も飲んだことのない広田が、生唾をのみ込みながら、抗議を申し込むと、百円の支那料理などという空想から、たちまち、ジアスターゼ専用の胃袋に戻ってしまうのだった。

空想から離れると、荒涼たる三畳の間が帰って来るのだった。

「狭い曠野」と、中西は自分たちの三畳に命名していた。そう云われると、そんな感じがあった。その狭い曠野にいつ行き仆(だお)れるか分らない彼等でもあった。

広田は「狭い曠野」に反対して、「解体船」と、その家全体を呼び、自分たちの室を、その「おもて」(3)と云った。これは広田がマドロス上りであるところから来たせいであった。この命名も適切だった。私にいわせれば「解体船」ではなく「難破船」だった。

その命名の点で、広田と私と論争したことがあった。がその結果は、どっちにしたってこの家より「まだましだ」ということに落ちついた。

だが、そんな部屋にでも美点というものはあるのだった。つまり老衰してたった一人っ切りになって「寝込んでしまう」ためにはもって来いだ、というのだった。

第一、何でも、寝ながらにして手にとることが出来る。通りへ面した板戸さえ明けっぱなしておけば、クタバったら直ぐ発見されることが出来る。これは事実が証明していた。実際、その通り死んでしまった、独身の老爺をまだ幾分暖か味のあるうちに発見したことがあったのだ。

中西はその時に、

「あれはまだ死んではいなかったのだ」

と主張するのだった。

「病気で死ぬのではなく、老衰と営養皆無からは、体温が低くなるのは当り前だ。健康なものが急に死ぬ場合には、生と死との境がハッキリしているが、こんな「屋根の下」で、逝ってしまう命というものは、その境界がハッキリしないんだ。僕自身がその好適な実例だ。僕が発作を起こして引っくりかえった時、歯ぎしりをしなかったり、泡を吹かなかったり、ジタバタ暴れ廻ったり、喚かなかったりすれば、気の早い奴は、僕の体が冷たいという理由で、「もう死んじまったんだ。可哀相に」と思って「とり片附ける」かも知れないんだ。とり片附けられたって、発作を起こしてる最中には分りはしないからね。よしんば分っていたって、どうすることも出来はしないんだ。「畜生！棺桶はビール箱がいいなんて云ってやがる」と気がついても、どうすることも出来ないじゃないか。外見上死んでるんだし、本人の僕も、まあ死んだようなもんだ、と自認しない訳には行かないような状態なんだからね。観念だけでは生きてるという事を、「主張する」わけには行かんじゃないか。あのお爺さんだって、「俺はまだ生きている」ということは知っていたんだ。だが、体を拭かれたり、棺桶に入れられたり、火葬場に持って行かれたり、とうとう灰になっちまうまで、それを云うことが出来なかったんだ。現にピチピチ生きていて、労働をやっている人間だって、一日働いて帰って来ると、グッタリしてものを云うのがいやになるんだからな。一風呂浴びて来ると気持がよくなるし、体にもいいってことが分っていても、風呂まで行くのが億劫（おっくう）になるんだからな。第一、シャツから腕をひっこ抜くということが、考えただけでもいやになるんだからな。まして、長い間、社会の下積みになって、文字通り半死半生の爺さんにしてみれば、（まだ生きてる）と、たった一言口を利くのが、死ぬよりも骨が折れたに相違ないんだ。もしかすると（まだ生きてる）なんてうっかり云おうもんなら、「うん、そうか、まだ生きてるのか」と云って、またそのまま人が行っちまうかも知れん、と思ったかも知れんよ。そうなるまでには、人の世が金のタガに嵌って、冷たくなっちまったということを覚られない筈（はず）がないからね。人が行っちまった後で、直ぐ、今度はほんとに死んじまうかも知れないんだからね。とにかく、長くはないってことは、自他共に明白だろうじゃないか。もしそうなったら、成り行きに委せて、せめて人の好意に縋（すが）った方がいいと思うだろうよ。まだ生きてるなんて云って、自分の死を発見して、最初に愕き、悼んでくれた人間に、失望させる必要はないからね。死を賭しても人を失望させまい、とするような人間は、よくこんな陋巷に落ちるもんだよ。それとも、そんな風には感じないで、ウツラウツラと、夢見心地に、凍死でもするように「ア、棺桶の中だな。ア、何だか揺れてる、不思議に暖くなったぞ」なんて思っているうちに、灰になったのかも知れないさ。呼吸が止ったたって、心臓が止ったたって、少し位冷たくなったたって、まだ死んだんじゃないっていうからね」

中西の言う通りだとすれば、うっかり板戸を明け放したまま、息を引き取ったりすると、余り早く「片附けられ過ぎる」虞があった。が、そこまで行くと、少々早過ぎようが、手遅れになり過ぎようが、どっちだって同じようなものだった。

それどころではなかった。この爺さんが、枕頭の水びたしになったような布団の下の財布から、大家に、とにかく家賃を払っていたので、死を発見することが出来たのだった。

これから書いて行くことは、世間にザラにある事柄なのだし、そんなことを余り詳しく書くなどということは、読む方だって気骨が折れる訳なのだ。

つまりこの家の屋根の下の一つの部屋から、中風の老人が、布団の四隅を摘んで、荷物のように運び出されて、家の外側にある霜柱の立った下水の側に下され、それに続いて女や子供たちが六、七人も、その同じ部屋から追い出されたのであった。その後には、もう部屋代を前金で幾日分か払った後釜の借家人が入り込んだのである。

この場合、借間人相互の間を道義の問題や、意識の問題や、いや、様々な考えが私の頭には湧き起るのだが、とにかく中風で寝ているのを、霜柱の立った戸外へ寝かす、ということは、甚だ、その一瞬を争う事だった。

そこで、中西は、その解決の方法として、そいつを運び出すように、人夫たちに云い付けた大家をいきなり殴ったのだった。

ところが、大家は四十余りの下っ腹の膨れた、格幅のいい、宮角力（みやずもう）取りみたいな男だったので、次の瞬間には、中西を殴ったのである。

この勝負はもう明白であった。

「何をしやがるんでえ！」

と大家が怒鳴りながら、中西の頭を張り飛ばすと、中西は、威勢よく足を宙に浮かして、家屋の下の道路に、漫画に描かれる瞬間と同じように引っくりかえった。

そこに大家より力の強い人間が現われて、大家を散々打ちのめす。というのが小説の王道であるのだが、現実というものは、そんなうまい具合に行くものではなかった。

引っくりかえった中西の頭を、も一つ下駄で蹴飛ばしといて、

「この野郎も序に、摘み出しちまえ！」

と云ったのだった。

人夫は、自分の好きな事をするために雇われて来たのではなかったので、――人殺しが好きだから軍需工業に従っているという労働者や、監獄が好きだからそれを造る大工などがいないのと同様に――暫くためらった後、中西をまた、霜柱の上に運び出した。

中西は、ほうり出され蹴飛ばされた後で、発作の後のような状態になっていた。もと、もと、クリーム状を自分の症状だと考える位だから、その上はり飛ばされれば至極アッサリと放心状態になるのは、決り切った話なのだった。

広田は土方だから、朝早く出て夜にならねば帰っては来なかった。

たとえ、どのような言語道断なアパートが住みにくかろうとも、霜柱の上に寝るよりは「遥に」好かった。

中西は霜柱の上で、ヘブライとは一体何だろう。という風な夢ともうつつともつかない考えを追っていたが、寒さに気がついたのだった。

ノロノロと、手を霜柱について、泥んこになって起き上った。

もちろん、長屋に居残っている女子供や、老人たちは、大騒ぎをしていた。

追い出されて、大地に寝ている老人や、子供たちの廻りにも、一杯取巻いて立っていたし、追い出された部屋に入った借間人の方へも大勢集まって、口々に喚いたり、ヒソヒソ囁き合ったりしていた。

「兎に角、これじゃ余り可哀相だ。死んでしまう」

ということに衆議が一決して、中風の老人を霜柱の上から、荷車の上に上げようとした時に、中西が、やっぱり取り巻いたり、背中を抱えて起こそうとしたりしている人々の助けを借りて、起き上ったのだった。

それはほんの一瞬の出来事だった。

「大家はどこへうせやがった」

と中西が訊くと、人々は、

「もう行っちまやがったよ」

と答えた。

「あの中風の爺さんと、あそこの子供たちみんなを、わしの部屋へ連れてってくれ。わし等は家賃を払ってるんだ。よしんば払わなくても、外へ放り出すとは何事だ」

と、中西は、演説の一つもやって、長屋の人たちの蹶起を促したかったのだが、まるで呟くように側の人へ云った。

とその男はとんきょうな声で、喚いた。

「そうだ！　そうだ！　おいみんな、病人や、そのうちの人を中西さんの家へ連れて行ってくれ。中西さんのとこなら無人だから、いいや」

三畳の部屋に二人では「無人」だと、その男は喚いたのだ。誰も、その男の意見に不賛成のものはなかった。

中風の老人は、ちょうどそのために荷車に載せられでもしたように、そのまま、ガラガラと屋根の下の道路へ引っ張り込まれた。

一ケ月も大根の生食をしなければならない中西が、大世帯の食客を抱え込んだのだ。中西の家――その長屋の人々は「私の間だ」とか「部屋」だとか云わないで、明白に「家」と云った――は、急に大家内になった。

中西は、まだ気分がすっかり良くはならなかったが、後ろ頭を抱えて、引っくりかえる余地が、もうその家になくなった事に気がついた。それどころか、外に一度運び出された、茶碗だとか、薬缶だとか、鍋だとか、丼だとか――丼には何々庵とそば屋の屋号が書いてあった――ビール箱のチャブ台だとかを運び込むと、中西も広田も、もう「居る」余地がないことが分った。何者かがはみ出さねばならないことが、明白に分って来た。

広田の蜜柑箱の横で、足を投げ出して、頭を抱えて壁によっかかっていた中西は、足を引っ込めた。立膝になった。それからキチンと坐った。

だが、まだそれでも、「その家の子供たち」は、家の外の通路で遊んでは、「自分の新らしい家」が整頓するのを、時々覗きに来るのだった。

「前の家じゃ、押入れが下だったんで便利が良かったが、あんたんちは上の段ですね。上の段じゃ、病人を寝かすのに、病人だけで一杯になっちまうんだが、どうもねえ」

と、そのうちの、おかみさんが場所割り、人操りについて、中西に相談を持ちかけた。

「そうですね」

と答えて、中西はぼんやりしていた。

――植民地――

というポツンとした考えが、中西の頭に泛んだ。それが、どうのこうのという考えにはならないで、そのまま切れてしまった。

――感覚の増加――

という考えがまた、浮んだ。

――広田が帰ったらびっくりするだろうなあ――

とも、考えた。

要するに、中西は壁にもたれたまま、ものを続けて考える、ということが出来ない状態に暫く(しばら)の間居たのだった。

だが、こういう風な屋根の下では「熟慮断行」ということは困難だった。熟慮なんかテンデする暇がなかった。断行あるのみだった。

だが、中西は一体何を断行すればいいのだろう。

方面委員(4)へかけつける! という方法があった。が、この一家はもうとっくに方面委員には関係を持っていた。そしてその方面委員が、大して親切な男ではないということも知っていた。その上、中西はその方面委員とは、ケンカしてしまった後だった。

だから、外部から、この追い出された店子たちの家賃を拵らえて、大家に支払うという事は不可能だった。

大家と直接交渉する以外になかったが、店子中の誰を見ても、大家より腕力の強そうなのはいなかった。それどころか三人かかっても、負けるだろうことは明(あきらか)であった。

店子全部が結束したところで、大家が暴力団を雇って来れば、これとてもまた敵ではなかった。その上、法律上というか、権利義務の上というか、その点からも「家賃を払わないのは悪い」に決り切っていた。この点でもいけなかった。然(しか)らば、人道上では?

人道というものは、銀座尾張町の交叉点におけるがようには、車道とハッキリ区別されていないのだった。

人道と邪道というものは、家賃を払わないのも、霜柱の上に病人を放り出すのも、いいことではない。就中(なかんずく)、家賃を払わないのが「先きだった」のだ。

世界中、方々で、「人道」のために「断行」していたが、この屋根の下の道路を挟んだ家々では、餌を拾うこと以外には何も断行することがなかった。

中西は、新らしい同居人のために正座しながら、暫くとりとめもない考えにふけっていたが「家賃値下げ」ならいいだろう、と考えついた。

第一、この得体の知れない家は、アパートとして建てたものではなかった。市場として建てたのだが、位置が悪かった。そのために、高い家賃を出して借りた、八百屋、魚屋、酒屋等々、みんな数日にして、転業したり廃業したりした。

暫く空家にしている間に、大家に「いい智慧」が浮んだ揚句、アパートに改造したのであった。便所や井戸が少ないのもそのせいだった。通風だとか採光だとかは、別世界の話だった。

まあ一口に云ってみれば「そんな悪い家なら借りなければいいじゃないか」ということになるのだった。

全く、その通りな言葉で大家は、翌日、中西に答えたのだった。

「それにしても、わしも、この病人も、お前さんのおかげで、昨日は霜柱の上に寝かされてみたが、霜柱の上より住みいいね。で、何かね、お前さんの意見じゃあ、家賃が高いなんて奴ぁ、どいつもこいつも霜柱の上に寝かそうってのかい。わし等ぁ、ここで八百屋や酒屋をやって、タンマリ儲けているって訳じゃないんでね。御承知の通り、大部分が登録労働者か屑屋、いかけや、傘屋といった風な者なんでね」

住民は大家と、全権大使中西の談判を聞くために、屋根の下の通路に溢れ、向い側の三畳に溢れていた。

「だが、俺ぁ、お前さんたちに一々、どうか住んでおくんなさいって、頼んで廻った覚えはないんだがね。俺の思い違いでなけれゃ、お前さんたちが俺に頼み込んだように覚えてるんだがね」

と、大家は、メルトンの角袖オーバのポケットに手を突っ込んで云った。

「そうさね、もしお前さんが、「どうぞ入っておくんなさい」なんて頼んで来たんだったら、今時分、わし等ぁお前さんから取り分があろうってもんさね。避病院(5)の番人だって、別荘の留守番だって、幽霊屋敷だって、頼んで住んで貰おうっていうからにゃ、それ相当お礼をしなけれゃならんからね。ところが、お前さんの屋敷と来たら、幽霊屋敷よりひどいのに、お礼どころか、日家賃を取ろうってんだからねえ」

まだ、何か中西は云いかけたのだったが、そこで、この家の住人たち、それはもう一つの群集だったが、口々に「そうだ！」とか「取り分があるぞ」とか、ただ「ワーッ」と喚いた。

これは大家にとっては、思いがけないことであった。彼は住民たちが、ただ彼に感謝してるのだと、今までは思い込んでいたのだ。

「フン。よろしい。みんながそんな気持ならば、よろしい。わしは一人も住んで貰わんでもいい。即刻、家を明け渡して貰おう」

とがなり立てた。

「いや、誰も明けたいと云った者は無いんでね。ただ、便利は悪過ぎるのに家賃が高過ぎるから、負けて貰いたいって、頼んでるんだがね、大家さん」

「いやならん。鐚一文負ける訳には行かん。不服ならみんな出て貰う。こんなバラックなんか取り壊しちまう。初めっからそう思っていたんだが、頼まれるし、みんな不便だし行く処も無いだろう、と思って、壊さないで、修繕までして貸しといたんだ」

と、大家は、脂顔に紅潮させて喚くように云った。

中西はそこに現実の人間がいて、そういう風なことを云っている、という風に感じることが出来なかった。

なるほど、大家がいる。そして、顔をほてらして、大声で喚いている。だが、喚いている事は、何だか、講談にでも出て来そうな話なのだ。どこかで、幾度もいやいや読んだことのある筋書なのだ。

それに対応して、喋(しゃべ)っている中西自身の言葉も、もう幾度も読んだ講談か通俗小説にあったせりふなのだ。

中西はブルッと身ぶるいが起った。彼の頭の中に整理し切れない考えが、後から後からと湧き起ったのだ。

人間の生死の切羽詰った問題について、大家と交渉しているのだ。ところが問題は一体、切羽詰った問題にふれているか。「鐚一文負けるわけには行かん」と奴は云いやがる。ところが俺はどうだ。「負けて貰いたい」だ。負けて貰う。ふん。結構なことだ。負けて貰えば解決がつくように、俺だけではなく、ここにいるみんなも思い込んでいるんだ。「高いから負けろ」ふん、立派な言い分だ。やっぱり大家と同じ地盤の上に立ってるんだ。ちっとも違やしないんだ。こいつなんだ。こいつなんだ。ちゃんと歯車は食い合っているんだ。それで動いて行くんだ。一廻りするとまた元の処へ帰って来るんだ。ところが言葉って奴ぁ、歯車から外れないように出来るんだ。俺は今、何もかも不当なのは叩っ壊してしまいたいんだ。ところが、「負けろ」と云ってるんだ。俺の頭の芯が考えたことが、顎や舌や咽仏が動いてる間に、別なことになっちまうんだ。これゃどういう訳なんだ。「この人殺し！」と、俺は云ってやりたかったんだ。中風の爺さんはあのままだったら、霜柱の上で直ぐ死んじまうんだ。家賃なんかどうだっていいんだ。負けてくれたってロハにしてくれなけれゃ、払えるかどうか分りゃしないんだ。こいつは人殺しなんだ。負けたって済む奴じゃないんだ。――

という風な考えが中西の頭の中を、駆け廻って口は黙り込んでいた。従って、大家は、中西を云い負かしたと思い込んだ。

大家の口髭の下には、勝ち誇ったような微笑とも嘲笑ともつかぬ表情が浮んだ。

「どうだね。壊すかね。それともこのままにして今まで通りにやって行くかね」

中西が勇敢に喋舌り抜く、大家をきっと言い負かす、そして家賃を値下げさせるに違いない、と思い込んでいた長屋の連中は、中西が妙に黙り込んでしまったので、自分たち全体が云い負かされた、と思い込んだ。

喧騒の後に、沈黙が来た。子供たちが騒ぐと、傍の人に耳を引っ張られた。

気の強いおかみさんたちは、中西を引っぱたいてやりたいほど、焦れて来た。

中西は、ぼんやりと、星の入った眼を大家の顔の上に据えたまま、やっぱり黙って、針金のように瘠せた指を、何か摘むような具合に膝の上で動かしていた。

「どうだね、おい。どっちにするかね」

と大家は云った。

「壊すのも、このままにしとくのも、わしの権利だからね」

「え？　権利？」

と。中西は権利という言葉が鋭く耳に響いたので、聞きかえすともなく、そう呟いた。

「そうさな。わしの家を、わしが壊そうが建て直そうが、わしの権利じゃないか」

と大家が云った。

「お前さんは今、この家を持ってるさ。それはわたしも知ってるさ」

と、中西は沈み込んだ声で云い出した。

「お前さんのこの持家にだって、お前さんよりももっと沢山家を持った人が転げ込んでるかも知れない。よく、そういう昔話を聞くからね。震災で焼け出される前は大旦那だったが、焼け出されたんでバタ屋になったなんて人はザラだからね。そんな人もこの家に入っているだろうし、この家で生れた子供たちも沢山いる。そんな子供たちは、この家を自分の家だと思っているんだよ。自分の生れた家から自分を追い出す人間というものは、どんな人間だろう？　と子供たちは考えるよ。まだ世の中のことを知らないんだからね。お前さんはどういう家に育ったか、わしは知らないがね。もし、お前さんの親も、借家を持って、店子を追い出すのが道楽だったら、お前さんも、その権利って奴を振り廻わすのが面白いだろうさ。まあ、お前さんのことはお前さんの自由だがね。中風で寝てる老人を霜柱の上に臥かすのが、お前さんには面白いかね。わしみたいな弱い体の奴を蹴飛ばして投り出すのが、お前さんに愉快なのかね。それとも、この大家内の大勢の店子たちが、巣を叩きつぶされた蜂か蟻みたいに、ゴッタかえして、ワイワイ騒いだり、泣き喚いたりするのを、どうしてもお前さんは見たいのかね。そいつを見たいために、お前さんは「権利」を振りまわしたいかね」

「何を云うんだ。俺はお前さんたちが、恩知らずなことを云うんで、憤っただけなんだ。何だかだとケチをつけて、家賃を払わんわ、引っ越し代をくれろ、いや家賃を下げろ、なんて、手前たちの都合ばかり考えて、ものを云うから癪にさわったんだ。道楽で、わしも家を貸してるんじゃないからね」

「子供や、死にかけた病人というものは、何も知らないんだよ。「権利」なんてものはね。自分の生きる権利も知らなければ、追い出される「権利」ってものも知らないんだよ。ただ、生きてるだけなんだよ」

と、大家の言葉尻を捕えようともしないで、クドクドと、自分の考えを呟くような風に云い続けた。

「子供たちはただもう、一日も早くお正月が来ればいいとか、お祭が来ればいいとか、父ちゃんが米を買って帰ればいいとか、学校に上りたいとか思って、暮してるし、病人や老人は「一日も早く死んだ方がいい」と云いながら、どうかして、体も気持も楽な日が一日でもあると、無性にそれを嬉しがって、生きる望をつないでるんだよ。権利でもなければ理屈でもないんだ。中風の年寄なんかは、こんな寒中に蠅がブンブン、飛んで廻る音を聞くと、「ああ、今日は暖かいんだなあ」と思って、蠅が飛ぶっていうことだけで、楽しむんだよ。こんなこたあ贅沢の中には入りゃしないんだよ。ただ、生きてるってえことだけで満足してるんだからねえ。五銭玉一つもあってもみな、子供たちも年寄も、焼薯を腹一杯食って喜ぶんだよ。浅ましいっていや浅ましいようなもんだよ」

「泣き落しかね。なかなかお前さんもうまいもんだな。だが、泣いてんじゃ、こちとらが今度は泣かなけゃならないからね。仏じゃあるまいし、第一、誰の許しを受けて、お前さんは家主が立ち退かせた者を、勝手に引っ張り込んだりしたんだね」

「いや、わしは泣き落そうっていうんじゃないんだよ。あたり前のことを云ってるつもりなんだ。お前さんが家を壊そうと、壊すまいと、家賃を上げようと下げようと、構やしないんだ。お前さんがたった今、この家に火をつけて、店子をみんな焼き殺してしまったとしても、それでもまだ、お前さんが世の中で一番悪い人間だたあ、わしは云やしないさ、まだ、それほどはやらないから、お前さんだって、悪がったところで、大したことはありゃしないのさ。どうかすると世の中にぁ、いいことをしたんじゃ世は渡れないとか、儲けるのには汚なくやらにぁいけないとか、思い込む者があるんだ。そんな者ぁ、悪いこと、悪いことと、自分でもいやなことを自分に強いて、無理やりにやるようになるんだ。始めは本人もいやいややるんだが、終いには何でもなくなるんだ。どうかすると、そいつが面白くなるんだ。それも、その人間が悪いんでも何でもありゃしないんだ。悪いことをやって「良く」暮せるってことが、いけないいんだよ」

「わしはお前さんの泣き事を聞きに来た訳じゃないんだ。わしは忙しいんだ。お前さんたちは出て貰うんだ。泣き事を云ったって、摘み出すには摘み出すんだよ。お前さんの云う通りさ。悪い方に悪い方にってのが、わしの方針なんだからね」

「わしは体が弱いし、力も弱いが、だからって泣き事ばかりを云おうってんじゃないんだよ。お前さんは今、おまんまが食べられないほど切羽詰ってるのかね。この長屋にいる皆のようにさ。それだったら、家賃を下げないってのも分るよ。だけど、この家の上りは、お前さんの妾の仕送りだってえじゃないか。それはお前さんにとって、無くてはならぬものではないんだろう。ところが、この長屋に住んでる衆は、無くてはならぬものさえ持ってはいないんだよ」

「ええ、免倒くせえ、手前の説教を聞きに来たんじゃねえや」

そう云うと、家主は、いきなり中西の首筋を引っ摑んだ。

仔猫の首筋を摑んで放り出す時のような風に。

「これで負けだ」

と、長屋の住民たちは思った。口々にざわめき始めた。

中西を摘み出させないように、大家の後ろ頭を打ん殴りたい衝動に駆られる者もあった。がそいつをやれば、中西の二の舞であった。

「もう駄目だ」

と、誰もが思っていた。

が、大家は、中西の首筋を摑まえて、ブラ下げて出はしなかった。

中西は、大家の手を払いのけた。そのとたんに大家は素直に手を離した。

「イテテテ。やりやがったな」

と、大家は叫びながら、飛びすざった。後ろに立っている長屋の連中にぶっつかった。

そこでまた飛び上った。

「畜生！」

と、云いながら、真赤になった顔の前に大家は手を持って行った。血が出ている訳でもなかった。

長屋の人たちは、何が起ったのか見当がつかなかった。

中西は依然そのままで、じっと坐っていた。

中西は視力が非常に弱いので、ボロ服のボタンがとれた時などに、普通の針では穴に糸が通らないので、穴の大きな毛糸や帆布などを縫うのに使う針を持っていた。

その針を応用したのだった。

「引っかきやがって、猫みてえな野郎だ。どうするか、覚えてやがれ、畜生奴（め）！」

何かドスでも、丸太ん棒でも取りに行くのか、「どいた、どいた」と喚きながら、大家は借家人の群を肩で押しのけて手をもう一方の手で押えながら出て行った。

戦端が開始されたのだった。

（裸の命）2

裸の命

一

「おうい――広田あ――一郎ウ――お客人が来たぞう――」

と、上の山道から、丁場で働いている、広田へ怒鳴る声が響いた。

広田の弟は声のする方を見上げたが、いつもの通り、杉の密林が、露出した岩肌の五十間余り上に見えるだけで、声の姿は見えなかった。

広田の兄は両カッチン(切り通し)[1]の現場で、ハッパ穴をくっていたので、自分で呼ぶ声を聞いたのではなかった。ズリ出しをしている弟の五郎が、

「上で誰か呼んでいるよ。お客人が来たんだってよ」

と、セットを振る手を抑さえて云ったので、そのままの格好で、上の方を見上げた。

「お客人だって？　俺にかい？」

と、弟に答えるというのでもなく、ただ、そう云って、腰に敷いていたサン俵(だわら)(2)から一郎は腰を上げた。

黙って丁場を上ってしまう訳には行かなかったが、附近に世話焼きもいなかった。仕事は午後のかかりから、一時間経ったか経たなかった位だったので、それで仕事終(じま)いにすれば、五分仕事になってしまうのだった。

それに、こんな山ん中に、自分を訪ねて来るようなお客人があろうとは、考えられない事だった。

——担がれるのかもしれない——

と思ったが、担がれたにしても、担がれないのよりも変化があってよかった。

「じゃあ、ちょっと上って見てくるから、誰か世話焼きか、オヤジでも来たらそう云っといてくれよ。穴は仕上ってるからもし上りまでに来ないようだったら、ハッパをかけてくれるように云っといてくれ。大抵すぐ下りて来るつもりだけどな」

広田一郎は実弟の五郎に、そう云って、鍛冶場小屋の建ってる方の道——ロープが下っていたり杉丸太の梯子(はしご)が立ててあったりする丁場への通路——の方へ、丁場を歩いて行った。

ロープに手をかけると、まるでワイヤみたいに凍っていて、手に痛かった。

鍛冶小屋の処で、上から下りて来るオヤジに会った。

「誰か客人が来ているというんで、上ってみるとこなんですが……」

と一郎が云うと、

「ああ、俺が呼んだんだよ。中西が来てるんだ。ゆっくり泊めて話すといいや」

「へえ、中西がですか。どうしたんだろう」

「俺も仕事が済んだら上るよ。ゆっくり話して、何か事情でもあるんなら、聞いといてくれよ」

そう云うと、オヤジの橋本は、ロープに掴(つか)まって丁場に降りて行った。

広田は、中西と聞いて、云い表わすことの出来ない複雑な感じが、頭一杯にウヨウヨ湧いた。

——働くつもりで来たとすれば、無謀だ。——

という、一本の心棒みたいな考えは、広田の考えの底に横たわった。

中西は働ける体ではなかった。というよりも、生きているのが、不思議なような病弱な小男だった。

飯場はもうそこだった。考えや感じに纏(まと)まりをつける暇も何もないのだった。

中西は飯場の前の三尺幅にも足りぬ山道に、飯場の戸口に背中を凭らせて、よっかかって立っていた。

――きっと空腹なのだろう。あの男が一生涯空腹でいるように、今でもきっとすきっぱらなんだろう――

と、中西の姿を見付けるとたんに、広田は思った。そして、その反射作用のように、

――近頃、俺は飢えていなかったんだ――

という考えが、ギクリと釘でも踏み込んだように、魂につき刺さった。

中西は飯場の戸に背を凭せたまま、彼が今歩いて来ただろう、上流の方に心持首を向けていた。何か見ているのか、それとも疲労のために眼を瞑っているのか、広田の方からは分らなかった。

余り近寄って、急に声をかけて驚かせてはいけないという心遣いから、広田は、十五、六間も手前から、

「よく来たなあ、中西君」

と、なるたけ大きくない声で、声をかけた。

中西は振り向いた。

「暫く、元気らしいなあ。御無沙汰しちゃった」

中西の声は元気だった。

「そんなところに立ってちゃ、凍えっちまう。こっちに来給え、食堂に行って、炉に当ろうよ」

広田は中西の先きに立って「食堂」と呼ぶ、バラックに引き返した。

食堂と呼ばれるバラックは、二間と四間とのバラックで、地下足袋のまま立って飯を食うために、土間になっていた。土間には中央に穴が浅く掘ってあって、それが炉であった。

土間に打ち込んだ杙(くい)の上には、松板が打ちつけてあって、その上には、まだ昼飯の後片附けがしてなく、飯櫃(めしびつ)や、汁鍋や、沢庵の幾切れかが残った丼だの、箸立てだの、唐がらしの大箱などが置かれてあった。

広田は抱えて来た杉の枝を、炉の側に置いて、飯櫃、汁鍋と、順に蓋を取って中味を調べた。

飯も汁もまだ二、三人分は残っていた。

汁鍋を炉の隅に入れて、広田は杉の枝に火をつけた。生の杉枝は、最初は焔よりも煙の方を沢山吐き出したので、バラック中は煙で一杯になった。

その間中、中西も広田も、何か、かと話し合ったが、それは、

「いいなあ、浮世離れがしてるなあ」

「兎がまたうんと飼ってあるんだなあ」

「いや、単調で、死ぬ位だよ」

だとかいった風な、生活と直接関わりのない、旅の印象についての話だった。

何も云わない先きに、

「とにかく飯を食わしてくれ」

という風な事は、云い出す場合が絶無ではなかったが、やはり稀だった。

「今、味噌汁が暖くなるから、昼飯を食えよ。何しろ、飯屋もうどん屋も無いんだから、山ん中の旅は楽じゃないよ。東京の様子はどうだい。飯でも食ったらゆっくり話して聞かせてくれよ」

「ああ、一口で云えるよ。真理が洪水（おおみず）を被（かぶ）ってしまったんだ」

「始まったね。相変らず元気だね」

「いや、ちっとも元気ではないんだ。真理が水っぽくなったってよりも、水に溶けちゃったように、僕の胃の腑も、やっぱり洪水続きでね。この点は相変らずだよ。驚いたね、こんな山ん中に米の飯があろうたあ」

「冗談云うなよ。ここまで来て、米の飯をとり上げられたら、どうなるか、まあ暫く居れば分るよ」

広田は笑って、杉の枝の下を吹いた。

煙はチラチラと、赤い舌で、細い枝を舐め廻し始めた。

中西は、煙にむせたように、涙を菜っ葉服の袖で拭いて、鼻の奥に残った涙と唾と共に吐いた。

「暫くいれば分る」

という、広田の言葉は、中西が二、三日か一週間かでも、泊めてくれと、頼む言葉の先き廻りをした言葉であった。その言葉は懐炉のように中西の心臓を暖めた。

だが、広田の考えは別の方面を探っていた。――この丁場で中西のやれるような仕事はないだろうか――

ということだった。

天龍川から、砂やバラス、薪、川舟で運んで来た諸材料、食糧品等を、捲き上げるウインチのウインチマン。これならば頭の働きの方が主で、体力はそれほど要らなかった。が、これも一日に、二時間か三時間もあれば出来る位の分量の仕事だった。中西を一人雇いっ切りにしておくほどの仕事ではなかった。

薪を集めたり、風呂の下を焚いたり、事務所に諸式を取りに行ったり、測量機械を借りに行ったり、簡単な帳面をつけたりする、雑役兼帳付け。これも一人雇いっ切りにするほどな丁場ではなかった。

広田が親方であれば、そうすることも損失を見越しての上でなら出来るのだった。が、広田は単なる一土方であり、一坑夫に過ぎなかった。親方へ推薦して使って貰うにしても、中西の体格では、それを持ち出すだけの勇気がなかった。

中西を目の前に見ると、「売るものは労働力だけだ」という、自分たちの置かれた立場が、痛いほど、心臓をしめつけた。

中西には、売るための労働力さえなかったのだ。

身長も五尺あるかなし、体重は十貫はとてもないだろうし、両眼は辛うじて、活字を読み字を書くことが出来るだけで、俗に星眼(ほしめ)(3)というのだった。その上、テンカンに似た発作を持っていて、時と場合とを問わず、ひっくりかえるのだった。どうして、そんな弱い体に生命力が残っているかと思われるほど、弱々しい体だった。

中西も自分でそれをよく知っていた。広田と東京で、同じ借間にいた時中西は、広田に云ったことがあった。

「僕みたい病身な青年は、大抵自殺する。だが、僕は自殺しない。僕の病身なのは、生れながらの営養不足だ。僕の肉体が、人に不快の感を与えるのを、僕はよく知っている。僕だって、僕みたいな弱々しい、どうにも救いようのない——医学上でも、何でも、救いようのない青年が、一生涯僕の側に居るなんて云い出したら、逃げ出してしまうだろう。僕自身、僕から逃げ出したい、と、幾度思ったか知れない位だった。今だって、よく、自分から逃げ出したいと思う。何のために、こんな厄介な、何の役にも立たない肉体のために、俺は曳きずられて、やり栄えのしない飢じい生活を続けているんだ。そんなに命が欲しいのか、と、自分を罵ることがある。藷も食えないで水ばかり飲んで、生れてから営養不足の続きを、モルモットや鼠のように、医者に飼われている訳でもないのに、何故やるんだか、僕にも分らない。だが、僕は死ぬまでは生きてやる。どうせ長いことはないかも知れん。長くなければ長くなくていい。この病みほうけ、瘠せさらばえた、チビた、枯れた、僕の生命を、死の刹那まで見ていてやる。何のために？　何のためか分らん。だが僕のような、狭い、薄い生命でも生命だ。象のような、鯨のような、容積の大きい、強靱な生命もある。だが、生命の価値は、容積だけで計っていいものだろうか。いや動物の事は云うまい。人間について考えてみ給え。出羽ケ岳(4)のような、容量トン数の多い人間もある。僕みたいに、笹舟みたいな人間もある。一方ではあらゆる物質や文化、一切の人類の築き上げた機能を、一個の生命のために役に立て得る「生命」がある。そこでは生命は脂肪分に極めて近づいている。だが一方では、僕みたいな生命が大多数を占めている。ここでは生命は無機物に近づいている。そんな多くの生命は、自ら、三原山や華厳や、浅間山や熱海へ行って、完全に無機物になってしまう。だが、僕は自殺しない。僕の生命は僕の責任ではないんだ。僕は、僕の貧弱な生命の責任の所在を追究するんだ。僕は願書を出して生れたのではないんだ」(5)

そういった風な、極端に弱い体を持っているのに、気象の方は極端に強い中西だった。杉の枝の勢（いきおい）よく、焰の舌を長く上げ、パチパチ舌打ちを始めると、炉の隅に置いた味噌汁の鍋が、ジウッと鉄の肌に焼けついて合奏を始め、煙と一緒になって、バラックの食堂が賑かになった。「火の消えたような」淋しさは去り、賑かに暖くなった。

広田は板片を二枚、炉の両側へ置き一枚を中西にやり、一枚は自分が腰を下した。

「飯が冷たくなっているが辛抱してくれ。それとも汁の中に入れるか、外（ほか）にお菜は何も無いが、今、事務所から缶詰か塩鮭でも貰って来るから、取りあえずパクついてくれ」

「いや構わんでくれ。米の飯と味噌汁と沢庵がありゃあ、僕等の東京の生活からみれや、何というかな、お正月みたいなもんだ」

中西は、冷や飯に煮え沸（たぎ）った味噌汁をかけて、箸を赤ん坊がするのと同じように、二本を一摑みにして、口の中へ流し込んだ。

「俺は箸の持ち方さえ教わらなかった。自分で食うようになってからは、箸の持ち方なんか考えている暇がなかった」

と、中西が自分で云ったように、彼は箸の持ち方を知らなかった。

広田は中西が飯を食う間、炉の方へ両足を立て、両手で膝を抱いて、黙って杉の枝の焔を見詰めていた。時々、手を組みほぐして、杉の枝を上へ積み重ねた。そしてわざと中西の方を見なかった。

中西に極り（きま）の悪い思いをさせたくなかったからだった。が、広田の思いやりも、その必要がなかった。中西は最初の二口三口は、文字通りにガツガツと、顔中を皺だらけにして、頬ばり、呑み込んだ。が、最初の一杯を食い終ると、そのまま茶碗も箸も、松板の食卓の上に載せてしまった。

「ああ、御馳走さま。うまかった」

と云って、口の周りを掌で拭いた。

「どうしたんだい。食っちまったっていいんだよ。もっと食えよ」

と広田は云わない訳には行かなかった。十里の峻険な、峡谷に沿った山道には、飯屋や粗末な「はたご屋」はあっても、中西には縁がなかっただろうことは、問わないでも分り切っていたことだったから。

「駄目なんだ。胃袋が受けつけないんだ。君は知っていると思ったんだが、まだ云わなかったっけね。俺の胃袋は発育する必要がなかったんだ。それだけ食い物を送り込んだことがなかったからな。おそらく六、七歳の子供の胃袋と同じ位で止っちゃったんだろう。だからどんなに腹が空いてても、一度には入らないんだ。炭坑で働いている時には、そのため人の知らない苦労をどの位したか分らなかったよ。僕に云わせれば、炭坑の仲間だって、君にしたって、慾ばって食い貯めしてるとしか思えないんだよ。その代り、僕は食物さえあれば、餓鬼みたいに、ノベツ幕なしに少しずつ食うんだよ。君の御存知の通りさ。「ああ小刻みなる胃の腑よ」って詩を、僕は作ったことがあるぜ。

おお、小刻みなる
わが胃の腑よ！
禁錮囚向きに出来上りたる
わが胃の腑よ！
汝が巨いなる理想を
獲得せば

汝が胃の腑は
慌てふためくらん

おお、わが小刻みなる
胃の腑よ！
汝とわれと、
共に慌てふためきて見たや。

というんだ。これは詩になっとらんかも知れん。どうだって構わんがね、ほら、藤原ね、君も知っていたろう、借家争議で一緒になったノッポさ。六尺って綽名(あだな)があったろう。奴と一緒に検束された時に、奴の言い草が振ってるんだ。

「こら中西、お前は弁当を六分ノ一残して俺の方に廻せ。俺は六尺お前は五尺、目方の方は面倒だから負けといてやる。でないと不公平だ」

ってやがるんだ。

「俺たちの胃の腑の容積は、俺たちの責任じゃないよ。弁当に云え！　もっとも俺が腹一杯になってそれで残るんなら、お前の方に当然廻るがね」

と、俺は云ってやったんだ。が、何と、後で直ぐ腹が減るってことが分っってても、半分も残しちゃったんだよ。こんな風なんだ、僕の胃袋って奴は。ところが六尺の言い草では、「都会の貧乏人の子は胃袋が、お前みたいに小さい。ところが貧農の子は馬みたいに胃袋が大きい。何故かっていうと、馬と同じに繊維ばかり喰んでるからだ」ってやがるんだ。それでついフキ出しちゃったら、担当にウンと油をしぼられたよ。だって、堀ノ内の馬車屋長屋の厩の馬を思い出したんだよ。ね、すっかり肩の骨も腰の骨も、峨々と聳え立ってるってな風に瘠せちゃってよ、腹だけ地面へ落っこちそうに垂れ下ってる、あの小さな馬車馬の事を思い出しちゃってさ。泣き笑いをしちゃったんだよ。「アハハハハハ、パラシュウトが背中にひっかかったような、あの馬かい、アハハ」と、うっかり留置場にいるのを忘れちゃってよ。笑い出しちゃってさ。ひでえ目に会ったことがあったぜ。

「こら、留置場にいるのが、うれしい奴はどいつだ、出て来い」って訳でね。

「何がおかしいんだ?」

「屁が出ましたので」

「屁が出ればおかしいか」

「へえ、それだけ腹がへると思ったんで」

「バカ、屁が腹の足しになると思うか」

「やっぱりいくらか」

「バカ！　入っとれ！」

と云って、担当も笑ってたがね。屁の問答なんて留置所向きにはいいね、悪気がないからね。それでも、「減食一回」食ったよ。もっとも減食は六尺が食ったと同じことさ。僕はもともと半分しか食えないんだからね。

「馬鹿ぁ見たなあ俺だよ」って、六尺はこぼしてたぜ」

「上州長屋の争議の時かい？」

「ああ、そうだ」

「あん時ぁ、お互にひでえ目に会ったなあ。笹塚から向島の大家の家まで、君たちがやられた後で、おかみさんたちが子供を背負って、嘆願に行ったんだよ。俺はそれについて行ったんだが、おかみさんたち途中で、揃って乳が出なくなっちまったんだよ。背中の赤ん坊が今度は揃って泣き出しちゃってね。いやどうも、俺まで泣き出したくなったよ」

炉の杉枝は、中西に体温を回復させ、一杯の米の飯は、生活力を回復させた。

そこが、天龍川の山岳地帯の峡底であることも、広田には、死ぬような単調の連続であることも、中西にはそこから離れることが直ちに米の飯に離れることであることも、暫くは忘れ果てさせた。

回想！　どんな困難な出来事も、思い出となれば、松の瘤から出る蜜のような、一種の甘味があった。哀れなる甘味よ、蜜よ、松の幹の瘤の甘味よ。

「僕が東京を離れてから、どうして暮してたかい」

と、広田はしみじみと、自分の頭の中にある屋根裏を覗くような気持で訊いた。

「どうして暮したかってかい。とても一々話し切れないし、僕も覚えてないんだがね、実はここに来ることを決心した理由を、一つ聞いて貰いたいんだ。僕は、幸福と満腹と、それから都合によれば、ちょっとした旅館の主人になって、小綺麗な女房でも貰って、女中の二、三人も使ってさ、大変な話だ！　一生涯楽に暮せるところまで行ったんだよ。

「それゃ、君が極度の営養不良と病弱から来た幻想じゃないか」

と、君は訊きたいだろう。僕にしたって、今、僕がこんな原始境に君を訪ねて来た今になってみると、東京にそんな現実の生活が二日前まで続いていた。ということが不思議な気がするんだ。「ひょっとすると、やっぱり俺は夢想を現実だと思い込んでいたのじゃないかな」ってな風にも思うんだ。

ところが、夢ではなかったんだ。夢は一月も二月も見続ける訳には行かないだろう。

ところが僕はそいつを、その夢みたいな現実の生活を三ケ月も「生活」したんだよ。

それでも、どのように僕が、僕自身の言葉を保証したって仕方のない話だから、第三者だね、つまり証人を上げることにしよう。もっともこれは証人というよりも、このプランを僕に授けてくれた人間だ。君も知ってる大森だ。

大森は君も知ってるように、始終僕の面倒を見てくれた。内職を紹介してくれたり、選挙事務所の労務者に紹介してくれたり、いよいよ僕が食えなくなると、自分の借間に同居させてくれたりした。これは君も知ってる通りだ。君がいなくなってからは、僕は君の代りに大森君の脛（スネ）に噛（かじ）りついた、という訳なんだ。大森君も誰から頼まれたという訳でもなかったのだが、僕が「餓死するかも知れない」という心配は、どうしても大森君の頭から抜けなかったらしいんだ。それは恐らく君だってそうだったろうと思う。何しろ、御覧の通り、餓死という言葉を人格化したのが僕だ、と僕も、自分で考えてる位だからね。

勿論（もちろん）、僕も、自分が自分と同じような、貧乏な、労働力を売ってさえ自分一人が食えるか食えんような、君や大森君に「たかって」生きて行くということは、全く済まなく思っている。これは全く済まないと思っている。だが、一方僕は、自分を実験しているんだからね、実験中なんだ。こいつが厄介なんだ。僕の営養不良と、病弱、というよりも不具廃疾だからね。これは、僕にも僕の親にも責任はなかったんだ。「貧乏人の子は貧乏人だ」というところに原因があるんだ。

これは君に云うまでもないことだ。君だって同じことだからね。ただ、君の場合では、実験費を、自分で稼ぐことが出来るが、僕の場合では寄生しなければ出来ないのだ。

僕が裕福な家に生れていれば、今時分、僕は「放蕩とは何ぞや」といった風な実験に夢中になってるかも知れないさ。それとも「幸福とは怠屈なるものなりや？」てな問題に夢中になってるかも知れないね。それともまた、「有産階級の皮膚面に及ぼす、痛さの感覚度について」という風な論文を書いてるかも知れん。

こいつは面白い研究題目だよ。一定の高さから木綿針を落とすんだ。二本だね、一本は君のような、まあ土方の手でも、耳でもいい、適当なところに落とすんだね。一本は、ピアノのキーを叩いたこと以外には、叩かれたことも叩いたこともないという風な、ブルジョアの若旦那、もしくは若様、の耳の上なり手の上なり、同じ場所に落とすんだ。

そして、その痛さの感度が、神経や、心臓や、消化器系統に、どんな変化を与えるか、そしてその実験の結果、労働者と若様とは、どういう風に、どの位違うか、ということを研究するんだ。

これでもって立派に医学博士になれる。そうだろう。何故かって、病気になったって医者にかかることの出来ないような者には、医学の方でも、研究費を節約する必要があるからね。

僕が裕福な家に生れてたら、その実験をやるんだが、残念なことには、蝿が塵箱に蛆を生みつけたような、生みつけ方を僕の場合ではやられちゃった。

そこで僕の実験は、それとはあべこべにならん訳には行かんじゃないか。

「資本制下における、極めて自然なる営養不良、または不具廃疾児の時間的延長(成長ではない)の、いろいろなる変化についての成績」

というような長ったらしい、訳の分らない実験が生れたんだ。この場合困ったことには、この実験者は、実験の結果を自分で見ることが出来ないんだ。そうだろうじゃないか、眠った瞬間を捉まえることが出来ないように、その実験の終了する、死の瞬間を、どうして僕が見てる訳に行くだろうか。ところがどうしてもやっぱり、死の瞬間まで見ていないと結論がつかないんだ。

生も死も自然な現象だろう。ところが貧乏ということになると、こいつは社会的な現象だろう。社会的な現象が自然的な現象を歪曲する、ということになると、どういうことになるかね。こうなるともう、これは学者の領分だ。塵箱の蛆の領分ではない。

そこで、僕の実験に、変化が起こりそうになったんだ。つまり、僕が旅館の主人なんかになって、三十過ぎてから、俄かに、営養を摂り始めるということになると、僕の実験がフイになるんだ。

ところが、僕は好んで「飢餓の人類思想に及ぼす影響について」ってな、実験をするために生れた訳ではなかったんだからね。ただ漫然と生れて、漫然と生命の充実感に浸ればよかったんだ。筋ばかりの藷と鰻丼とがあれば、どうしたって鰻丼の方がいいからね。ああ、今だって、僕は出されさえすれば、鰻丼を腹一杯食うよ。もっとも、三分の二は残すだろうけどね。いや、決して皮肉を云ってる訳じゃないよ。

そこで僕は実験を放棄しちまったんだ。宿屋の主人になろうってことに決めたんだ。笑っちゃいけないよ、この僕がだよ」

そこで、中西はちょっと黙った。

そして、自分で自分を嘲笑するような、筋肉の皺をその頰の辺に泛べた。

広田は何か恐ろしい結末に曳きずり込まれるのではないか、という風な、が半分好奇心も混った気持で聞き入っていた。

聞いている間中、広田は、杉の枝を次から次へと、焚火の上に添えていた。

水を含んだ杉の葉は、中西の話に合槌でも打つように、パチパチと炉の中で鳴った。

二

中西は、全でダムでも決潰したように、言葉の濁流に飛沫を上げていたが、そこまで話すと、何かに躓いたようだった。

言葉の上で乗り越すことが、困難なような部分に打っつかったようだった。

「人間は、偉大なことと、卑小なこととを無分別に、何の考えなしに、習慣通りに決めてしまっている」

中西は、今までの言葉の続きとは全で違ったことを、独語した。

「僕は僕の実験中に、絶えず悩んだ一つの考えがあった。今でもある。が、その考えがハッキリした形を示さないのだ。それは人間が「えらくなろう」という思想に対する懐疑だ。

英雄、偉人、というのは何だ? という考えだった。英雄だとか偉人だとかいうものは、生命と、どんな関わりがあるんだ。

たとえば実験台上の僕だ。僕が英雄偉人になりたいと、もし考えたとする。もしくは、漠然と「えらい人」になりたいと考えたとする。すると、もう、英雄だとか「えらい人」だとかいう言葉そのものが、僕の生命の毒薬になる。

何故かって、飯も食えなければ、視力も薄いし、変な病気は体中のどの部分にも食い込んでいて、いつ死ぬか分らない僕には、「ただ生きている」ということで一杯だ。「ただ生きている」ということだけでも、僕にとっては大きな反逆である。反抗なんだ。俺を生れると直ぐから、こんな風な取り扱い方をして、「死んでしまえ」という風にしか取り扱わない制度に対しては、僕にいわせれば、生きている、ということだけで、ナポレオンよりも、シーザーよりも大きな努力なんだ。

それこそ、「命がけで生きている」んだ。殺されても死なない積りで生きているんだ。その上に「えらくなれ」というような、ものの考え方が流通し、誰の上にでものしかかる、としたならば、僕みたいな病弱なものでなくったって、ウンザリしちまうだろう。匙を投げちまうだろう。

「えらくなる」ということは、人間の心臓というモーターに投げ込まれた、砂利だ。そいつは、人間を焼き切ってしまうんだ。えらくなる、ということは自分を見失うことなんだ。他人と一緒に自分まで、自分を見失ってしまうことなんだ。

「えらくなってしまった者」は、もう、完全に人間の生命から離れちまっているんだ。だが、「えらくなりたい者」が、えらくなれなくて、市井にくすぶっていると、自分よりも低い生活をしている者に対して、「えらがら」なくては気がすまないんだ。ということは、自分よりも「えらい」と思う者に、無条件に頭を下げることだ。

ここでも、「偉大未遂」は、人間の生命を機械化しているんだ。秋の薄が、野分けの風に靡くように、尊い人間の生命が、ぞろっと揃って、得体の知れない「偉大」というものの前に、頭を下げているのが、現代の社会の縮図なんだ。

「金持ちになれないから死ぬ」「保険金を取って家族を救うために死ぬ」「文士になれそうもないから死ぬ」「総理大臣になれないから死ぬ」

みな「偉さ」の青酸加里で殺されたのだ。

死んだ方がいいかも知れん。人間は多過ぎる、という説もある。が、僕は死なないんだ。自殺なんか勿論しない。殺されても死なないんだ。どうして、僕はこうガン張るんだろう、と僕も、自分にハッキリ分らないんだ。この辺に秘密がありそうな気がしているんだ。

「有り合わせの考え方」のために、人間はどんなに、ボロボロ自殺するんだろう。何故、俺たちは、有り合わせの考え方ばかりやるんだろう。畜生！

有り合わせの人間なんてあったためしが、あっただろうか？

僕みたいな人間でも、「有り合わせ」を持って来て、ツギハギだらけで拵えたもんじゃないんだ。ちゃんと母親の陣痛を経て来ているんだ。あらゆる生命が、深い歓びと、鋭い苦痛とによって、生れたんだ。それは発展させ、進歩させなければならないもので、途中で、うっちゃらかしちまうべきものではないのだ。

だが」

急に、中西は口を噤(つぐ)んだ。

また、彼は暗礁に乗り上げたらしかった。

広田は「生きる」ということのために、こんなにも深い苦しみを舐め、息たえだえに喘(あえ)ぎ続け、考え続ける中西に、驚きの念を抑えることが出来なかった。

「ただ生きている者」もあるし、「考え詰めて生きている者」もある、という風な思いが、広田の頭をかすめた。

「生命は単数で考えただけではいけない。が、複数でだけ考えてもいけない。それは生れる時は絶対に単数で生れるが、複数で殺されている」

と、何かの宣告でも下すように、ポッキリ云って、また、中西は口を噤んだ。

「正義というものがあるだろうか」

と、また、中西は、ポツンと云った。

「それがなくては、人間は生きて行けなかろうじゃないか」

と、広田は初めて言葉を挟んだ。それは、自分が生きているということについて、余り長い間、何も考えなかったことについて、言い訳をしているような響きを持っていた。

「正義があるとすれば、それは何だろう？　そして、それと反対なものは、どういう取り扱いを受けているのだろう」

と、中西は泣くような声を出した。

実際に、中西は泣いているのかも知れなかった。鼻汁を中西はかんだ。

「それは何だろう。それは何だろう。そしてどこにあるんだろう。いつあったんだろう。広田君、そいつを僕に教えてくれ」

中西は、そう云いながら、涙を、その星の入った両方の眼から、ボロボロとこぼした。が拭おうともしなかった。中西の言葉は、中西の内心の苦悩を、そのまま言葉にしたものではないようだった。

——自殺しようと決心してるんじゃあるまいか——

と、広田は思った。

広田は答えなかった。黙って、杉の枝を火の上に添え足した。

——俺を一本の藁にして、わざわざ東京から「歩いて」訪ねて来たのかも知れない。

でなければ、こんな風な話し方をした中西を、かつて俺は見たことがなかった——

広田は、脛(すね)の間につっ込んだ顔を上げて、じっと、真剣な眼を中西の顔の上に注いだ。

「僕の場合では生命が素っ裸だ」

と、中西は、その乾からびたような顔を、ピクピクひきつらせ、暗闇の中で何かを手探りで探るように、言葉を探しながら云った。

「素っ裸な命、外界の危険から着物なしに保護されていない命、そんな命というものに、生きるために便宜というものが考えられるだろうか。方便だね。というよりも計画を持った生活といった方がいいかな、たとえばだね、生命保険に入るとか、いや、十円何かの拍子に入った時一円だけ、そうっと貯金しておくという風なことだ。そうしろと、まじめに僕にすすめてくれる者もあったよ。

「何といったって、いざという時には自分より頼りになるものはない。だから、その、(いざ)という時以外には、使わないように貯金をしとけ」

と云ってね。そして恐ろしいことには、大抵誰でも、「それはそうだ」と思い込んでいる。ところが僕には、いつだって(いざ)という時以外にはなかったんだ。(いざ)ってえ時がいつ来るかも知れない、なんてのんびりした生活はなかったんだ。

「自分より頼りになるものはない」

と、その男は、僕に説教したよ。その男は心からそう思って云ったらしいんだ。その男は相当な資産家の息子でね。ダイビングをやるように、頭の方から思想運動に飛び込んだことがあったそうだがね、

「俺は頼まれたから出てやったんだ」

などとも云ってたがね、そんなことはどうだって構やしない。だが、僕は、（いざ）って時には（自分だってさっぱり頼りにならない）と思ってるんだ。

そうだろう。僕が発作を起してひっくりかえるね、

「ああ、こんなところにひっくりかえっちゃいけない」

ってことが、チャンと僕には分ってるんだ。分っていながら、チャンと引っくりかえって、歯をガリガリ食いしばってるんだ。

僕に歯がないのは、歯ぎしりをし過ぎたからなんだ。口惜しいから歯ぎしりをしたんじゃないんだ。発作が起ったからなんだ。だが、やっぱり、口惜しい、と思わないこともない。口惜しいさ。立派に働く体を持ってて、遊んで食って好きなことをしている人間と、働けない体を持ってても、働かねば、いや、働いたって食えやしない人間と、この、同じ大地の上に棲息しているんだ。いや、棲息してりゃいいんだ。が一方はどんどん自殺しているんだ。

これが人間だろうか。人間とは一体何だろうか、（いざ）という時のために、金を貯めとく！　百舌鳥（もず）だって蛙をとって貯める。犬だって畑の隅を掘って貯める。だが、百舌鳥も犬も、貯めた場所を忘れっちまうんだ。だが人間は忘れない。金を貯めたことを忘れないから、人間が万物の霊長だというのか。

広田君、僕には何もかも分らないんだ。聞いてくれ、聞いてくれ、僕はやっぱり、計略を用いて、猫を被って、婆さんが死んでしまうのを待っていて、それから宿屋のオヤジになった方がいいんだろうか」

中西は、その歯のない口を、歯があったら唇が切れるだろうと思われるほど、食いしばった。

「そうなんだ。生きて行くのには計略がいるんだ。生きて行くのに計略や謀（はかりごと）が要るために、生きるってことの方を忘れてしまったんだ。何が何だか訳も分らないのに、人が駆けるからってんで、人をつっ転ばして、やっぱり手前も駆け出すんだ。だが、僕が宿屋の主人公になって、泥棒蜘蛛（ぐも）のように巣を張って、客というものの懐から、血を吸いとる、ということは、滑稽なこっちゃないか。え、広田君、そうだろう、そうじゃないか、そうは思わんか。宿屋の主人なら、デップリ肥っていて、ドテラか何か着込んで、帳場に坐り込んでいて、「梅や」だとか、「お松や」だとか云って、女中も呼ばねばならんじゃないか。

ところが僕は三助だ。僕は三助も失業しちゃったんだ。デップリ肥った丈夫そうな奴の背中を流してるうちに、癪にさわったんだ。

「この野郎は、必要以上に脂肪分をとりやがるんだ」

と思ったら、堪らなくなっちゃったんだ。だもんだから、肩を揉む時に、肩の筋ん中に指をつっ込んで、力一杯引っぱり上げてやったんだ。

「ヤッ！」

てな大ゲサな声を出しやがって、

「痛い、無茶をするな」

ってやがったから、

「お客さんみたいに肥満していられると、肩をよく揉みほぐさんことには、卒中するおそれがありますよ。何といっても体がもとでですからなあ」

と、俺は云ってやったが、デブッチョ奴、そそくさ出て行きやがったが、番頭に言ったとみえて、俺は馘になっちゃったんだ。

広田君、三助も勤まらん僕が、今度は、主人になろうっていうんだ。三助から主人に「出世」をしようてんだ。立身しようてんだ。成功美談だ。かつて僕がこき使われたように、今度は三助を使うんだ。

「お客様のお発ちだ。湯はまだ沸いてないのか！」てなことを云って、夜の明けないうちから怒鳴るんだ。

「そんなに早く火を落しちゃいかんじゃないか、お客様は夜分来られるに決っとるじゃないか、今から沸かせ」

と云って、遅く着いた客のために、夜中の一時頃風呂の下を燃させる。そうすると、三助は一日中寝る時がないんだ。僕が三助だった時、寝る暇がなかったから、今度は仇打ちに、僕の使う三助を寝かさないでやる！か。ところがその三助は僕の仇じゃあないんだ。僕と同じような境遇の人間なんだ。どちらかというと可哀相な人間なんだ。どっちかといわなくったって、三助なんぞにならなければならないものは、可哀相な人間なんだ。誰が好きや道楽で三助なんぞになるものか。だが宿屋を盛んにやるってことになると、三助はどうしても要るんだ。女中も要るんだ。番頭も要るんだ。

宿屋ってことになると、宿料ってものが、特等から一等、二等、三等、とあって、等外から、便所の隣の、階段の下の部屋の、行燈部屋って奴まで要るんだ。この行燈部屋って奴は、極めて僕には縁が深かったんだ。ところが僕が宿屋の主人になるっていうと、その行燈部屋を、白い眼で睨まなけゃならなくなるんだ。そいつは儲けにならない代りに、損になるからな、そうすると、僕は、僕を睨みつけているってことになるんだ。婦女誘拐の常習者で、ゴロツキで、誘拐に来て泊っていることが分っていても、特等に泊っていれば、そいつは特等並の面をするし、僕もさせなけゃならないんだ。息子が失業して自殺しそこねたのを、郷里から引き取りに来た、百姓のお爺さんが三等に泊るとすれば、女中はやっぱり三等扱いにするんだ。

そこで、僕は人間の正体を見失ってしまわなけれゃ、ならなくなるんだ。人間の正体を見失うために、僕は宿屋の主人にならなけれゃならんという法はない。だが、そうしないためには、大森君や君のスネに、ダニのように食い込んでいなけれゃならんのだ。ところが食い込むためには、大森君や君のスネは余り向いていないんだ。大して脂切ってもいないし、肥ってもいないんだからなあ。広田君、じゃあ、一体、僕はどうすればいいんだ。どうすればいいんだ、なんて、僕は君に相談するような顔をしている。ところが、どうするってことはもうやっちゃったんだ。どうしたと思う」

そう云って、中西はまた口を噤んだ。

中西は、砂糖黍を摩る車を曳く牛のように、何かしら、彼の云いたい問題の廻りを、グルグル廻っているように思われた。

「お茶を一杯飲ませてくれないか、広田君」

と、中西はどういう訳か、その骨ばった手で押し止めるような格好をしながら、広田に註文した。

「あ、そうだ。お茶を忘れていた。番茶の出がらしでいいかい」

「何でもいいんだ。少し喋舌り過ぎたんだ。喋舌り過ぎたくせに、喋舌り足りないんだ。まだ大分喋舌らんと、目的地に行かないんだ」

「酒はどうだい。少し位飲んでもいいだろう」

「ありがとう。いや止そう。すっかり話がすんでから貰おう。その方がいい。僕はもうこの話はこの機会以外には話したくないんだよ。しょっ中、こんな重っ苦しい話をすることは、僕のような病身な弱い体には、ひどく応えるんだ。体だけじゃない神経にもよくないんだ。手っとり早く、僕は結論、つまり、僕が宿屋の主人公になるために、どんなことをやったか、もっとも今になってみれば、宿屋の主人にならないためにやったことになるんだ、が、そいつを話しちまって重荷を下そう。

僕は、壁の穴の前に、前足を伏せて、息を殺して、鼠の出て来るのを待つ、あの猫のように、僕の獲物を待ったんだ。

「目的のためには手段を選ばず」

ってことがあるからなあ。ところが、その目的とは何だ。僕が宿屋の亭主になる、ということなんだ。亭主になって、客の食い残しの料理を食って営養を摂ることなんだ。その前に、晩酌も一合や二合はつけるだろうさ。一切の条件がうまく行って、この僕の肉体が丈夫になるかも知れない。眼の星が除れ、発作がおさまり、歯は三遍も生える訳には行かないから、こいつは白金の台か何かにして、総入歯と行かあね。脂肪が体中に程よく廻って、小兵ながらも下っ腹が膨れて、押し出しまんざらでないってことになる。貰った女房もうまく当って、何てったって、こいつは水物だからね、ヒステリー女でも貰った日にゃ、百年目だからね。だから何としても、女房だけはうまく当てなけゃいけないんだ。が、幸、そいつもうまく当って、平和な宿屋業が始まったとするね。それはまあいいさ。その平和な生活が、面白いか面白くないかってことは、その時になってみなければ分らないことなんだからね。

「今日は、あの野郎からいくらいくらブン取ってやった」

なんてなことが、僕の生活を非常に生き甲斐のあるものにするような、そんな人生観の変化が起らないとも限らないからね。客人の食い残しの、滋養分の豊富な料理が、僕の肉体の各組織、各細胞に入って、組織替えを起こして、僕の脳細胞の活動も、また、そいつに従って変化しないってことは、断言出来んこったからなあ。事によれば、客の食い残し以外には何にも食わないで、歯も今のままにしといて、病気になっても医者にかからないで、紙幣の皺を、アイロンで延ばすのが、その時になれゃあ、僕の唯一の「人生の目的」にならんとも断言は出来んのだからな。

何故ったって、そうだろう、広田君、目的が、その方を向いてるんだ。「向き、不向き」って言葉があるが、この言葉は重要だよ。軍人向き、政治向き、高利貸向き、文士向き、ゴロツキ向き、亭主稼業向き、といろいろあるじゃないか。

僕は地球のどっか一とこに、なるだけなら島がいいがね、そこに、誰が行って「占領」しても構わない土地があるといい、と思ってるんだ。何故かっていうと、人間は土地を欲しがっているからね。

「欲しくて、欲しくて、どうにも我慢がならん」

という風な人間は、世界中の隅々から、その島を目がけて、押しかけるがいい。とにかく誰が「分捕ろう」とも、構わない土地なんだ。殺し合おうが、斬り合おうが、毒ガスを撒こうが、コレラ菌を撒こうが、どんな手段も、そこだけは構わない、というような、豊饒な土地を設けるんだ。もっとも、あんまり、爆弾を落したり、毒ガスを撒いたり、毒菌を撒きちらしたりすれば、そんな世界中無比の豊饒な土地だって、草も生えんように瘠せっちまうかも知れんがね。しかし、止むを得ん話だよ。何故ったって、「土地が欲しい」んだからね。慾望は満足させてやらねばならんじゃないか。

さんざん殺し合って、最後に残った一等強い奴が、砲弾の破片と、毒ガスのために化学的に変化を起こして、ボロボロに砂とも土とも、金属とも分らない島の上に上陸して、「これは人間の生活に堪えざる島である」という珍らしい事実を発見したっていいさ。何故かっていったって、「生活する」ってことが第一じゃなくて、「土地が欲しい」ということが第一なんだからね。慾望は満足さしてやらんけりゃいかんよ。いや、土地よりも金を欲しがってる奴もあるから、そいつにもやっぱり、はけ口を拵らえにゃいかんね。その島の隣に、も一つ島が無いといかん。その島には金貨の眼のくらむようなのを、山のように積んどくんだ。

「どなたでも、かってにおとり下さい。手段や方法は、どんな残酷なことでも構いません」

てな、立札を立てなくちゃいかんね。これも、土地以上の壮観を呈するだろうね。それはきっと壮観だよ。人類が地上に現出し得る最大の、闘争が捲き起るね、きっと。そこで、観覧席を設けて、オリンピックを見に行くように、観客を募集して、そいつの方で一儲けやる奴も出るだろう。

ところが、その島を覘(うかが)うということと僕が宿屋の亭主を覘うってこととどこが一体違うんだろう。広田君。方向がその島の方を向いていたんだ。そうは思わんかい。言葉というものはどんな場合でも、具体的な事実や事件よりは綺麗なもんだ。いいかい、「僕が、宿屋のババの首を締めた」というところで、この言葉は、それほど醜悪なものじゃないんだ。ところが事実はどうだろう」

そう云って、中西は口をとじた。

土方飯場の、バラックの食堂であり、半原始境の天龍の山岳地帯である、というような、そんな雰囲気は、杉の枝の煙が追い出したようだった。

中西が東京から持ち込んだ、切羽詰った、押し合い攻め合い、踏みにじり合っている、生活苦の死闘の雰囲気が、食堂に満ち、広田を捕えた。

この峡谷にも、生活苦から起る、数々の惨劇、悲劇、殺人沙汰は絶えずあった。が、それ等の事件には、広田はほとんど無感覚になっていた。

中西の話では「首をしめた」と云うのだった。「しめ殺した」とは云わなかった。してみれば、「しめ殺した」のよりも、もっと凄惨な、「日本刀で斬殺して、沈みをつけて、天龍川に沈めた」というような出来事も、工事場については、あったのだ。

土着の農民も、工事関係の土方や坑夫たちも、商人も、それについて話し合った。が、それは新聞記事が与えるほどの、印象をも与えなかった。

が、中西が「首をしめた」と云った言葉はひどく広田を、ひっつかんだ。いわば、尖った爪でワシ掴みにされたように、広田は感じたのだった。

「何か起る」という感じは、時代を通じ、世界を通じて、空気のように地球の上を蔽うていた。そして、「何か」は、全く、どこにでも起っていた。それは一々数え切れないほどだった。

日本でも、ちょうど、日本という細長い体が胃痙攣か何か起こしでもしたように、苦痛で、体をもがき、波打たせ、バタついていた。

それは日本だけではなく、世界中がそうであった。全で、地球が、胃痙攣か心臓の痙攣でも起したようだった。

三

「待てよ」

と云って、広田は腰を浮かした。

広田は、中西の次の言葉を聞きたくなかった。聞くことによって、中西がなおさらひどい立場に落ちて行きそうな予感がした。

だが、腰を浮かして、さて、どうしてよいのか自分にも分っていなかった。

もし、そのまま、広田が出て行ったとしても、それで、どうなるという訳でもなかった。反って、中西に不安の念を募らせるだけの事かも知れなかった。

「小便をして来る」

と、広田は云った。

「序に酒をとって来るから、火を消さないように頼むぜ」

そう云って、広田は食堂を出た。

事務所で酒を一升貰い、それを提げて広田は、中西とまた向い合って坐った。

「妥協なんだ。首をしめた、ということは妥協だったんだ」

と、広田がまだ、すっかり腰を下し切らないうちから、中西は言葉を続けた。

ちょうど、広田の帰って来るのを待ってる間中、その言葉を考え続け、ようやく発見したのだ、というような調子が、その言葉の中に含まれていた。

「妥協なしでは、人間は生きていられないんだ。これは真理だ。だが、それだから恐ろしいんだ。妥協なしでは一刻も生きていられない、ということを口実にして、何もかもに妥協してしまうんだ。毒食わば皿まで、ということになってしまうんだ。僕は婆の首をちょっと締めたんだ。締めかけただけだ、と云ってもいい位なんだ。よしんば締めて、殺してしまったとしても、やっぱり妥協には違いないんだ。ただ、その場合は、妥協の程度が少なかった、というだけの話だ。ちょっと待ってくれ。酒を飲ますのはちょっと待ってくれ。この「妥協する」というところが、酒なんか飲まなくても、まだ僕に結論がついていないんだ。生きるために妥協しなければならん、というのなら話は分るんだ。なあ、広田君、そうだろう。ところが、「死ぬのにも妥協する」ということになると、どうなるんだ。命を投げ出すということになれば、もう妥協する必要なんか無いじゃないか。そうだろう、どうせ死ぬんだ。ということになれば、一体、何のために妥協しなければならないんだ。僕は自殺はしないんだ。だから「生きるためには、ある程度の妥協」というものが必要だってことは実験がすんでいるんだ、が、沢山死んだ若者たちがいるだろう。それもだ、僕みたいな生命よりか死に近いような奴が頑張っていて、健康で、ピチピチしていて、食う物だって無くなってしまった訳でもないのに、自殺する青年が多いだろう。何のために彼等は死ぬんだ。この汚ない、不正だらけの社会に、彼等が責任を負うて死ぬのか。奴等に一体、どんな責任があるんだ。それとも、この世の中にもう愛想をつかしたというのか！　え、広田君、まだようやくヨチヨチ一人歩きを始めたばかりで、「とても、そう長くは歩き続けられないだろう」と見極めをつけてか。

「他の人は金が貯るのに、自分はどういう訳か金が、貯らぬから」といって自殺する。

「親が貧乏になったから保険をかけといて自殺する」といって死に損う。こいつ等は馬鹿か狂人か、え、広田君。馬鹿か狂人ならいいんだ。馬鹿か狂人でなければ考えられんような考え方が、一般の考え方で通用している、というような世の中だったら、そいつを批判しなければならんようにしか、ものの考えられん奴——つまり僕みたいな奴だな——そいつの方が今度は馬鹿か狂人か。竹の筒か望遠鏡みたいな筒からばかり覗いて、そこに出た一瞬の現実が、総ての現実だと思い込んでしまう。そしてアッサリ死んで片をつける。つけたつもりでいる。なるほどそいつ等は、自分を片附けたんだから、それでいいだろう。が、それで世の中は済んでしまっちゃいないんだ。ベロッと赤い舌を出してる奴があったらどうするんだ。出しているんだ。僕の眼には星が入っているが、その舌が見えるんだ。その舌がたくらんでやがるんだ。どう思う広田君。君は、ここが原始境だと思っている。空気も清澄だし、光線も澄んでいる、人間も純朴だ、と思っているだろう。その通りだ。だが違ったところがあるんだ。この空気にも水にも、人格にも、たくらみが混り込んでいるんだ。そのたくらみから逃れることは、誰も出来ないんだ。たくらみを見破らないものは勿論だが、たくらみを見破ったものだって、そいつから逃れる道はないんだ。そのたくらみっての何だろう。たくらみはあるんだが、その形はどんな格好をしてやがるんだろう」

事務所の方から、炊(カシ)きの女の連中が、食堂に入って来た。湯気の立った飯櫃を抱えたり、小さな赤ん坊ならその中で、入浴の出来る位の鍋を下げたりして。

中西は、その「婆ア」の首を締めた、という具体的な話に入る前に、もう、夕食の時間が迫ったのだった。

方々から、地底を揺ぶる、ハッパの爆音が轟き始めた。上りハッパの時間になった。

土方たちは、食堂に入って来た。

逞ましい食事が、これから始まるのだった。食堂の一隅にある棚の上から埃(ほこり)と煤(すす)とにまみれた燗瓶(かんびん)を取り下して、事務所に持って行くものもあった。

酒の好きな連中だった。それは疲れを休めるためだった。酔うには至らなかった。酔うほどは飲めなかった。飲みたくても事務所でくれなかったし、毎晩飲めば「下り」になるのだった。労働賃銀よりも余分に飲む、ということは出来ない話であった。

生活！　それは生活であった。が、生命の継続といった方が、実感があった。一日の労役を終えて、雑房に帰った囚人たちと、同じではなかった。が、非常な懸隔があるものでもなかった。

少くとも、それは人間の生活として、幸福なものではなかった。馬車馬が厩でする生活に近かった。

では、そのような幸福でない生活を送らねばならなかった、この多くの土方たちは、それぞれ、何等かの罪で、こういう生活に入ったのだろうか。

各人が、原因を持っていて、ここに落ち込んで来たのか。どうかそれは読者の辛抱強い読書力を期待して、作品の続きを書かなければ仕方のない問題であろう。

中西と広田との話は、荒々しい舌鼓や、茶碗の音や、大勢の土方たちの話声のために、中絶された。

四

土方と、一口に云っても、それは土方になるために生みつけられた、特定の種属ではなかった。

夏になれば蟹工船(6)に乗って、カムチャツカに行かなければ、「ならない」——何故かならばもう労銀の前借りをして、それを家族の生活費に置いて、または支払ってしまって、——天龍峡谷に来た、東北凶作地帯の農民も三十名余りいた。

不自由な言葉で、海峡を渡って来て、内地生れの無精な人間よりも、内地を方々工事し歩いて、立派な技能を持ち、流暢な言葉を話すようになった、朝鮮生れの土方もあった。

何のためか自分でもよく分らなかったが、とにかく、土方になって、人間の生活というものはそういうものだと、思い込んでいるようなのもいた。

そうかと思うと、深野総二郎という、大資本家の娘に惚れられて、その娘を押しつけられたという大工もいた。もっとも、その大工は翌日になると、その娘の父親は四井家の当主であるという風に云った。極めて大真面目にその大工は主張するので、そして、少くとも、その話をしている間中は、論旨が首尾一貫しているし、極めて細かい事件の描写なども全く合理的だったので、その翌日の話を聞くまでは、最初の聞き手は、同席者が混ぜっかえしさえしなければ、本とうの事だと思い込むのであった。その大工の腕は冴えていた。仕事の仕上げには、話に見られるような空想的な、または妄想的な要素はなかった。

一々の土方や、坑夫、大工などについて、その性格はとても書き切れない。が、各々、少しずつか、またはひどく異っていた。

が、中西は、誰もが同じように、健康そうに見え、生活に対し、生命に対して、何等の屈託も感じていないようなのを見て、限りなく羨しかった。

そして、彼等の肉体の前に、自分が圧倒されるように覚えた。

広田は少しすきっ腹だったが、後で中西と一緒に、食堂が空きになってから、話の続きを聞きもし、飯も食おう、と思って、中西を誘って、飯場に帰った。

飯場は四間に十五間の、細長いバラックだった。急傾斜面というよりも、断崖に建っているので、床板の下は天龍川の水面である、と、大きく云えば云える位だった。

川風は床板の下から蒲莫座(がまござ)を透して吹き上げた。

冷凍の魚の入っている箱のような、このバラックの両端には、十燭の電燈が一つずつ、ブラ下っていた。

布団が両側に、二列に畳んであった。壁板には棚板を打ちつけてあって、バスケットや柳行李(やなぎごうり)、むき出しの絆天(はんてん)、ゲートルなど、雑多なものが載っていた。

戸口のとっつきに、大きな炉が一つと、両極の電燈の下に、小さな炉が一つずつ拵らえてあった。

どの炉の側にも、薪や杉の枝が置いてあった。だから炉辺の布団には、木の葉や枝が、茸(きのこ)が頭を持ち上げた、といった風に被っていた。

広田と中西とは、戸口のとっつきの、大きな炉に火を燃しつけた。

煙がバラックに一杯になり、灰が、パチパチ枝から吹き出す空気のために、バラック中に飛んだ。

早く食事をすました者や、濡れた仕事着を脱いでから飯を食おうとする、土方たちは、その炉に足を出して、暖をとった。

広田は中西を迎えて、飯場の炉に当っていると、平生炉に当っている時の気持と、全（まる）っ切り異っていることに気付いた。住み馴（な）れた、退屈し切った、飯場も、炉も、そこでの生活も、何もかもが、新らしい刺戟で広田を打った。

――中西のような見方や、感じ方をすれば、俺の周囲には、痛くて飛び上るようなことばかりだ。俺は麻痺しちゃっているんだな――

と広田は思った。

中西は黙って、その星の入った視力の薄い眼を、暗い飯場の方々へ向けて、観察しているようだった。が、ハッキリと見分けることは出来なかっただろう。星眼の上に、栄養不良から来る鳥眼までも、中西は持っていたのだったから。

飯場頭の橋本の方から、広田に、中西と一緒に話しに来ないか、と言伝（ことづけ）て来たが、

「今日は中西が疲れているから」

と云って断った。

東京で、橋本も、中西とは一面識があったのである。

暫くするうちに、飯場の大小三つの炉辺は、土方で一杯にとり巻かれ、もの倦い会話が取りかわされていた。中には、問答無用とばかりに、板みたいな布団の中に、型を直そうとでもするように、もぐり込んで、冷たい眠りにつくものもあった。

飯場が満員になれば、食堂はガラ空きになるので、広田は、

「中西君、飯食いに行こう」

と誘って、びっこの下駄をつっかけて、飯場を出た。

「待てよ。真っ暗くて歩けんじゃないか」

と、中西は後ろから声をかけた。

「ああ、そうか、君はまだ天龍の暗に馴れとらんのだなあ、馴れると何でもなくなるんだよ。そんなら猫みたいに見えるかっていえば、そうでもないんだ。だが分るんだよ。つまり感かな、僕の肩につかまって来給え」

二人は小学生のように肩を並べ、中西は広田の幅の広い、高原性の肩に手を置いて、食堂へ行った。

もう食堂は一人二人いるだけだった。晩酌の一合をひっかけた連中だった。が、それも一合だけではオダを上げるなんてところまでは行かなかったので、神妙に飯をパクついて出て行ってしまった。

「もう一杯飲んでもいいだろう」

と、中西にほほ笑みかけて、小さい薬缶に瓶から酒を移して、炉の隅へ入れた。

「発作さえ起らねばいいんだが。もっともこいつは、何だって起るんだが、サッパリと見当がつかないんで困る。飲んでも起らない時があるし、飲まなくっても起る。飲めば起らんかというとそうでもない。僕に対する一種の叛乱だね」

「大丈夫だよ。君の発作なら僕以上の看護手はないよ。東京じゃ五年間位は、専任看護卒だったからな。いつか交番で君が発作を起こした時は、面白かったよ。不審訊問で交番に呼び込まれた時さ、

「忘年会の帰りです」

と云って僕が答えてるうちに、君がひっくりかえっちゃったんだよ。

「どうしたんだ、どうしたんだ」

とお巡りさんが云うんで、

「いつもの発作です」って云おうと思ったが、それじゃ余り変化がなさ過ぎるんで、ちょうど、殺人焼酎が流行ってる時だったろう、あいつをフッと思い出したんで、

「御覧の通り僕等ぁ登録労働者で、金が無いもんで、焼鳥屋で焼酎を呷(あお)ったんですよ。焼酎に当ったのかも知れん、大変です」

って云ったんだよ。そしたら、若いお巡りさんだったがね、交番の前を通る円タクを止めて、

「早く家へ連れて帰れ」って云うんだ。

「円タク代がありません」って云うと、

「それは俺が後で払うから早くし給え、死んじまうといけない」

ってね、無理に押し込むように円タクに乗せてくれたよ。巡査だって中にぁ、親切なのもいる、と僕はつくづく思ったぜ。発作だって役に立つこともあるさ」

広田は、東京の赤貧時代というよりも、飢餓時代を思い出しながら、話した。

「あの時は、やっぱり発作の責任は焼酎だったろうなあ。あの日一ん日中、歩いて歩きまわったんだ。君にだけ働かして、おんぶしてばかりいるのは、いけないと思ってね、筆耕の口を京橋まで探しに行ったんだ。それから神田、麹町って風に、歩きながら、電柱が頻(しき)りに眼につくんだ。ところが、どの電柱の広告も、質屋と医者の広告なんだ。質屋も医者も、どっちも僕には切実な要求があるんだが、関係がつかないってえ、変な関係だろう。それでムシャクシャしちまったんだ。そのうち、東京にはなるほど、質屋と医者とに密接な聯(つな)がりを持ってる者が多いってことが、いやってほど分ったんだ。分らされちゃったんだね。京橋から堀ノ内へ帰るまで、一本ずつ、電柱の広告を読んで来た

んだよ、ワザワザ一々側へ寄ってね。

「おまえは何か質に入れて、何か口に入れなければいかん」

と質屋の電柱は云うんだ。

「おまえは医者にかかって、その発作や、眼の治療をしなけれゃいかん」

と、医者の電柱は云うんだ。そのたんびに僕の眼の前は、質屋のノレンのように真っ黒になったり、医者のレントゲン室みたいに真っ暗になったりしやがるんだよ。その広告の電柱の下に、しゃがみ込んで、広告って奴は罪悪だと思ったよ。いやがらせだね、広告なんかしなくったって、質草さえあれゃ、どこまでだって探して入れに行くじゃないか、医者だって叩き起しても起きないくせに、頼んでも来てもくれないくせに、何だって空々しく広告しやがるんだ。広告するだけの金があったら、俺にくれ！と、僕は喚き出したかった位だよ。御丁寧に一本ずつの質屋と医者に挨拶して来たもんだから、体ぁ腹と一緒に風船のように浮きやがるのに、足は電柱みたいに地ん中に食い込もうとしやがるんだ。そこへ、君にチュウを御馳走になったんだから堪らないやね、発作と来たんだね。もっともあの場合は僕が、発作などという持病を持ってたから「よかったんだ」よ。もし持病を持ってなくて、新らしい病気が出来たとしたら、どうだろう。必ずしも有り得ないこっちゃないからね。アル中って奴は、緩慢に来る奴ばかりじゃなく、急性なんて奴もあるって話だ。急性アル中で、人を殺したくなった、なんぞという発作が、もし、その時から起ったとすれば、――どんな人間にだって、魂の隅っこの暗いところには、人殺しの、人類の祖先の血が残ってるだろうからね――それこそ、字義通りの「殺人焼酎」だよ。だが、何のために、殺人焼酎や、青酸加里を八釜しく云うんだろう。アメリカでは、電気椅子に坐らせて、囚人を死刑にするそうだね。電気で殺した方が、紐で殺すよりか、「衛生的」だとでもいうんだろうか。その方が「文化的」なんだろうか。あれもいかん、これもいかん、といって死刑の方法が、だんだん「文化的」になり「芸術的」になり、終いには「美の極致」にまで発展したとすれば、どうなるんだろう。牛に引っ張らせて、八つ裂きにした惨酷な殺し方よりも、まだ悪いじゃないか。何故かって、殺人、ということは美の極致ではないじゃないか。人を殺すということは、もともと惨酷なことじゃないか。そいつを、美しくする、ということに「文化」の意味があるとすれば「文化」とは一体何だ！　ちょうどわが国が世界の一等国のうちの、最高の段階に登ったとたんに、国内では自殺が、これも世界最高の数でもって流行を極める。とすると、最高の段階とは一体何だろう。僕は復古主義者じゃない。復古主義者じゃないが、本質は隠蔽しない方がいい、と思ってるんだ。「殺人」はどんな場合だって、惨忍なものに極ってるじゃないか。それにはそれ相当の相貌を与えて、人々に惨忍な嫌悪させるような感情を与えるがいいんだ。本質的には惨忍なことを、いろいろ工夫して金をかけて、お上品にして、人に陶酔の感情でも与えたらどうなるんだ。あの銀色をしたスマートな、美しい飛行機が、蒼空を飛んでいるのは、何という美だろう。人間が造り出した美の最高の段階の一つだ。そいつが、ツァナ湖(7)の清澄な湖水に毒薬を落すんだ。一夜を明くれば、湖岸には、その水を飲んだものは、人間も象も獅子も、カモシカも、牛も、馬も、猫も、鼠も、あらゆる生物は毒死してしまうんだ。これが、僕たちの生きている、現在の地上の同じ出来事だろうか、これに対して人間は流す涙を涸らしちまったんだろうか、それはエチオピアで起ったことだから、われわれと関係はないというんだろうか。人間の智慧というものは恐ろしいものだ。殺人を無意識の中に行えるようにしちまったんだ。何を入れてあるか分らない包みを、飛行機に載っけて、

「これをツァナ湖へ投入しろ」

と上官が命令するだろう。

「投入するであります。終り」

てなことで、飛行家の軍曹か何かが、それを投入して来るだろう。

「投入して来たであります」

「よろしい」

これだけの話なんだ。軍曹は人間やライオンや、あらゆる生物を殺す意志も何も持っていないんだ。だが、湖畔では無数の生命が毒殺されたんだ。のたうちまわったんだ。そして、その死の断末魔の苦痛に対しては、一体誰が責任を持ったんだ。苦痛を覚えるんだ。軍曹は誰かが死んだだろうなんてことは、知りもしなければ、「見も」しないんだ。

「ツァナ湖の水なんか飲むから死ぬんだ」

ということになるんだ。何というこった。それだけの死が無意味なんだ。これは一体どうしたということなんだ。そして、イタリーはエチオピアより文明国だ、というんだ。僕にとっては、こんなやくざな、影の薄い生命でも、かけがえのない大切な生命なんだ。殺されても死なない、というほど執着を持っている、尊い生命だ。してみれば、これは僕にとって大切なように、誰にとっても生命は大切なものなんだ。一辺こっきりのものなんだ。ああ、何というこった。僕には分らない、広田君、僕には分らない。教えてくれ、教えてくれ、生命とは何だ？　文明とは何だ？　そして幸福とは何だ？　人類の進化とは何だ？　人類の進化とは、不自然死を防ぐことが、その中の一つの重要な要素ではないのか。もしそうだとしたら、人類は一体進化しているのか、退化しているのか」

中西は、燃えるような勢(いきおい)で、喋舌った。

理髪代もないし、バリカンもないので、延びっぱなしになっている、そして、耳だとか首だとかうるさく感じるところは鋏でチョン切ってある、頭の中に指をつっ込んで、髪の毛を引きむしるようにした。

炉の隅へ入れてある、薬缶の酒は、何かの薬草でも煎じているように、湯気を吹いて、煮つまっていた。

が、広田は、まるで中西から叱られてでもいるように、頭を抱えて、炉の燃える火を見つめているのだった。

中西は何だか顫えているようだった。全く寒さは背後から襲った。炉の方を向いている腹や、足は暖く、顔はほてって赤くさえ見えたが、背中は寒かった。

だが、寒さで顫えたのではなかった。

「僕は、僕のこの弱い体、弱い生命を苦しめるものが、僕自身の肉体と病気だけでなく、人類の生命などという、とりとめのないことを、考えないではいられないところからも来るってことを知っているんだ。僕だけで沢山じゃないか」

そう云って中西は自分を嘲笑するような、極りの悪いような微笑を、皺だらけの口の周りに浮べた。

「僕がこんなことを云い出したのは、僕が宿屋の婆さんの首を締めかけた、ということを、具体的に告白しただけでは、僕が、余り見すぼらしい頭しかない、と君に思われそうだったからなんだ。それはそうなんだ。だが、それだけでもないんだ。もう、お喋舌りは止そう。もう、幾らか、僕が人類の進歩について、幾分なりとも関心を持っている、ということは君にも分って貰ったんだ。「然(しか)らば」だ。然らばだ、こいつはいい言葉だ。然らば、だとか、「だが、しかし」という言葉は問題をゴマ化すのに極めて適当だよ。その上博識をひけらかす上にもいい。だが、今、僕は君に博識をひけらかす必要はないんだ。君は僕を根こそぎ知ってるんだもんなあ。ただ、ちょっとテレるんだ。何故ったって、君は全く円満具足、聖人みたいな人間だもんなあ」

広田はびっくりしたように顔を上げた。

――冗談云うない――と、「聖人みたいな」などと云うので、言葉を挟もうとしたのだった。が、そんなことは、中西は気にかけもしないで、話し続けた。

五

「てれることを、無理やりに話すってことは、何というか、拷問に会ってるようなもんだ。だが、こいつが無いと、打開ということが無いんだ。僕は今、打開しようと思ってるんだ。腫物だって、押し出さなけれゃあ、癒（なお）りゃしないからなあ、そのくせ押さえる、と痛いと来やがる。理屈で行けば、どうせ出なければ癒らんものなら、アッサリ痛くないように出ればよさそうなもんだ。ああ、じれってえなあ。だが、ああ、そうだ、どんな偉大な思想でも、いや、どんな地上の出来事でも、先ず第一は「命」ってことじゃないだろうか。

「命あってのものだね」

って言葉があるが、こいつは何でもない言葉のようで、そうでないと思うんだ。そうだろうじゃないか、命がなくなっちまったのに、後に何か欲しいものがあるだろうか。「地位、名誉、財産」なんて、いろいろ「死んでも残しときたい」と多くの人間はなるほど思ってるさ。だが、そう思ってる時は、まだ生きて血の通ってる時だぜ。地位や、名誉や、財産が、「役に立つ」から、そいつを残しときたい、と思うんだ。役に立つものは、どうしたって生きてる間必要だからね、僕みたいな、ちょっと割り込んだといった風な命でも、藷（いも）だとか、飯だとか、たまには、天ぷらなどとか、寒くなればシャツだとか、「役に立つ」ものが必要なんだ。だが、それは自分が生きているからだよ。生きてる間中役に立つからってんで、そいつを可愛いい子供たちに残しとくと、死んだ翌（あく）る日から手の生爪（なまづめ）を剝（は）がして、兄弟同志で摑み合いを始めたり、終いには殺し合ったりする。何のために殺すんだ。生きるのに要るものを、今度は奪り合うのに、殺し合うんだよ。それもだ、もう無くなっちまって、後一時間も経てば、自分の命が保たん、という時なら、まあ、いくらか話の分る点もあるさ。情状酌量の余地ってなものは、そんなところにあるんだろう。ところが現在ではもう、「情状酌量の余地」なんか全っ切り、無くなっちまったんだ。

「もう一蔵、蔵を建てたい」というようなことで、やっつけるような奴さえ出来てるんだ。ただ、何となく着物が欲しいってなことで万引をやる、「良家」の婦人なんかあるというんだ。これは、人間の考え方のレールの続きの上に立っている、建築だよ。鉄筋コンクリートの建築だよ。犯罪でも、異常心理でも何でもありゃしないんだ。自分自身の観念の延長を捕まえる、ということになるんだ。僕には、僕も引っくるめて、世の中の事がバカバカしくて堪らないんだ。

「すっかり間違ってるのに、僕の生命の苦しいのは事実だ」

という考えが、いやこいつは考えというよりも感覚だよ。皮膚や、内臓に沁み入るように感じるんだからね、こいつをどうするか、ってえ問題だ。この問題を解決するのには、時間だとか、むずかしくいえば歴史とかいうものが必要だからね、ところが、僕の薄手の生命には、時間というような余裕が、予め計算されなかったんだ。ホルモンという高いものを注射したって、やっぱり歴史には追っつけないんだからね、ところが、僕にはホルモンどころの騒ぎじゃないんだ。

「私の生肝は向う岸の松の枝にかけて来たんだ[8]」と云った猿だね、あの猿の云い草じゃないが、まあ云ってみれば、僕の生命なんて奴ぁ、松ノ枝か、物干竿の端っこにでも、裸で、むき出しのまま、引っかけてあるという具合なんだ。

「風前の灯（ともしび）」って言葉があるが、そいつとそっくりな僕の生命なんだ。それだのに、僕は宿屋の主人なんかに、なろうと企んだんだ」

広田は、酒の煮詰っているのに気がついた。薬缶の酒に瓶から冷たい酒を移し、揺ぶって、それを茶碗に注いだ。

「まあ、飲めよ」

「うん」

中西は、ゴクッと一息に、酒を呷った。そして、その乾からびた顔を、ピクピクとひきつったようだった。何か、彼の心の中に、話している間に、別な考えが浮んだようだった。

「つまり、大森君の奨めに従って、僕は、全っ切り頼りのない老婆（ばあ）さんの、準養子みたいな、といえば人聞きがいいんだが、いわば、番頭で入ったんだ。宿泊人の宿賃の勘定をしたり、炭を部屋に持って行ったり、風呂の下を焚きつけたり、宿帳を持って行ったりし始めたんだ。もう、飯を食うのにも困りはしなかった。バットだって、チャンと一日に二つずつは、ばあさんも認めてくれたんだ。ばあさんは七十九だったよ。どこといって病気はなく、まだ丈夫なもんだった。皮肉なことには、成績さえよければ養子にして貰える僕よりも長生きしそうなんだ。それはまあ仕方のない……」

中西はそこで、突然口を閉じて、空になった茶碗を、広田につき出した。広田はそれに酒を満たした。

「仕方のない話なんだ。だが、ばあさんは僕が、金をチョロマカスだろう、という疑(うたがい)を持ち出したんだ。

「どうも勘定が合わん」という風なことを、うるさく云って、僕の顔を真正面から見詰めるんだ。僕は、「勘定はチャンと合っている、この通りだ」と、帳面を見せるのだが、婆さんはやっぱり疑ってるんだ。疑う筈(はず)なんだ。僕はチョロマカシたからね。僕は婆さんを「棺桶の中に持ち込めるんじゃあるまいし」と、軽蔑したり、憎んだりしたんだ。が、終いには、僕自身、婆さんとちっとも変っちゃいない、ってことに気がついたんだ」

茶碗二杯の酒は、中西の腸(はらわた)にしみたらしかった。が、顔に出る訳でもなく、何だか、様子が、発作でも起りはしないか、と心配になるほど、弱々しくなった。

喋舌り疲れたのかも知れなかった。

「まあ、そんな話は止して、ゆっくり飲んだ方がいいよ。昂奮は君には毒なんだからなあ。それより、酒を飲んで、グッスリ眠った方がいいよ。疲れているんだよ」

広田はそう云って、自分の茶碗を飲み乾して、中西にさした。

「いや、ありがとう。僕はもう喋舌らないよ。疲れちまった、それに喋舌ったって何になろう。糞の役にも立ちゃしないんだ。どんなに考えたって、考えあぐむだけだ。どんな考えも頭だけで尻尾が無いんだ。結論がないんだ。でも考えるんだ。癖になっちまったんだね。体が弱いからなんだろう」

そう云って、淋しい、泣き笑いを、皮の剝げかかっている頰の上に泛べた。

広田は中西の顔を、気づかれぬように観察した。何か深い決意といった風なものが、中西の表情の中に、読み取れないか、と思ったのだった。

哀れな、気の毒な、返答の仕ようも、解決のつけようもない仲間。自分もそれと五十歩百歩ではあったが、それでも、中西よりはまだよかった広田は、中西の話や、その話し方や、疲れ切っているその病弱な体を見ているうちに、云い現わすことの出来ない憂愁に囚われた。

日頃、ハッパをかけ、鶴嘴(つるはし)を振りまわして、ひどい労働に終日の連続を送る時、何となしに浮かぬ気にはなっていたが、それはこの場合の憂愁とは違う種類のものだった。中西が転げ込んで来た。という一つの事実は、広田の日常を今までとは、全っ切り違ったものにするのだった。

中西が何か、たとえば「婆さんの首を締めた」という事実が、「殺した」ということであろうと、または、全っ切り婆さんの首になんか手を触れなかろうと、あるいは宿屋なんてものは、中西の幻想に過ぎなかったとしても、兎(と)に角(かく)、中西はその気の強い、そのくせ極度に病弱な生身(なまみ)を、広田の眼前に持ち出したのであった。

つまり、一口に云ってしまえば、最高の理想と最低の現実とは、緊密な聯がりを持っていたのである。というのは人類の生命というものが尊重されなければならず、それを徒(いたずら)に、自殺せしめたり絶望せしめたり、うっちゃらかしたりしないで、進化発展せしめなければならない、ということは、中西を広田が当面の問題としては、一日の飯代五十銭を支払って、扶養しなければならないと、いうことと全く同じだった。

この場合、人類の理想というものが、広田と中西の飯代で併せて一円になり、三十銭しか残らないし、雨が降れば一円足りなくなる、というような勘定になるとすれば、人間は、とかく、人類の理想というものを、便宜上、面白く思わなくなるのであった。

事実、便宜上、人間は理想を捨てたがるものである。何故といったって、理想は直ぐに食えるものではなかったし、便宜はそのまま食えるからであった。

だが、広田は便宜上、人間の生命なんか、「見て見ない振りをする」ことの、出来ない方の性分であった。

広田は、土龍（もぐら）みたいな体をしていた。頭の毛は土龍の毛のように軟かかった。が、その手と肩とは、やっぱり土龍のように、強くて大きかった。欧洲メールの(9)石炭庫（コールバンカー）や、天龍峡谷の隧道にもぐることも、土龍に似ていた。困難な生活についての推進力も強かった。

広田は長男だったので、九州に残してある、一口では云い切れないほどの、骨肉たちの世話も見なければならぬ「立場」にあった。

その骨肉は、生命の問題に還元していえば、中西と同じような頼りないのが、祖母と母との二個。半分壊れかけたのが父の一個。その他弟妹の、未完成なのが数個であった。ところが、これはまるで、歴史と闘争するようなものだった。封建的な家族制を賃銀奴隷として扶育する、という不可能事なのであった。

「俺の責任ではない」

と広田は思った。

「歴史を推しまくるより外に術はない」

と、広田は決心したのであった。

だが、広田の決心にもかかわらず、問題は解決しはしなかった。栗のいがを剝いて、中から滑っこい中身を出すようには、人間の歴史というものは、全体も、それを形造る個々も、うまく行きはしないのであった。

このモヤモヤした未解決の圧迫は、どんな労働者や、農民の上にも例外なくのしかかっていた。そして多くの場合、自分だけがそうであるような錯覚に捕われるのだった。何といっても、感覚は個人的なものであったので。

だが、小作人でいるくせに、もう一人の小作人の土地を、自分が作ろうと企んだり、争議を裏切って、いい子になろうとするような労働者とは、広田は違っていた。

今では現役を退いて、社会大衆党[10]の党員でさえもなかった。が、かつては、社大の平党員であった。海上では海員組合の平組合員であった。つまり、さっぱりパッとしない存在であった。指導者でもなければ、理論家でもなく、そうかといって癇癪持ちの闘士でもなかった。坂道でも平坦な道でも大して歩調を変えないで歩いて行く、ただの大衆の一人であった。

こういう風な性分だったので、中西の転げ込んだことには、一応困りはした。が、大して広田を当惑させるというほどでもなかった。

転げ込むのは中西に限らなかった。広田自身、幾度か転げ込んだことがあったからであった。従って、便宜上理想を踏んづけてしまうということはしないのであった。

「とにかく、方針の立つまで、暫く休養しろよ。そうむきになって考えたって仕方がないよ。僕に云わせれば、無暗に騒々しい、ということは、理想的じゃないと思うんだ。君のことを云っているんじゃないよ。誤解しちゃいけないよ。つまり焦ったってどうにもならないと云うんだよ。世間が騒々しい、だから釣り込まれて、自分まで無暗に慌てまくる、ということは愚だと思うんだよ。それゃあ、君の場合では窮迫してるということは分る。だが、どうすることが出来るもんかね。僕の親たちもドタン場に行ってる。妹からの手紙では、三百円ないと懲役に行かねばならぬ、父を助けるために何とかならぬか、と云って来ているよ、三百円といえば大金だよ。僕等にとってはね。一生涯そんな額の金は見ないで済ましてしまうだろう。ところが、もし、僕がどうしても父を救いたい、つまり、懲役にやりたくないと思えば、その大金が僕に必要になって来る。そうすると、泥棒をするか、強盗をするかしなければならん。そうすると、親爺は懲役に――何のためだか分らないが――行くことをのがれる。が、僕が行かねばならん。監獄というものや、懲役というものがある以上、そこに行く人間も必要かも知れん。まだ行ったことがないから分らんが、余りいいところではあるまい。大していいところでもないとすると、父も僕も、どっちも、そんなところには行かん方がいい。だが、三百円無いと、どうしても、そこへ行かねばならん、父には盗癖はなかったから、まさか泥棒したのではあるまい。借りた金が払えないともいうのじゃない。今無いから払えない。それを懲役にやるというのなら、立派に名目は立っている。懲役とは、悪い人間の入るところじゃない。悪い人間の入る処でない処なら、誰だって入っていい。何もそんなに慌てて、三百円作る必要はないではないか、と、僕は妹に返事をやったんだ。実際、僕には故郷の生家の苦境が眼に見えるんだ。だが、それは僕の生家だけではない。君だってそうだ、僕だってそうだ。あの飯場にゴロゴロ寝てる連中だって、一人残らずみんなそうなんだ。この峡谷に働いている土方や坑夫、五千人とその家族、それがみんなそうだ。道楽でやってる者は一人もいない。その上、ハッパにやられたり、足場から落ちたり、隧道で押されたり、山に来られたりして、沢山の死傷者が出来る。その女房は子供を両方の手に引っ張って、天龍川に飛び込む。賃銀値上げや、傷害手当の給与など持ち出して、隧道に立て籠ると煙でいぶされる。全で狸だ。その労働者たちの一番上に立ってるものは、貴族院議員だ。「えらいもんだ」と、土方たちは云ってる。もっとも、その貴族院議員は、辞めさせられて、今では縛られかけているそうだ。それが縛られたからって、僕等に十銭の値上もありゃしない。何が何だか、さっぱり分りゃしない。分らないってえことにかけたら、君より僕の方が上手な位だよ。東京では何でも、ガタガタゴトゴト、バリバリやった(11)そうだが、何だか外国で起ったこと位にしか考えられない。土方の中には何にも知らんのが多い。ドカン、ドカン、ハッパをかけたり、隧道の中にもぐり込めば、僕等の方が命がけだ。毎日のように死んでいる。ハッパや隧道に殺されたんだから、文句もつけられん、と考えている。僕も土方には倦き倦きした。いつも山に抑えつけられていて、遠い処を見ることも出来ない。だが僕にはどうすることも出来ん。慌てたって仕方がない。なるようにしかならん。そのうちに何とかなる。とこう思ってるんだ。第一話しも何も出来やしないんだよ。君が来たから、僕はこうして、ダラダラ愚痴を並べ立てている。だがこんな話はここじゃ話にならないんだ。君の話なんかもっと問題にならん。

「あいつぁ気が変だよ」

ぐらいのところだ。話といえば、女と金の話位なもんだ。「下よくこれを見ならって」いる。政府は安心するがいい。だが話はいつでも出来る。もう遅い。酒を飲んじまって寝よう。酒をもっと飲め、素面じゃあ、最初の者は寒くてとても寝られない」

広田は中西の茶碗へ酒を注いだ。

あたりは全く静かだった。犬の吠える声もなかった。天龍川の流れが、足の下で唸るように鳴っているだけだった。

霜の下りる音がするようだった。

杉の枝を積み上げたので、焔は、バラックの屋根まで火の子を上げた。

中西は溜息をついた。何かまた、云い出しそうにしたが、唇を舐めて、酒を呷った。

どんな原始境に近い、峡谷にでも、森林にでも、時代の波は、電波のように素早く入り込んだ。

中西が東京を遁れて、広田を頼って来たのは、中西の話のように、単に宿屋の婆さんの首を締めかけた、という、それに伴う心理的な理由からだけではなかった。

中西が、広田を出し抜けに訪ねたと同じように、中西もまたその友人に訪ねられたのであった。

その友人というのが、大それた計画を企てて、失敗した揚句、中西を訪ねて来た、ということが、後になって分ったのであった。

安ホテルの一日

ホテルの食堂に現われた老人は骨と皮だけに瘠せていた。

頭は延ばしていたのだろうが、今ではもう延びているんだか、刈り込んでいるんだか、それとも頭の皮膚が陽に焼けたんだか、はっきり判らなかった。

瘠せこけた体に、ネルの着物を着て、細い紐を締めていた。

顔も瘠せていたし、手も瘠せていた。顔から受ける感じは、尖った無気味なものだった。

老人は、老人の年齢上の習慣から、朝早く眼が覚めた。

それから始まる、無限に長い、そのくせ夜になってみると、別に長くもなかったような一日が、また続くのだった。

老人は手に鍵を持っていた。

その鍵はホテルの室のもので、四十二号室のだった。

老人は洗面所に行った。

洗面器に水を七分目位に入れ、水を止めると湯の方をひねった。湯は洗面器のずっと端の方から入れ、その反対側の方に老人は、右手の小指を入れた。湯が適当の温度になったことが小指に感じられると、老人は湯を止めた。両手を長い間湯の中に浸した揚句、老人は石鹼で手を洗い始める。それも無精者がやるようではなく、おそらく、毛穴の一つ一つをほじくり出す、という風なやり方であった。

それだけでも三十分以上の時間をかけるのだったが、手を洗う前に、洗面器を洗う事を忘れた朝などは、それからまた洗面器を洗い、また手を洗うのだった。

私が食堂でビールを二本飲んで、そのために三度便所に立った夕方などは、三度とも老人は、洗面器の上で手を泡だらけにして、洗い続けていた。

私は手だけを石鹼で洗う、などという清潔な習慣を持っていなかったので、この老人に何か特別な関心を持たないではいられなかった。

たとえば、私は村にいる時は肥(こえ)を汲んでも、手はただ、川の水でじゃぶじゃぶと洗うだけだったし、忙しい時などは、顔の方は忘れることが多かった。

ホテルの便所などは、川の水よりも澄んでいて綺麗だった。

東京は雑沓を極めて、私のような田舎者には、出歩くと眼が廻るし、肩といわず腕といわず打っつかり合うし、活動にでも入ろうものなら、息をするのに骨が折れる位だった。

で、私はホテルの三畳敷きよりも、もっと狭い部屋に閉じこもって、どうしても出京しなければ足りなかった用事は、電話で果すことにしたのだった。

一室に閉じこもっている私は、便所と浴室に行く以外には、ドアの外に出る事は、二度または三度の食事以外には、ほとんど無かった。

その少い回数の外出の場合、大抵老人は洗面所にいて、手を泡だらけにしているのだった。

ある朝食堂で、高くて、まずくて、量の少い食事を、私は食っていた。

――どういう風にしたら、飯のお代りをしないで腹が一杯になるだろうか――

と考えながら。何故かならば、食堂で飯のお代りを取った者は、私以外には誰も無いようだったから。私も、私が三杯平らげることにしている茶碗の一杯分よりも少い、食堂の飯を、田舎にいる時と同様に食うとすれば三度または四度、飯のお代りを取らなければならない。そんな事は別に深い理由を考えた訳ではなかったが、ただ、恥かしいような気がしたのだった。

田舎では少ししか食えない事の方が恥かしい場合が多いのに。ホテルというところは、なんと上品な人ばかりが、泊るのだろう、と私は感心しながら食っていた。

そこへ、老人が、ネルの着物のまま現われて、給仕女の立っている直ぐ前のテーブルに腰を下した。

手には番茶茶碗を持っていて、それを大切そうにテーブルの上に置いた。

私はひどくこの老人に好奇心を唆られていたので、テーブルを変えて、老人を真正面から観察出来るような位置についた。

食堂はガランとして、その老人と私との二人っ切りだった。ホテルの附近には安くて、量の豊富な、美味いものを食わせる食い物屋が、軒並みにといっていいほど並んでいた。だから大抵の泊り客は、街へ食事に出るのらしかった。

老人は黙って坐った。いつも食べる献立が決っているのだとみえて、スープとトーストと、果物と紅茶とを、老人は食べた。

紅茶を飲む時、老人は右手の小指をコップの中に入れるのが見えた。

——ははあ、この老人は外国の生活を長くやった人に違いない。——

と、私は無躾けな話だが、老人の食事のし方をジロジロ見ながら、考えたのだった。

——おそらく、ボーイかコックを船で長いことやって、小金を貯めて、アントワープか何かで、食い物商売をやって、さて、相当儲けたところで、帰国した、というところだろう。どうもマドロス上りらしいところが見える。ところが日本へ帰って、故国に錦を飾ろうとして、田舎へ行ってみると、肉親は誰もいなくなっている。何しろ四十年近くも外国に居て、その間外国の生活に馴れ、馴れるとその事に忙殺されて、故郷との通信も、いつ絶えるともなく絶えてしまったのだろう。肉親の居る村に土地でも買い、家でも建てて、老後を安らかに暮そうという夢は、一度に破れた。つまり手がかりが無くなっちまっていたのだ。六反ばかりの小作農だった兄は、そのうちに殖えて来た子供達を養いかねて、北海道か、満洲へでも移民して行ったのだろう。それを訊ねたり、追っかけて訪ねるだけの根気も興味もない。とにかく、ゆっくり考えよう。それには安ホテルで、たった一人になって静かに考えてみよう。家を一軒持つなんて面倒なことはとても堪らないこった。——

老人は、トーストを千切ってバタをつけ、口に入れてモグモグやった。

見ていると、それは食事を楽しんでいるとも思われなかった。が、単純に歯が悪いためだけに、面倒だが食事が長びくのだ、という様子でもなかった。

一定の時間を費すために、ちゃんと予算が立ててあって、その予算を狂わさないために、悠(ゆっ)くり食べている、という風なことが想像された。

食事が終ると、老人は立ち上って台の処に行き、持って来た番茶茶碗を出して、

「コーヒーをこれに一杯、また貰いたいんですが」

と、女中に云った。

女中はそう云われるまでもなく、いつもの事だとみえて、缶の中から焙(い)り立てらしいコーヒーの粉を、茶碗の中へ入れてやるのだった。

老人は茶碗を持って、廊下へ出て行った。

コーヒーを飲むためなら、食堂で飲ませてくれるのに、コーヒーの粉を貰って行くというのは、何のためだろう、と、私は不思議に思わないではいられなかった。だが、それよりも何かしらその老人の存在は、私を堪らない淋しさの中に陥れた。何といえばいいだろう。そうだ、――こんな風な生活方法があってもいいのだろうか――という風な考えが私を捕えた。

私が食事を済ませて、番茶のお代りを薬缶に三杯も貰って廊下へ出て、三階へ上ると、その突き当りの洗面台には、さっきの老人が持って来たのと、同じ茶碗が置いてあって、コーヒーの粉がふやけて散らかっているのだった。

――してみれば、そのまま食ってしまったという訳でもないんだな――

と、私は思った。何故かなら、老人はコーヒーに中毒していて、おそらく粉ごとコーヒーを食ってしまうのだろう、と、どこか心の底で私は考えていたものだから。

雨が降ったりすると、外に出て飯を食うのが面倒な客が、食堂に飛び入りで来ることがあった。が、その顔は、銀座か新宿で行き会う通行人の顔と同じく、始終変った。

老人と私だけが、頑固に変らなく顔を会わせるのだった。

老人の場合はどういう訳だか分らなかったが、私の場合では、高くてもホテルの食堂で一品料理でも食わなければ現金が無くなってしまって、それが入って来るまでは、外(ほか)に方法が無いからだった。

私は年上の人に敬意を表する習慣に従って、食堂で顔を会わせると、老人に「お早うございます」とか、「今晩は」とか挨拶をすることにした。

老人は叮嚀(ていねい)に頭を下げて、私の言った通りの挨拶を返すのだった。

ある秋の、日本晴の日曜日だった。

昼飯にランチでも食おうと、私は食堂に降りて行った。

誰ぁれも居なくて、若い女中さんたちまで、どこかへ油でも売りに行ったとみえ、休業中の劇場の舞台みたいに、ガランとして薄暗かった。

そんないい天気の日曜日なのだから、夕刊ではきっと人出何十万だなどという記事が出るような、そんな日の昼に、薄暗い陰気なホテルの、殺風景な食堂で食事をする者は、あろう筈がなかった。

私は、いつも老人のかけるテーブルの椅子に腰を下した。

そこからは、マストみたいなホテルのコンクリートの煙突が、窓の直ぐ前に、押し除けるようにして生えた、という風に立っていた。

その煙突の向う側は、ホテルの共同洗場で、どこかから洩るとみえて、コンクリートに蒼黒い苔みたいな汚点がついて、下の方へ垂れていた。

ちょっと眼を上の方に上げると、コンクリートの煙突に鉄の輪が嵌めてあった。どういう訳で輪など嵌めたのか分らなかったが、そのために反って、――危ねえもんだ――という感じを打たせるのに役立っていた。

私はそのコンクリート製のマストみたいな、ホテルの煙突を眺めながら、老人はいつもこの椅子に坐るが、何かこのマストめいた煙突に憑かれているのではないだろうか、と思った。もし老人がマドロスであったとすれば、マストやファンネル(1)を繞る思い出は、豊富であるに相違ないし、もしその上、コックかボーイかだったならば、炊事場の匂いが仄かに漂い上って鼻をくすぐる。その椅子が、数十年の思い出の緒口を導き出すに相違ないのだった。

私はいつまでも、そんな風な事を考えて、女中の帰って来るのを待っていた。ドアが開いたので、多分女中が帰って来たのだろうと、私はやっぱり汚れ切った煙突に眺め入っていた。

「いいお天気でございます」

と、後ろで老人の声がした。

「はあ、いいお天気でございます」

と答えて、直ぐ私は立ち上った。

「あなたが居らっしゃいませんので、お席を拝借しておりました。失礼しました。どうぞ」

そう云って私は、老人へ椅子を明け渡して、

「退屈していますので、お差支えなかったら、お話でも伺いながら食事致したかったものですから」

私は叮嚀に頭を下げて、老人に許しを乞うた。

「それはそれは。私こそ退屈し切っていたのですから、願ってもない幸(さいわい)のことですが、何分御覧の通りに年を取りまして、もうまる呆(ぼ)けですから、御話を承るより外にお話し申し上げることが無いので残念です」

と、椅子に腰を下した老人は、素直に私の申し出を受け容れてくれた。

「さき程からここに腰かけていまして、どうもこの食堂は、どこかしら船の食堂でなく、大部屋か何かに似てる、と私は考えていましたんですが、戸外は素晴らしく明るいのに、ここは暗いし、マストとでもファンネルとでも思える煙突は立ってるし、その船も、どことい って一定の航路の決らない、中以下の貨物船のように思ってたんですが、あなたはどうお感じになりましたか」

と、私は老人がマドロスだったかどうかを探るために、そう訊いた。

「ほう、不思議なことがあるものですね。私もそれと同じことを感じていたのですが、あなたは、では、前、船にお乗りになっていたのですね」

と、老人が、トーストを拇りながら云った。その眼には遠い、ようやく見える燈台の灯のような光が、ちょっと灯ったように私には思われた。

「そうですよ。だが、それが直ぐお解りになるあなたもやっぱり、船乗りだった、という証明になる訳ですねえ」

「船乗りだったこともありました。が、長いことではありませんでした」

そう云って老人は長い間黙り込んでしまった。時々、トーストを拇って紅茶に漬けて、口に運んだり、卵の目玉焼を口に入れたりした。

「長かったのは、やっぱり陸上の生活でした。それもアメリカの生活が一番長かったでしょう。余り長く外国へ居過ぎたために、今度帰ってみて日本に驚いている始末なのです」

「どういう点で祖国に驚いていられるのですか」

と、ぶっきら棒に、私は訊いた。

「どういう点ですって！　そんな部分的なものではありませんね。もし、私に子供があったとしたら、四十年近い外国生活の間に、赤ん坊からあなた位の年輩に成長した、その子の姿に驚くような、いわばまあ、そんな種類の驚きですね。これがあの時の赤ん坊か！　という風の驚きですね。ちょっと信じられない、なかなか一朝一夕には納得が行かない、という風な驚きですよ」

「つまり成長していたのにお驚きになった訳ですねえ」

「そうです。いや、そんな簡単なものじゃないんです。成長し過ぎていた訳ですよ。それもただ、上背が延びたというようなのじゃなく、一目には計りがたい巨木のような成長の仕方ですねえ。発言権と云っちゃ可笑(おか)しいでしょうか、四十にもなる子を捕まえて、老人が意見するようなもので、圧倒されちゃって、手が出せないんですよ。義勇兵なんて制度はないし、よしんばあったって、こんな老人は足手纏(あしでまと)いですからね。お見受けするところ、あなたはまだお若いようですが、軍籍は海軍ですか」

「いや」と、私は答えた。「若くありません。日清戦争当時の生れで四十六になりました。陸軍だったんですが、国民兵になっちまったんで、何にも御奉公が出来ないのはいけない、とこう考えましてね、今、南氷洋の捕鯨船にでも、何かの手伝いをさせて貰おうと思いまして、それでその運動に上京(2)しているんです」

「ほう、田舎にいらっしゃるんですか」

「ひどい山の中にいます」

「田舎はいいでしょうねえ」

「そうです。静かです。静かなことは全く静かです。それだけです」

と、私は答えた。

「静かですね、田舎は。だがあなたは、その静かさに倦(あ)きて捕鯨船にお乗りになりたい、という訳ですか」

「いや、そういう訳ではありません。私は静かさに倦きるということのない性分です。性分というよりも年齢のせいでしょうか、とにかく静かなほど好きなのです。景色も静かな方がいいし、心境も静けさを好むのです」

そう答えた。が、私はちょっとてれた。何か、腹の中で考えていることと、言葉とがちぐはぐになった感じだったので。

「それでもやはり、退屈はなさるんですね」

と、老人は極めて率直に、真面目に云った。私は、はっとした。

この頃の私の心の中で、私自身にも分らないで苛々(いらいら)していた、謎の一部分を老人が解いてくれたのだった。

もし私がほんとうに静けさを愛しているんだったら、この老人の静けさを破る筈もなかったのだ。その点をこの老人は私に暗示したのかも知れないのだった。

——君、打っ捨(ちゃ)っといてくれ給え。この老人をからかわないでおいてくれ給え。僕は考えなければならんのだ。——

と、老人は思っているのだろう、と私は考えた。それから私は自分自身のことの方に考えが、食い込んで行った。

私は黙り込んで、ランチの皿をつっついた。オムレツみたいなものと、カツレツみたいなものと、萎(しな)び切った野菜を油でいためたものとが、皿の上に載っていた。田園生活に馴れ切った私には、洋食めいたものは一度食えば、もうそれで後一ケ月位は欲しくないようになっていた。野菜は取りたての新鮮なものを食べつけているので、東京の古くなった野菜は閉口だった。

何とも云いようのない憂鬱さが、食堂の空気と共に私を押し包んで来た。

高血圧のあらゆる症状、肩の凝り、頭内熱感、不眠、焦躁感などが、私を苦しめた。就中(なかんずく)、最後のものが私を苦しめるのだった。

何か決算という風なものを私はしたかった。人間の魂は株式会社の年度変りではないのだから、そう簡単に決算の出来る筈はなかった。が、それにしても、私の生き方というものは、少し無鉄砲過ぎた。

十七、八年も以前に行方不明になって、生死も不明な女房(3)が、戸籍の上にガン張っており、現在の女房との間には、子供が四人もあり、十四年も一緒にいるのに、籍を入れる訳に行かない状態であった。

上の子は来年から、出来れば中学にでも入れてやろう、と思っているのだが、庶子では何かと不便だろう、と思うし、役場の人も「失踪」の手続きをした方がいい、と親切に云ってくれるのだった。これは私も賛成で、早速やりたいのだった。が、それをやる事務的な手続きの事を考えると、考えただけでもう億劫(おっくう)になっちまうのだった。

南氷洋に氷山と戦いながら、巨鯨を捕る船にタリーマン(4)ででも、事務員ででもいいから乗りたい、と思ったのは、それを土台にして小説を書いてみたい、という心持もあったが、一方では、「今更ら後戻りして決算してみても始まらないのではないか」という風な気がしたからだった。

も一つ、私の心の底に滓（かす）のように沈んで、絶えず私を不愉快にしていたものは、女房の肉親たちの利己主義だった。その頑固な利己主義と対抗するために、私もいつの間にか、利己の鎧を身につけているのだった。その事に考えつくと、私は即刻、南氷洋に乗り出して、絶えず流れて来る氷山に、自分の魂を冷し、生命の緊張感に溢れていたくなるのだった。

親子で一つ家にいて、炊事から食事から、生活費まで別々にしていて、それを不思議に思う私を、不思議に思っている妻の親や、兄であった。そしてだんだん、妻の兄や父の考え方の方が農村では普通であって、やっぱり私の考え方の方が、通用しないんだ、という事が私にも分って来るようになった。

私は自分を再教育しようとした。が、私の中で青年時代に育った、「海上生活者魂」は、私の意図よりも頑張るのだった。

「土地が欲しい」という欲望は、百姓の中では一つの例外もない真実であった。私も欲しい、と思った。自分の土地に自分の家を建てて住む！　何という素晴らしいことだろう。稲を植え、米を取り、野菜を作り、家畜を飼って、自給自足の生活をやる。何という素敵な事だろう。だが、私の場合では遅過ぎた。今からでは遅いのだった。間に合わないのだった。物価は上ったが、原稿料は下っても上りはしなかった。そんなものを当てにしないために田を作ったが、ひどい不作で再起不能までに叩きつけられてしまった。(5)

子供の時からやっている百姓でも、去年は不作でひどい打撃を受けた。俄か百姓の私は三反足らずの田から五俵の米しか取れなかった。平均十俵は取れ、いい年は十三俵もとれた田から。

私は恥しかった。私は百姓の妨害をしているようなものではないか。事実妨害であった。原稿片手間に百姓などがやれる訳のものではなかった。百姓専門に身を粉にして働き、面倒を見てやる暇のないところから、子供たちは顔中腫物だらけになっていても、なお小作百姓は端境期まで食いつなげないのだった。田植をすますと百姓は山へ行った。そこで人夫をやったり、木馬(6)を曳いたりするのだった。木馬曳きは非常に危険な仕事で、負傷者や死者が多く出るのだった。

そういう風な環境の中にいて、坐って原稿を書いているということに、私はひけ目を感じるのだった。

百姓たちが山に行くように、私も机に向うのだ。と、自分に云って聞かせるのだった。が、何かしら済まないような気がした。その気持が私には納得が行かなかった。いくらつきつめて考えても、私は隣人に悪いことをしている訳ではなかった。衣食住も隣人以下だった。義理も欠かさないようにしたし、つき合いも心を配った。だが、やはり心の底に何か滓(かす)のようなものが残っていた。

これは、私の生活が大地に根を下していないからなのだろう。と私は思った。生活の根拠が一方は土に根ざしており、私の場合では土に根を下していなかった。

農民文学懇話会に入り、農民小説を書いてみても、所詮、私は農民ではなかった。根無し草であった。風のまにまに、波に揺られて漂うのが私だった。それを好んでしているのではなかった。どころではなく、もう漂泊の旅に倦きてしまい、どのような岩の裂け目でもいい、手がかりさえあったら根を下してしまいたい、と思ったのだった。

そして自分では根を下した、と思ったのだった。田植もしたし、田の草も取り、肥を汲み、稲を刈った。が、それでもまだ私は大地に根を下し得なかった。

農民の尊い天職であることは、私にも分っていた。が、だんだん成長して行く子供たちは、その青春時代に入れば刺戟を求め、変化を求め、冒険を求めるだろう。それは私の青春時代と同じことなのだ。

私があらゆる数奇の運命に翻弄され、老いてから、平凡と平静と、解脱を求めたとしても、青春時代の私の子たちに、私の老境を強制するのは残酷である。よしんば、子等が私の年輩になって、どうして親父は大地に俺たちを縛りつけておいてくれなかったか、と怨むにしても、それは青春の時代を十分に生命で燃え上らせてからの後の談だ。人間は最初から老人であってはならぬのだ。

私は自分の青春時代を思い起した。それはほとんど冒険と悪との思い出に満ちていた。が、生命に対して疑（うたがい）を挿んだことはなかった。苦しい時は、死んだ方がいい、と言葉に云うことはあっても、私の肉体も精神も、生命の歓びに溢れ、溢れた余りに悪徳の数を尽した。百姓をやってみたい、などとは夢にも思っていなかった。変化と冒険をのみ求めて生きて来たのだった。同じ一人の人間の青春と晩年とには、こんなにも大きな差異があるものか、と、私は自分自身の変り方のはげしさに、全（まる）で別な二人の人間を見たように驚いた。

今安ホテルの食堂にいるのも私であった。帰って体を横たえるだけの小屋にいても私である。願いかなって、南氷洋に巨鯨と戦うことになっても私である。が、そのいずれもが、私の安住の地ではなかった。

安住の地などを求めるのが、そもそも贅沢な話かも知れなかった。が、農村では安住でなくとも苦住であろうとも、とにかく人々は自分の家を持っているのだった。

貧農でも家を持っており、ひたむきに食うということに執心していた。その生命慾とその生活力は、私をはげしく打った。生命と、それを持続するための低い程度の食事と、それ自体が歓喜の対象のように、私には思われて来るのだった。事実はそうではなく、負い切れぬほどの負担と、悩み切れぬほどの不足とが、小作農の上にのしかかっていたのであるが、その馬にも劣らぬはげしい労働の間では、それを感じる余裕がなかった。少くとも無いのだ、と私には思われた。深い、人間を魂の底から、ひっくりかえすような、悩みとか悲しみは、精神だけでなく、体からも力を引き抜いてしまうものだ。

怒濤に翻弄される船のデッキの上で、じっと足を突っぱって立ってはおれないのと同様に、刻々に移り変る東洋や、世界の政治情勢に、私の魂は足の踏場を失った。私のような無力なもの、政治に何等関与しないものでも、祖国が良かれと願う心に変りはなかった。だが、米俵を背負い上げて汗をかいて、いい気持になるように、祖国に尽した、と云っていい気持になれるような仕事は、私には何にも出来ないのだった。慰問袋を人より沢山寄附したと云って、それでいい気持になるのには、祖国の安危はもっと大きかった。それは私などには見当がつかなかった。

一方では祖国の前途に栄光あれかし、と祈りながら、一方ではまた、私は生命保険に入ってしまった。

生命保険は、私の最も忌み嫌っているところのものだった。それは自分の生命を投機の対象にしているのだから。ところが、去年の冬のある霜どけのひどい昼過ぎ、ただ一人私が書きものをしているところへ、洋服を着た紳士が訪ねて来た。その紳士は、この村に何百町歩かの水田を拵（こし）らえるために、私財を抛（なげう）ってしまった塚田という村長の、娘を貰っているのだった。

かねがね、その村長の偉さは聞き知っていたし、伝記でも書きたい、と思っていたので、炬燵に相対して、その殉教的な村長の話を聞いたのだった。夫婦喧嘩の仲裁から、借金のいざこざの仲裁から、結婚から葬式万端の世話を、親身も及ばずやっているうちに、いやだと云うのに、無理に村長にされてしまった。村長になると、やっぱり夫婦喧嘩の仲裁から何から何までやった上、恵那山から流れ出る釜沢の水を、村の森林地帯になっている尾根に引くことを考えた。それに私財を投じてやり遂げ、その権利は村に寄附してしまったのだった。

そういう話に私は、うっとりとなって聞き入っていた。何といっても、そういう話は、私などには真似も出来ない理想的な話だったので、その話だけでも、私は自分の魂が洗われ、その話し手にさえ感謝の念を禁じ得なかった。

電燈が点って、もう暗くなりかけた時、紳士は、私に保険に入る気はないか、と聞いたので、私は紳士に厚意を謝する意味で入ってもいい旨を答えた。

そして、後日医師の健康診断の後、私は生命保険に入ったのだった。

当座は別に私は何とも思わなかった。が、保険金を払う時や、その前後、そして今になっては、こうして、ここに告白しなければならぬほど、生命保険は私にのっぴきならぬ思考を求めるようになった。

私は私の命を味気ないものに思い始めた。早く死なねば損であるし、生きていればいるだけ、私は自分の命に支払いをしなければならないのだった。今までは漫然と生きていられたのに、今では生きているのに、何か一つ立派な云い訳の立つような理由を、発見しなければならなかった。それが他人に云い訳をするのなら、何とか誤魔化(ごまか)して云いくるめるという手もあるのだが、私が私を云いくるめるのだから、始末が悪かった。うまい云い訳を考え出そうとしていると、結局は云い訳なんだよ。やっぱり金が欲しいんだよ。結局はお前だって金が欲しいんだよ。と、頭の一方がおひゃらかしてしまうのである。今死んでしまえば約三千円儲かる。が、後四十年も生きていると大体払い込んでしまって、俺の命は何百円か何十円かの値打しか無かったことになる。つまり、私の値打という奴は、なるたけ早く死んだ方が評価が高いのであって、それも高々三千円であるが、まごまご生きていると、卵を産まなくなった鶏のように、だんだん価が下って行くのであった。だが、私は自分の換算率を高い所で保つために、早く死ぬように心がけるということでは、子供たちがまだ小さ過ぎて、三千円ではどうにもならぬのだった。

夕立の来そうな空模様の時は、叩き売りのバナナ屋はやけくそに売り急ぐのだが、ちょうど私がそれであった。ええいくそ、誰も俺に値をつけねえのか、よし、そんなら俺が値をつけてやらあ、三千円ならどうだ。ええい、まだ買えねえか、そんなら二千九百両、まだ買わねえか、二千五百両だ、これ以上は負からねえぞ。という訳なのだが、相手が生命保険である以上、生きていればいるだけ値が下るのはあたり前の話なのだ。

南氷洋に乗り出すのだって、もしそれが実現したとなれば、

「なあに、奴は鯨を取りに行ったんじゃないさ。あわよくば三千円になろうかってんで、南氷洋くんだりまで乗り出したんさ」

と云われたって、ぐうの音も出はしないのだった。

こんな馬鹿な話はないので、私は掛金を止めようかと思った。すると今までのかけ金は一体何のために捨てるんだ。と、慾が出るのだった。私は自分の慾張りなのに呆れかえった。

他人様のことなど云えた義理ではないのだった。勿論(もちろん)三千円は私が受け取るのではなく、女房が子供が受けとるのだった。私が八十五歳まで生きていようなどとは、私はもちろんだが、保険会社だって考えてはいないだろうと思われた。

何一つとして財産を持たない私は、私の死後、ともかく三千円が一まとめに妻子に入るとすれば、一時は息がつけるだろう、と思わないでもなかった。だが、何だって私が死ねば三千円も呉れるのだろう。死なねば呉れないのだろう。「それが保険会社さ」と、私は自分に云って聞かせても、腑に落ちないところがあった。それを納得行かせようとして、考えれば考えるほど、私はみじめな気持になった。すっかり世の中から見離されてしまって、妻子にまで見離されてしまって、三千円だけが私の肩を持ってくれている、というような錯覚に陥った。

日本がそのあらゆる力を傾けて戦っている時、精神も物質も総動員して、再び戦うことの不必要なように、永遠の平和を得ようとして戦っている時、私がこのような愚劣極まることに、頭を突っ込み悩んでいることの腑甲斐なさを、私は自ら憎んだ。が、事実保険会社というものは私の幻想ではなく、高層のビルヂングとして、大地にしっかり立っているのだった。

「安心しろ、俺は焼けも倒れも、熔けもしない。永久に益々硬くなるコンクリートを、大地の底深く足を入れて建っている」

と、保険会社は云っているのだった。

こんな風な考えが、一瞬の間に私の頭を通り過ぎた。

「私は生命保険に入りましてね、それからというもの、私はもちろん、世の中が私の死ぬのを待ってるような気がし始めましてね。どうも晴れ晴れしないんです」

と、暫くしてから、私は老人に答えた。

「私だって入っていますよ。生命保険だけでなく、信託にも入っていますよ。安心でいいですよ。御安心なすった方がいいですよ。生命保険はあなたに死なれたら損ですから、死を待つどころか、長命を希望しているんですよ。そのために、種々の医療設備まで持っている位ですからね。信託だってそうですよ。毎月一定の利子を送ってくれるんですからね、それで月末の心配もなく、こうしてホテルに住んでいられるんですよ。「無い者の真似は出来ない」ってね。纏めて持ってると纏めて使いたくなるもんですよ。結構です。結構です。よく生命保険にお入りになりました」

と老人は、口をモグモグさせながら、諭すように私に云って聞かせるのだった。

私は泣き出したくなった。おそらく私は何ともいえぬ妙な表情をしたに違いない。うつろな泣き笑い、とでもいう風な顔をしたのだろうと思う。眉毛がぴりぴり上下運動をやり、唇が右の端の方だけで、細かくぶるぶると震えるのを感じた。

私は老人は、私と同じ考えを持っているのだ。と何故かしら信じ込んでしまっていた。

ところが老人と私とは、まるで逆なことを考えていたのだった。

私がそのために苦しんでいる生命保険から、老人は安心を獲(え)ているのだった。そして正しい正しくないという点からいえば、老人の方が正しいのだった。人類が地上から絶滅するかも知れない、などということは、科学の夢座談会に譲っておくべきもので、そんなことを前提にしたら、現在の一切が空虚なものに見えるのは当り前の話だった。それでも私は、保険会社の社員も、加入者も、どっちもが息苦しくなり、体が冷えて来る情態を、想像しないではいられなかった。

それは私を暗い気持に陥れた。

バーナード・ショオの「ジュネヴァ[7]」では、その同じことが喜劇的な要素になっているのを見て、私は羨しいと思った。

電話をかけ終え、やるだけのことをやると、私は廊下に出て、窓から通りの雑沓を見るのだった。いい年をした女が、おそろしい、狂気染(じ)みた派手な恰好(かっこう)をして、平気で、洒々(しゃしゃ)と歩いているのが眺められた。

それは恐ろしく私を不愉快にした。別に道学者流に不愉快になったのではなかった。が、派手であればあるほど、可哀想にも醜悪極まるものに見えたからだった。私は廊下に出たことを後悔しては部屋に引っ込んだ。

その日私は田舎に帰りたくて堪らなくなった。帰ったからとて、安住の家がある訳ではなかった。土間に板を敷いて、その上に茣蓙を敷いた六畳の広さの小屋があるだけだった。そこに親子六人寝るのだから、住み心地からいえば、ホテルの三畳の方が良い筈だったが、私には堪えられなかった。

だが日曜日だったので、「明日にならねば金がない」という雑誌社の返事だったので、仕方なく、私は老人と話をするような具合になったのだった。だが、その老人も私が勝手に自分で拵え上げた老人とは、まるで違っていて、何にも私の好奇心を満足させてくれはしなかった。

もう老人から何かを聞き出そうとする興味も消えて、私はただ機械的にランチをつっついていると、

「六十二番さん、お客様です」

と、女中さんが知らせてくれた。

「どこにいるんですか」

「応接間にいらっしゃいます」

私は応接間に行ってみた。

と、茶色の草臥れた洋服を着た、見たことはあるようだが、どうしても思い出せない

男が立って来た。

「暫くでした。御無沙汰しました。いつ出ていらっしゃいましたか」

私は暫くお客の顔を見ていたが、どうしても思い出せなかった。失礼な話だと思ったのだが、

「どうも、近頃物覚えが悪くなっちまいましてね、あなたを思い出せないのですが、どうもお目にかかったことは確かにあるようなんですが」

と、私が口を切ると、男の顔は慌てたような影がさし、顔が赤くなった。

「A村[8]のKですよ。そんなに変りましたか。自分では気がつきませんが」

と云って、淋しそうに、笑うのだった。

「や、そいつは失礼しました。何ということだ。ここにいることは雑誌の人しか知らないと思い込んでいたもんだから、その方の人ばかり考えていたもんで、ちっとも思い出せなかったんですよ。それにしても変りましたねえ。ひどく変りましたねえ。そう云われてみて、なるほどと思い出せる位ですよ。失礼しました。さあ、どうぞ」

私は変り果てたK君を、食堂に案内した。

K君のためにランチを註文して、K君の変った姿に私は眼を見張った。

「まるで探偵みたいだなあ。どうして私がここにいることが分ったんですか」

と、まずこの不思議な訪問のことから聞かないではいられなかった。

「A村にいる時、あなたに紹介状を貰ってまだ訪ねる機会のなかったSさんを、今日の日曜を幸い、ぶらっと訪ねたのです。そしてSさんから昨夜新宿で、夜あなたに会ったという話を聞いたので、この宿が分ったのです。それから歩いて来ました」

と、喋舌(しゃべ)るのさえも、椅子に腰をかけているのさえも、苦しそうに背を丸くして話すのだった。

「あの時はあなたは絶対安静で寝てばかりいましたねえ。寝ているあなたの顔なら、僕にも思い出せたんだろうが、起きているあなたの顔を見る機会がなかったもんだから、ついお見それしちゃって、失礼しました。でも、寝ているあなたでなくて、起きているあなたを見るのは嬉しいですよ。でも、お手紙の様子では、お父さんやお母さんや、弟さんたちまで、あなたを頼って上京されたとか、でしたが、皆さんお変りないですか」

「ええ」

と、K君は滅入りこむような様子で答えた。

「女房が快くなって、勤め始めるとまた喀血(かっけつ)しました。そこへ妹も喀血しました。弟が工場に行ってたんですが、これは喀血ではなくて肋膜炎で寝ています。小学校へ通っている弟たちも、どうも腺病質らしいです。父の仲仕と、母の賃仕事と、私の労働とで、何とかやって行っています」

「どうしてまた、救済事業でようやく飯を食っているあなたのところに、田舎から家中で出て来たんですか。ちょっと乱暴なように思われますが」

と、私はまだ若いK君には、大家内を背負う力のないのに、親子五人の大勢がドヤドヤと凭れ込んで来たか、前々から不思議だったので、厚かましかったが訊いてみた。

「どうにもならなかったんですよ。あなたがまだA村にいられる時からそうだったんですよ。病気で寝ている私の枕元で、借金の猛烈な催促ですよ。堪りかねて私が呶鳴ったら喀血でしょう。それで私はあんな物置みたいなところに、寝せられていたのですよ。病気のための隔離ってよりも、借金取りからの隔離って訳だったんです。そのうちに私もどうやら働けるようになるし、女房も働けるようになったところへ、まあ夜逃げですね。どうにも居たたまれなくなったらしいんです。精神的に恥かしいだとか、義理が悪いってところへ、いよいよ食えなくなったんですね。田舎にいれば一家心中より外に、もう手段がないというところまで行ったんです。ところが東京でならバタ屋だって何だって出来る。という訳で家中で上京して来たんですよ。勿論、無謀ですが、それでも田舎にいるより無謀ではなかったんです。その証拠にはどうにか一家心中はしないで凌いでいますからね。だが病気の執拗こいのには、どうも、とても、かないませんよ」

そう云ったK君は、儀礼的な微笑を泛べる余裕もないようだった。

ランチが来たので、

「さあ、失礼なものですが、どうぞ」

と、私は吝臭くランチなんか、久々の友人に出すことを恥じながら云った。

「これゃあどうも。済みません。いつもこんなものを上ってるんですか」

と、K君が云った。

おそらくK君は、昼食にはこういう贅沢なものを食うか、という意味だろう、と私は思った。

実際、そのランチは私には贅沢なものだった。というよりも迷惑な料理だった。肉は単に調味料として少し入れ、後は野菜だけの、私の田舎料理から較べると、贅沢で、そのくせ貧弱で、野菜が足りないのだった。

「料理には弱ってるんですよ。沢庵や、菜っ葉の塩漬が、大丼一杯ぼりぼり食えないってことは、何とも苦痛ですね。そうではありませんか。君は漬物をうちでお漬けになりますか」

「桶もないし、場所も無いんで、漬けません。大根だって菜っ葉だって、とても一時に買い込むなんてことは出来ません。あなたにはこういう料理は動脈硬化に良くありませんねえ。だが、私たちには一週間か一ケ月に一度位は欲しいものですよ。抗病力が出来ますからね」

私は暗然とした。生涯をルンペンのように、家も無く、財産もなく、漂泊の旅から旅へ追いまわされるようにして、暮している私のある一日は、K君の生活から較べると羨しいものに見えたに違いなかった。

事実K君と同じようなさし迫った気持で、何十年間、私は暮して来たことだろう。今の今だって、一皿のランチが食える、というだけの私なのだった。が、それにしてもK君の病人だらけの赤貧の生活を思うと、私の現在の立場が反省されて来た。

東京という大都会が、どん底では農村とどんな風な関係を持っているか。夜逃げをして東京へ来る農民もあれば、その逆な現象も数々あるだろう。田舎の生活を長い間やっているうちに、東京と連がりを失ってしまって、迷い猫のように安ホテルに迷い込んで、胆をつぶしている私だった。

ランチを食べ終ると、私はK君を部屋に案内した。晴れた日曜だったが、もし書き物でもするつもりなら、電燈をつけなければならぬほど、内庭に面した暗さだった。

K君は風呂敷包を解いて、原稿紙を出した。

「急ぎはしないんですが、読んでみてくれませんか。村の生活を追憶して書いたものですが」

と云うのだった。

悲惨なK君の身の上話を聞いた直後だったし、私も同様な境遇にあって、売れもしない原稿を持ち歩いて、結局売れないで飢を待っている家へ、帰るなりがっかりして打っ倒れたことなどを、一瞬の間に思い出した。

「売るんじゃないんですか。売れるような原稿だといいんですがね。失礼な話だけれど、今の君には名誉よりも金の方が大切なんだから。これは君に限ったことではなく、今の僕にだって、やはり同じことなんです」

私は、そう云ってしまうと、一瞬の間ほっとした。が、その後で、はげしい頭痛を伴う孤独感と、憂鬱とが襲って来た。

――K君はおそらく、俺も一人前の作家として、生活に困らない作家と、思っているに違いない。ところが、俺は、雑誌社や、出版屋の前では、単なる臨時雇いに過ぎないんだ。それよりもまだ悪い位なんだ。目さきを換えて、南氷洋くんだりまで材料をとりに行って、それで御機嫌をとり結ぼう、と、しゃちほこ立ちをやって、かけずり廻っているんだ。そんなことはおそらくK君は考えていないだろう。――

という風に考えると、K君も私もひっくるめてみじめなものに思えた。それはK君の状態が私の手ではどうすることも出来ない、そんな切羽つまったものから来た、私の性の悪い感じ方だったのだろう。だが私は、鶏のもつを清浄に洗うように、私の臓腑を、すっかり摘(つま)み出して裏返しにして洗いたい、という衝動に駆られていた。

しかし、それはうまく洗い出してみたにしたところで、徒労であろう、ということは予(あらかじ)め私にも分っていた。

私の愛するものは清貧であった。だが、私の必要とするものは、清貧なんかではなかった。一口に言えばそうだったが、私は清貧を愛すべきもの、崇高なるもの、と思い、もっとその奥では、そう思わなければいけないぞ。と、自分に云い含めていたのらしかった。

実際において、具体的な清貧という奴は、永い間私を不幸のどん底に抛(ほう)り込んだのだった。そして今、私の眼の前にはＫ君が具体的に清貧を通り越そうとして、背をかがめて力なく腰を下していた。つまり、清貧は人間を磨り減らそうとして、待ちかまえていたのであった。

だが、この愛すべき、憎むべき清貧から逃れるためには、強靱な性格が必要だった。それは性格というよりか、無性格といってよかったのかも知れないが、とにかく、一つのふてぶてしい無感覚が必要なのだった。それを私は習得しようとして、内心、人に覚られぬように、永い間努力したものだった。

同胞の不幸に対して無関心になること！　これが、その唯一の方法だった。が、これはある程度まで成功したようにみえることがあったが、その程度を越すと、私はひどい自己嫌悪に陥り、何のために生きているか分らなくなって、結局、大酒を呷って は何か詰らないことをし出来し、そのためにまた、絶望的な自己嫌悪に陥るのだった。

K君は原稿を小卓の上に置いて、その物語を私に話して聞かせていた。

私はその言葉を聞きながら、その物語などはどうでもよく、ただ、K君に何とか力になってやることが出来ないだろうか、ということだけを考えていた。

だが、その事を考えるとすれば、直ぐに、私は自分の無能力と、清貧だか悪貧だか分ったものではないところの、貧乏に打っつかり、打っつかったが最後、何とも云えぬ自己嫌悪に陥らないではいられないのだった。その揚句はK君が私を、そんな気持の中に追い込んだ、という錯覚に陥り勝ちなのだった。

私がパラパラとページをめくりながら、飛び読みをしているのを見て、K君は、その生活苦に追いまくられる不安と、原稿の出来栄えに対する不安とを、ごっちゃにしたものとみえて、初めは口籠り勝ちだったが、終いには熱心に早口に、作品の筋を話し始めた。

私はK君の話を聞いているうちに、かつては私がその語り手であって、私をひどく不愉快にした聞き手と同じような心理状態に、私が入っていることに気がついた。

私は、ぎょっとした。

「待って下さい。K君。済みませんが、今僕には君の作品の話を聞いているだけの、心の余裕がないんです。それよりも君の家庭生活の事の方が、僕の心を占めてしまっているんです。作品はよろしかったら、田舎へ帰ってから拝見して、お返事します。君の家庭の病人と貧乏の生活が、君の姿を透して僕にのしかかって来たんです。実は僕も、フョードル・カラマーゾフから逃げ出したんです。ところがこのフョードルの長男ってのは、イワン・カラマーゾフでなくって、やっぱりフョードル・カラマーゾフなんです。この親子のフョードル・カラマーゾフが、僕の生活の眼の前に現われたんです。全くの無表情と、全くの無関心で現われたんです。ところが僕はイワンでもアリョーシャでもない。そこで僕もフョードル・カラマーゾフに対抗するために、フョードル・カラマーゾフになろう、と決心したんです。だが駄目でした。僕は圧倒されちまったんです。だが、僕にはなれなかったが、どんなところにもフョードルはいますよ。それも一人や二人ではないんです。ところがアリョーシャもイワンもスメルジャーコフもいるんです。

君もやっぱりフォードルから追い立てられたんですよ。ドミートリーの気持が分りますね。ところが僕等はドミートリーになり切れないんです。だが、どうですビール位ならいいでしょう。食堂にはビールが切れているかも知れないが、そしたら日本酒にしましょう。さあ、どうぞ、つき合って下さい。僕は頭が割れるように痛くなって来ました」

私はK君と食堂に下りた。老人は指をシャボンの泡だらけにして洗っていた。

注解

道籏泰三

セメント樽の中の手紙

（1）**Nセメント会社**　葉山が大正九年から翌年にかけて雇われていた「名古屋セメント会社」がモデル。彼はここで、一人の職工が防塵室に落ちて死亡した事故を目の当たりにし、これを契機に労働組合運動に入ることになる。

淫売婦

（1）**フランテン**　寄港地の定まらない不定期航路のことをいう。あちこちフラフラとさまようことを表わす和製英語。

（2）**ドック**　dock。船の修理や清掃を行なうための施設。

（3）**サロンデッキ**　saloon deck。社交室。

（4）**ピー、カンカン**　「ピー」はprostitute（娼婦）の頭文字で、女性器の隠語としても使われる。「カンカン」は、中国語「看看」で、「覗く」くらいの意味。

(5) **二分** 江戸時代に一両の四分の一を一分といったのに引っかけて、一円の四分の一を一分と称しているようだ。したがって二分は五〇銭にあたる。

(6) **六神丸** 中国古来より伝わる漢方薬で、五黄、蟾酥(せんそ)、人参などいくつもの材料を混ぜ合わせて作られる強心・沈痛剤。現在の「救心」などもこの系列。昔から、人間の生き肝で作られるとの迷信があった。

(7) **ボーレン** 下宿屋を意味する boarding house がなまったもので、ここでは、船員下宿のことをいう。船員のための職業斡旋所なども兼ねており、戦前、大きな港にはこの商売をしている店がたくさん見られた。

(8) **ヨロケ** 塵肺症ないし坑夫病の俗称で、粉塵を長期にわたって吸い込むことで起こる慢性の肺疾患。坑夫、石工などの職業病。息切れ、むくみなどが顕著。

労働者の居ない船

(1) **舵手(コーターマスター)** 船の舵取りをする船員。

(2) **メーツ** mate。商船の船長の次位である一等航海士。

(3) **ブリッジ** bridge。船の甲板(デッキ)に設けられた船橋。船長などが指揮をとる所でもある。

(4) **千本桜** 浄瑠璃の傑作といわれる「義経千本桜」の通称。歌舞伎でも名高い。

(5) **セイラー** sailor。雑役に従事する水夫、下級船員。

(6) **カンカン・ハマー** カンカン叩いて船の銹落としをする時に用いるハンマー。

（7）**不正なる軍国主義的国家**　第一次世界大戦の頃のドイツのこと。

（8）**機関長**　船の機関（機械）部で働く者たちの長。

（9）**水夫長**（ボースン）　boatswain。水夫ならびに水夫見習いたちの長。甲板部に属しており、甲板長ともいわれる。

（10）**火夫長**（ナンバン）　ボイラー焚き（「ファイヤマン」）たちの長。

（11）**ヨウリス**　十六世紀オランダ再洗礼派の主導者ダーフィト・ヨーリス、本名ヨーハン・フォン・ブリュッゲ。異端者として死体が焼かれた。

（12）**おもて**　船の前部（舳（へ））の総称。この部分に水夫室が設けられているので、水夫室を指してもいる。

（13）**とも**　「おもて」の反対側で船尾（艫（とも））。船長室はこちら側にある。

（14）**ガット**　オランダ語の gat で、人が出入りできるマンホール。

（15）**キール**　ドイツ語の Kiel で、船の竜骨。船底の中心を船首から船尾へと通した材。

天の怒声

（1）**ジゴマ**　フランスのレオ＝サジーの小説に登場する神出鬼没の覆面怪盗。一九一一年に映画化され、日本でもヒットした。

（2）**セット**　セット・ハンマーのこと。もともと石材業界で使われていた石頭（せっとう）ハンマーがなまったもので、俵状の頭をした少し重く大きめの金槌。片手で持つ。土木作業でも、岩を直接叩き割ったり、岩にあてた鑿(のみ)の頭を叩いたりするために広く用いられる。ふつう「セット」と縮めて、外国語のような呼び名で呼ばれている。

(3) **カンカン・ハマー**　「労働者の居ない船」注(6)参照。

電燈の油

(1) **桃園発電所**　葉山が一時働いていた木曽川水系の発電所の一つである、大正十二年竣工の桃山発電所のことだろう。後に出てくる「D電力株式会社」とは、大同電力株式会社。

(2) **ジョレン**　鋤簾。長い柄の先に鉄板製の歯を取り付けたもので、土などを掻き寄せるための道具。

人間肥料

(1) **ヨタリスト**　「与太(よた)る(でたらめを言う、不良じみた言動をする)」からの造語。

(2) **鬼熊や説教強盗**　「鬼熊」は、大正十五年千葉県で、裏切った情婦など数人を殺害して山に逃げ込み、警察を手こずらせた荷馬車引きの岩淵熊次郎。「説教強盗」は、同じ頃、東京で強盗強姦を重ね、去り際に被害者に防犯の心掛けを説教した妻木松吉。ともに当時、日本中で注目の的となった。「説教強盗」は偽者まで現われたらしい。

(3) **免囚保護所**　刑期を終えて釈放された囚人の世話をする所。

暗い出生

(1) **調帯**(しらべかわ) 「調革」とも表記される。機械の一方の軸から他方の軸へ動力を伝達するための帯状の輪ベルト。

猫の踊り

(1) **ゴーリキーのドン底に出て来る、巡査** 『どん底』の登場人物。木賃宿のいかがわしい者たちの同類で、「見て見ぬ振をする」下っ端巡査のメドヴェージェフ。

人間の値段

(1) **災害扶助法** 正式には「労働者災害扶助法」。土木建築業など危険な仕事をする労働者の傷害などに対して、事業主に療養費などを命じた法律で、昭和六年に制定された。

(2) **ピーア** 橋脚(bridge pier)。橋桁を支える柱。

窮鼠

(1) **高橋是清** 日銀総裁、大蔵大臣、政友会総裁、首相(在任大正十一十一年)を歴任。昭和二年の金融恐慌の際、大蔵大臣として、ホルモン注射を打って職務を全うしたといわれる。昭和十一年、二・二六事件で暗殺される。

（2）**登録労働者**　「人貸し」「日雇周旋業」と呼ばれる業者に登録して、主として土木作業などの仕事を斡旋してもらう労働者のこと。法規制がなかったため、ピンハネなどが横行した。
（3）**おもて**　「労働者の居ない船」注（12）参照。
（4）**方面委員**　生活困窮者の救護にかかわる仕事をする民間の委員で、大正六年頃から活動していたが、昭和十二年に制度化された。
（5）**避病院**　法定伝染病の患者を隔離収容して治療した病院。

裸の命

（1）**ズリ**　爆破や掘り出しで出る不要な岩石や土砂。
（2）**サン俵**　桟俵。米俵の両端の蓋として、藁で丸形に編んだもの。
（3）**星眼**　結膜や角膜に粟粒大の星状の斑点が現われる眼病。
（4）**出羽ケ岳**　身長二メートル、体重二百キロを超す超巨漢力士。正式の表記は「出羽ケ嶽」。
（5）**三原山や華厳や、浅間山や熱海**　いずれも自殺が多いことで知られている。
（6）**労銀**　労働者団体によって設立された非営利の金融機関で、労働者の生活安定などのために融資する。労働金庫（労金）。
（7）**ツァナ湖**　タナ湖とも表記される。エチオピア最大の湖で、青ナイル川の水源。エチオピアは一九三五（昭和十）年、イタリア領ソマリランドとの国境紛争を口実に、イタリアの侵略を受けた（第二次エチオピア戦争）。ムッソリーニのイタリア軍は、この戦争で毒ガス・毒薬を使用したといわれている。

(8)　**私の生肝は…来たんだ**　世界中に広がっている「猿の生肝」説話。猿の生肝は病気の妙薬だとして亀が猿を捕まえるが、猿は、自分の生肝は木に干してあると嘘をつき、亀を木の上に引っ張り上げようとして途中で手を離す。亀は落ちたはずみで甲羅にひびが入る、といった起源説話の形をとるのが多い。

(9)　**欧洲メール**　ヨーロッパ通いの郵便船。

(10)　**社会大衆党**　昭和七年、安部磯雄を委員長として結成された社会民主主義政党。「社大党」と呼びならわされた。反ファシズム、反資本主義、反共産主義を旗印に掲げたが、やがて右傾化し、昭和十五年に解党。

(11)　**ガタガタゴトゴト、バリバリ**　昭和十一年の二・二六事件のことをいう。

安ホテルの一日

(1)　**ファンネル**　funnel。汽船の煙突。

(2)　**南氷洋の捕鯨船…上京**　昭和十四年、葉山は南氷洋の捕鯨船への乗り組みを希望し、そのための根回しをするが、採用されなかった。

(3)　**生死も不明な女房**　大正十三年、葉山が巣鴨刑務所に服役中に行方不明になった喜和子。昭和十六年に死亡確認がされている。

(4)　**タリーマン**　tallyman。船荷の積み込みや陸揚げの際に、貨物の個数などを確認する仕事をする者。

（5）**ひどい不作で…しまった**　昭和十三年、葉山は、岐阜県中津町（現在の中津川町）の妻の実家で義父から土地を借りて農業を始めるが、惨憺たる結果に終わっている。

（6）**木馬**（きうま）「きんま」とも。山で切り倒した木材を集材地へ運ぶ、橇に似た木製の運搬具。これに乗って木材を運ぶ危険な仕事、もしくはそれをする労働者は、「木馬曳き」と呼ばれる。

（7）「**ジュネヴァ**」　ジュネヴァとはジュネーブのこと。B・ショーの晩年（一九三八年）の劇。民主主義政治体制の愚かさを風刺したもの。

（8）**A村**　長野県上伊那の赤穂（あかほ）村のことだろう。昭和十三年、葉山は、妻の実家で農業を始める前、しばらくこの村に住んでいた。

解　説

道籏泰三

本短篇集は、大正・昭和期のプロレタリア文学を代表する作家の一人とされている葉山嘉樹の作品から、短篇十二篇をピックアップしてほぼ執筆年代順に並べたものである。岩波文庫にはすでに、小林多喜二の『蟹工船』（昭和四年）にも大きな影響を与えた葉山の長篇『海に生くる人々』（大正十五年）も収められているので、併せて読んでいただければ幸いである。

しかし、一口にプロレタリア文学――現実を資本家対労働者の階級的対立のもとに見る文学――と言っても、むろん一枚岩とはいかない。大きく見て三つのタイプに分かれる。一つは「大正労働文学」。いわゆる大正デモクラシー興隆の中で、主として生粋の労働者自身が自らの暗澹たる生を半ば無自覚的、半ばアナーキーな形で打ち出した先駆的なもので、宮嶋資夫（みやじますけお）の『坑夫』（大正五年）がその典型だ。傍系ながら有島武郎の『カインの末裔』(大正六年)などもこれに含めていいだろう。もう一つは、ロシア革命の余波を受けて大正十年に発刊された文芸誌『種蒔く人』の後継誌『文芸戦線』(大正十三年創刊、のち『文戦』と改称)に拠った葉山嘉樹をはじめ、平林たい子、里村欣三(さとむらきんぞう)など、政治的には社会民主主義的、労農派的傾向をもった一群の作家たちの作品。そしてもう一つ、共産主義的な芸術運動団体ナップの機関誌『戦旗』(昭和三年創刊)に集結した小林多喜二、徳永直(すなお)、中野重治などによる、政治的にはボルシェビズム(権力集中型前衛党主義)を標榜する文学。この「戦旗派」がその後、「文戦派」を凌いでプロレタリア文学運動のヘゲモニーを握ることになるが、やがて『戦旗』も『文戦』も弾圧強化で廃刊に追い込まれ、昭和九年には、運動全体が総崩れとなる。こうした流れにあって「文戦派」は、言うならば、初期のアナーキズムと後期のボルシェビズムが混在したような傾向をもち続け、時とともに「戦旗派」へと流れてゆく者も目立ったが、葉山は、マルクス主義を政治的・思想的な軸としながら、終始「文戦派」にとどまり続け、文学的にはなお「大正労働文学」的なアナーキーな傾向を引きずり続けていた。彼の作品はしたがって、「戦旗派」の政治主導的な社会主義リアリズムまがいの文学とは一味も二味も異なっており、ややもすると「プロレタリア文学」なるものを逸脱したようなところさえ見受けられる。本短篇集は、そうした葉山の逸脱をあらためて確認しようとして編まれたものでもある。

ためしに本短篇集の冒頭に置かれた三篇――プロレタリア作家としての葉山の名を高からしめた作品だ――を見てみよう。これらを無心に読んだなら、読者はいったいどんな印象をもつだろうか。ここには、底辺労働者の悲惨な生が社会主義的な眼差しのもとに描かれていることは確かであるが、そんな眼差しよりも、むしろ何かグロテスクな不気味さの方に驚かされるのではないだろうか。グロの印象が、労働者解放といったプロレタリア文学の理念をふっ飛ばしているように思えるのだ。

「**セメント樽の中の手紙**」では、クラッシャーの中へ落ちた恋人が、体ごとぐちゃぐちゃになり、原石と砕け合って「赤い細い石」になってしまう。なんともグロテスクな光景である。加えて、セメント袋を縫う女工もまた、恋人を失った悲しみで不気味に狂っている。彼女は、恋人の血や肉や骨の混ざったセメントを、彼の屍体そのものと思い、彼に「経帷子を着せる代りに、セメント袋を着せている」自分を嘆く。何か禍々しい怨念が遠くの冥府からねっとりとへばり付いてくるような気がする。

「**淫売婦**」はもっとグロだ。若い女が、全裸で性器を剥き出しにしたまま、薄暗い倉庫の腐った畳の上に横たわっている。子宮癌と肺病に侵されて身動きできず、血膿と汚物と悪臭にまみれながら「ピー・カンカン」で身過ぎをしているのだ。プロレタリアの悲惨な生を比喩化したものなのだろうが、そんな背後の意味よりもグロテスクなおぞましさの方が先に立つ。悪臭を放つ彼女の肩の辺には「嘔吐したらしい汚物が、黒い血痕と共にグチャグチャに散ばって」いる。おぞましいと言えば、「萎びた手」をした「蛞蝓顔」のポン引きもそうだ。屍にも等しい女のために客を物色してやっているこの男も、鉱山労働者あがりの「ヨロケ」で、女とともに「穴倉の中で蛆虫みたいに生きている」廃人に近い。グロテスクな比喩それ自体が、背後の意味を突き抜け、独り立ちしているのだ。

「**労働者の居ない船**」も、資本主義社会での過酷な労働を象徴しているのだろうが、グロテスクなシーンのオンパレードである。デッキのカンカン作業中にコレラでぶっ倒れた男は、暗い、暑い、臭い、南京虫と悪ガスと黴菌の巣である水夫室に放り込まれて、のたうち廻る。その跡には、「蝸牛が這いまわった後のように、彼の内臓から吐き出された、糊のような汚物が振り撒かれた」。そしてこの男が「腐ったロープ」のようになってくたばった後、次々と感染した水夫たちが、「船虫が、気味悪く鳴く」真っ暗な「フォアビーク」に生きたまま落とし込まれてゆく。水夫たちはこうして次々と干涸びていき、やがて船が幽霊船のように海上をふらついているのを発見されたとき、そこには「半馬鹿、半狂人の船長と、木乃伊のような労働者と、多くの腐った屍とがあった」。まさにグロを絵に描いたような悪夢である。

もう一つ「**人間肥料**」を付け加えておこう。そこでは、組合の研究会に集まる仲間たちは、肥料工場の毒ガスでやられた者ばかりだ。顔の凸起がなくなったノッペラボウ、足を引きずる者、指や爪や歯の欠けた不気味な輩。両手が「擂古木（すりこぎ）」の男は、その両手を「茶碗よりも一尺も先に突き出して、キリンが水を飲むような格好で、畳の上から茶を飲んだ」。グロが意識的に前景化されている。こうしたことが嵩じると、「死屍を食う男」――新しい墓をあばいて死肉を喰う若者の話――のような、『新青年』好みの文字通り怪奇小説に近い作品が書かれることにもなるのだ。

言うまでもないが、グロはいつも暴力と隣り合っている。葉山の場合、それは階級的暴力に帰着させられる。自然の暴力（コレラや癌）も社会的暴力（労働災害）もすべて階級的暴力に行き着く。これが弱者としての底辺労働者にグロテスクな運命をもたらすのだ。むろん、こうした階級的暴力に対するアナーキーな対抗暴力も顔を出す。セメント樽空け工は「へべれけに酔っ払いてえなあ。そうして何もかも打（ぶ）ち壊してみてえなあ」と絶望的呟きをもらすし、「**電燈の油**」では、この呟きがアナーキーなかたちで実行に移される。発電所の工事現場で働く極貧の渡り土木作業員――電力を産み出すために消費される油だ――が、会社の権力をかさに着てドスをふるう兇暴な現場監督をスパナで叩き殺す。彼は監督を殺した後、怒りのスパナを携えたまま、会社の上役たちのところへ足を向ける。「仲間だろうが、社長だろうが、何奴(どいつ)でも構わない、手近な奴に打(ぶ)っつかって、ダイナマイトのように破裂したかった」。任俠映画も顔負けの幕引きである。

対抗暴力は、鬱屈すると、宮嶋資夫の『坑夫』の石井金次、見境なく仲間に牙を剝き、ついには皆によってたかって蹴り殺される坑夫がそうであるように、仲間どうしの見境ない荒々しさとなって現われる。葉山の描く船乗りや土木作業員の暴力的言動はそこからくる。連帯する以前に仲間どうしで感情のぶつけ合いをしているようにも見える。映画評論家の丹野達弥は、こうした葉山の乱暴な描写を、プロレタリア文学にはそぐわない痛快な「残酷趣味」として、スチール写真でも見せるかのように並べたてる(「葉山嘉樹 プロレタリア文学だけでは、くくれない」)。

血の匂いに溢れ返る小説群。とくに海の上が舞台だと、本人船員あがりゆえ元気潑溂。暴力行為も冴え返る。フライパンの柄が曲がるほどぶちのめす。うっかり焼けた鉄板に手をつき「ビフテキを最初載っけた時出るのと同じ音」がする。医者が居ないので釘抜きで虫歯を引っこ抜き血がドクドク出る。温順(おとな)しいボーイも興赴けば客の家財道具をぶち壊す。手足を失ったり、大火傷を負ったりした水夫たちの描写はグロテスクを極める。事故の犠牲者のちぎれた腕を犬がくわえて歩くなんざ、とんと黒沢明。

グロと暴力、しかしこれはいったい、プロレタリア作家の葉山にとって、何を意味しているのだろうか。たんなる「残酷趣味」だけではすまされない。あえて言うなら、それは、彼が社会主義や人間主義といった麗々しい衣裳を外から人間に被せることをせず、素っ裸の人間そのものを見つめているということだ。文明の衣や理想の衣裳を引きはがされた剝き出しの人間に眼を向けると、そこに現われ出てくるのは、グロテスクに崩れてゆく姿、獣の暴力のうちに蠢（うごめ）く姿でしかない。解体されてゆく職工も瀕死の淫売婦も、腐ってゆくコレラ患者たちも組合活動家たちも、絶望のどん底で猛り狂う労働者も、葉山の眼には、どこにも収斂させることのできない、ただそれだけの裸の人間として映っているのだ。彼の文学が、資本主義とブルジョア階級に対する憎悪と呪詛（じゅそ）を強烈に発散してはいるものの、労働者の解放といったプロレタリア文学の理念を二の次のようにしか感じさせないのは、ここからくる。葉山は『資本論』は獄中で読んだらしいが、その延長としての理論や啓蒙などは、脇に置いたままうっちゃっているのだ。

　これを言葉の観点から言うとどうなるか。葉山の言葉は、意味作用を旨とする階級闘争の用語とは違った、いわば肉体から発する言葉だということだ。それは極論すれば、アナーキーなダダにも通じる言葉である。第一次大戦後のヨーロッパは革命の時代であるばかりでなく、絶望の上に廃墟のごとく立ち竦(すく)むダダの時代でもあった。日本ではそれは、放浪の果てに餓死へと突き進んで行った辻潤や、狂気に陥った虚無詩人の高橋新吉に伝わり、葉山にもその精神のいくぶんかが流れ込んでいるのだ。ダダの言葉とは、論理でつながる言葉ではなく、意味を破壊し、そのつどの偶然の中で動いてゆく言葉だ。意味は受け手の側の自由に委ねられる。葉山が好む奇妙な比喩もその一端だ。たとえばコレラの病人の様子が「水の中から摘(つま)み出されたゴム鞠(まり)のように、口と尻とから、夥(おびただ)しく、出した」などと表現される。文芸評論家の楜沢(くるみさわ)健は、ある講演で葉山の言葉のそうしたあり方を、ややオーバーながらも、こう強調している（「だから、葉山嘉樹」）。

> 「偶然」ということなんです。「でまかせ」なんです。彼の文学というのは、当時のプロレタリア文学に見られる論理的、思想的、構築的、啓蒙的な要素を全く持っていないない。そういう作り方になっていないんです。……葉山は良くも悪くも、すべて「でまかせ」。そして偶然にまかせて、何も考えないで何かを書いていったら、いつの間にかこうなっちゃった、というような作品ばかりなんです。

葉山の言葉のこうした側面が彼のグロテスクで暴力的な描写に繫がっていることは否定できないところだ。

話をもう一歩進めよう。偶然の中で浮遊する裸の人間を見つめるこうした葉山の眼差しは、いったいどこからくるのだろうか。言うまでもない、衣裳もつけず、身を守るすべを何一つもたない裸の人間、最底辺の人間に対する思いやりと慈しみである。言い換えれば、グロと暴力は彼のそうした慈しみの裏返しということだ。慈しみの裏返しだからこそ、葉山の野蛮な肉体言語は、プロレタリア文学として成り立つことができるのだ。彼が眼を向ける裸の人間は、この冷酷な搾取社会の中で、いかんともしがたい弱者として破壊され廃棄されてゆく運命にある。そうした壊されてゆく人間たちこそが、葉山にとって、愛情を注ぐべきプロレタリアとして迫ってくるということだ。繰り返すが、はじめに社会主義なるものがあるのではない。そうした弱者としての裸の人間に対する親和的な眼差しが、プロレタリア作家としての葉山を作り出しているのだ。その眼差しは、「水夫見習、医者の玄関番、曖昧出版の外交員、鉄道管理局員、学校助手、又海員、浮浪人、労働運動――この間前科二犯――、食い詰めて土方、坑夫、帳附け、荷車挽。等々」(「呪わしき自伝」)と、彼の若い頃からの多様な労働遍歴に培われたものと言えるが、より決定的なのは、彼が服役中に「餓死」させてしまった二人の幼い子供――裸の弱者そのものだ——に対する取り返しのつかぬ思いなのかもしれない。
二人の子が「餓死」したのは大正十四年、葉山が名古屋共産党事件で逮捕され、禁錮七か月の判決を受けて巣鴨刑務所に服役中に、妻が二人の子を貧しい兄の家に預けて、運動仲間の男と跡をくらましたあげくのことだった。葉山は、何一つ保護の衣をまとわないまま「餓死」した幼い子供のことを、どれほど思い、涙し、慚愧の念に苛まれたことか。「誰が殺したか」という未完の長篇の「序」は悲痛だ。

嘉和、民雄、二人のわが子よ!〔…〕御身等は、今の組織の下で、社会主義者を父に持ったために、餓死することを「体験」してしまった。〔…〕私は胸を掻きむしられるようだ。おまえたちは、私たち両親を呪ってくれ! 私も、この父も、自分自身を呪う!〔…〕誰が、お前たちを殺したのだ! おまえたちの墓は、労働者の血で汚されたこの地上には建ててはならない。父は、「洗い浄め」てから、その地の上に、お前の墓を建てよう。

たんなる感傷などではない。裸の子供の悲惨な死が、葉山に世の浄化——復讐と言ってもいい——への決意を固めさせるのだ。葉山研究家の浦西和彦(『葉山嘉樹——考証と資料』）の言うように、「二児の死は葉山嘉樹に大きな衝撃を与え、その後の作家・葉山嘉樹の生き方を決定してしまった」。言い換えれば、殺されてゆく裸の人間への慈しみと、平然と人を殺してゆくこの社会に対する呪詛、この愛情と呪詛が葉山の社会主義運動ならびにプロレタリア文学への決定的な動因となっているということだ。

葉山にとって裸の子供たちは、何がなんでも守らなければならない存在であると同時に、か弱いながらも未来への希望を繋ぐ星でもあった。「**猫の踊り**」の末尾にもそうした彼の真情が溢れている。新しい婚姻による妻と二人の子を妻の実家に預けて単身上京した「私」は、「餓死」した息子たちと暮らしたかつての家の前を通りかかり、今田舎で貧しい生活を強いられているわが子のことを強く思う。「私は、石にかじりついても、泥棒をしても、人殺しをしても、子供たちを育てて、新らしい時代を生むために生きて行くのだ」と。あるいは「**暗い出生**」もそうした類いの作品だ。失業中でその日の食べ物にも困っている労働者の妻が、臨月を迎えても赤児の肌着一枚さえ準備できない。思い余って呉服屋で万引きにおよぶが露顕し、警察に突き出され、冷たい留置所の中、夜っぴて苦しみながら不意の出産を果たす。母親は、屈辱の中で生まれた男の子の顔を見つめながら、「この子が仇を討ってくれるんだ」と自らを慰める。葉山の心を揺さぶるのは、裸の人間としての幼い子供が発する沈黙の言葉である。それは、「餓死」したわが子の発する叫びでもあるのだ。

葉山にとってプロレタリアとは、そうした裸の子供をわが身に体現した人間たち、この世界で保護も生存の場さえも失った丸裸の人間たちのことをいう。たんに資本家階級に対立する観念としての労働者階級ではなく、そんな労働者階級からも排除されたような最下層の人間たちのことだ。それは、失業者、傷病者、浮浪者、工場底辺労働者、海員、坑夫、土木作業員などの中に徹底して疲弊した姿を現わす。彼らは、この世界では人間としての価値を与えられず、したがってマルクスも言うように権力の手先となることはあっても、階級闘争の確たる一翼とはなりえない。

極端な例を挙げれば、「**人間の値段**」に登場する、致命的な怪我を負った全身不随の労働者がそれだ。頭に落石を受けたこの男は、「眼ばかり剝いて、そのくせ何にも見えない、耳も聞えなくなって」、身動きできないまま病院に打ち捨てられている。故郷に妻と幼い三人の子供を置いており、一家は赤貧のどん底にあえいでいる。が、この素っ裸の廃人に、会社は雀の涙ほどの賠償金しか出そうとしない。会社から金額の交渉を命じられてやってきた労働者と、この廃人の付き添い人の談判は、果てしない泥沼になるほかない。葉山の眼は、もはや祈るしかないような解決不能の事態にじっと注がれる。

牢獄に繫がれた犯罪人たちもまた、彼にとっては、そうした最下層の一族である。彼らは、監獄の中で一切を剝奪され、素っ裸の人間へと貶められる。「天の怒声」は、そうした非人間的な状況とそれに対する怒りを、巧妙なタッチで描いたものである。一人の無期徒刑囚が登場する。彼は、いつも不気味な呪いの眼をして監房の隅にうずくまり、誰とも一切口をきかない。長い監獄生活によって半ば殺されてしまっているのだ。「そこほど人間を手もなく秘密裏に殺害し得る処は外には無かった」。これに対して、娑婆で艶歌師をしていたもう一人の囚人が反抗する。彼は、懲罰を覚悟の上で、ひとり「憤りそのものの歌」を大声で歌い出す。葉山は、この歌を、裸の人間たちをがんじがらめにして殺してゆく社会と、そのミニチュアとしての監獄に対する天の怒りの声だとして、やがて天がこの悪しき社会を滅ぼすことになろうと、未来へのかそけき望みを繫いでいるのだ。

葉山は、子供の「餓死」のあと長年、もの書きや組合活動をしながら、山深い地で労働者としてささやかな日銭を稼ぐ生活をしてきた。その日雇い生活の中から彼は、裸の人間の典型として一人の浮浪者まがいの人物を創り出す。「窮鼠」ならびに「裸の命」に主人公として登場する中西という男だ。彼は「生きているのが、不思議なような病弱な小男」で、眼はなんとか字が読める程度の「星眼」、その上いつ発作で倒れるか分からない持病もち。登録労働者でありながら、あらゆる力仕事から締め出されて食い詰め、

「餓死という言葉を人格化した」としか言いようのない浮浪者である。

「**窮鼠**」では、その中西が、三畳一間の部屋がびっしり並んだ馬鹿でかい木賃宿ふうの日払いアパートに住んでいる。屑屋、鋳掛け屋、傘屋、日雇い人夫など、その日暮らしの裸の人間たちの吹き溜まりである。一部屋に十人も住んでいるところもある。中西はそこで、欲得ずくの大家と諍(いさか)いを起こす。寝たきりの老人を抱えた家族が宿賃を払えず、凍える戸外に放り出されるのを見て、彼等を自分の狭い部屋に引き取り、大勢の貧しい間借り人たちの代弁者となって、宿賃引き下げの闘争を起こす。むろん、アパートの所有権を楯にとる大家を相手にして、敗北は目に見えている。もはや笑うしかないこの闘いを、葉山は落語調で描きながら、中西も含めてこれら裸の人間たちを、この世界の歪みを映し出す鏡として浮き彫りにするのだ。

続く「**裸の命**」では、その中西が東京で食い詰め、山奥で労働をしている友人を訪ねてきて、「生命が素っ裸」のままの自分を弁護するかのように、婆さん殺しをかろうじて回避した顚末を語る。彼は、旅館経営者の婆さんを締め殺して、旅館を乗っ取ろうという悪い料簡を起こしたらしい。この世界ではいかなる人間であれ、上昇の欲望から逃れられない。裸の人間が、衣裳をつけた「えらい」人間へとのし上がろうとするのだ。が、中西は、婆さんの首に手までかけたようだが、寸前のところで思いとどまった。病弱な彼にとっては、ただ生きているだけでも、世間に対する精一杯の反抗であり、それ以上に「えらくなる」ことなどできなかったのだ。自分の弱さそれ自体が、世間で称えられている「えらくなる」ことに対する反抗でもあるのだ。「「えらくなる」ということは、人間の心臓というモーターに投げ込まれた、砂利だ」。「尊い人間の生命が、ぞろっと揃って、得体の知れない「偉大」というものの前に、頭を下げているのが、現代の社会の縮図なんだ」。中西のこうした発言は、人間のあり方全体に対する根本的な疑義へと広がってゆく。「教えてくれ、生命とは何だ？　文明とは何だ？　そして幸福とは何だ？　人類の進化とは何だ？〔…〕人類は一体進化しているのか、退化しているのか」。この問いは、およそ政治的なるものを越えている。この世で大切なのは「裸の命」であり、その他のものは滅びてよい、という中西の思いは、葉山の根底にある脱政治的ともいえる考えに重なるものであり、いわばアナーキズムの域に入り込んでいると言っても差し支えないだろう。

かつて葉山と同時期（大正十五年）に『文芸戦線』同人となり、やがて昭和三年、政治優先のプロレタリア文学論を主導してナップ系の理論的指導者の一人となり、葉山と袂を分かっていった蔵原惟人（くらはらこれひと）は、『海に生くる人々』（岩波文庫）の「解説」で、葉山がアナーキーな作中人物と主観的に同レベルに身を置き、共産主義的芸術の確立への努力を怠ったと批判している。

作者の思想や感情が作中の人物の水準にとどまっていて、そのかなりに原始的な社会主義思想や、しばしば無政府主義的、サンディカリズム的な反抗意識に作者が追随し、もしくはそれに陶酔している〔…〕彼のもっていた庶民性やヒューマニズムは、彼が若いときに愛読してその影響を受けた二人の作家のうちのゴーリキーの道をたどらず、むしろドストエフスキーの道をたどって、帝国主義日本の現実を肯定し、ついには戦争中はいわゆる拓士として満州におもむき……

葉山が、ゴーリキーの道を辿らず、ドストエフスキー的なアナーキズムの道を辿っていたことは概ねその通りである。とはいえ葉山は、御用作家としての後期ゴーリキーのボルシェビキ的な道を辿らなかっただけのことで、人間社会からのけ者にされた泥棒やならず者を描いた初期ゴーリキーの『チェルカッシュ』や『どん底』に震撼され、ドストエフスキーに繋がる「原始的」な道を辿っていたのだ。蔵原は、ソ連共産党での後期ゴーリキーの権威を楯にとり、葉山のアナルコ・サンディカリズム的なものが彼の文学をだめにしたと批判する。だが、そうではないだろう。むしろそれは逆に、いわば人間のあり方を根底から問い直すという点で彼の文学の幅を大きく広げているのだ。その点からすれば、葉山がいわば転向して「帝国主義日本の現実を肯定」していたという断定もまた、蔵原の我田引水的な独りよがりと言わねばなるまい。こんな形で葉山の転向を批判したところで、自らの非転向――蔵原は昭和七年から十五年まで獄中にあり、非転向で出所している――を自賛するだけのことだ。昭和九年以降、社会主義陣営が総崩れとなっていったゆゆしき状況をしかと視野におさめ、その総崩れの内的原因自体を問い直さないかぎり、非転向などは思想的に何の意味ももたないばかりか、それ自体が思想を萎縮・硬直させるだけのことだろう。

裸の人間を見つめる葉山の文学にとっては、そもそも転向・非転向という概念自体が意味をなさない。本短篇集の最後に置かれた「**安ホテルの一日**」には、たしかに戦争に協力し、命を賭けて祖国を守ろうとする葉山の姿勢がはっきり表出されてもいる。が、ここで彼がみつめているのは、それよりも、そうした日本の中で裸の人間たちの置かれた惨憺たる運命である。この危機的な時局にあっても世の人間たち――たとえば病的なまでに手を洗う有閑老人――は生命保険という衣を身にまとい、己れを護っているが、中西のような裸の人間にとっては、そんな衣はもとより無縁であり、むしろ「裸の命」をおろそかにするだけのものなのだ。葉山はそんな有閑老人には眼をそむけ、生活苦にあえぐ裸のＫ君を慈しむ。この危機的な状況の中で、彼はこの先どうなっていくのか。自分もそうなる運命だが、食いっぱぐれて満州開拓団の中にでも流れ込んでいくしかないではないか。自らもあくまで裸の人間の一人であろうとする葉山は、そうした人間たちの悲しい運命に最後まで寄り添おうとするのだ。

この作品は、葉山の生涯の悲しい総決算ともいうべきものである。読みとらねばならないのは、蔵原の言うような政治的転向などではなく、自らも含めて裸の人間に注がれる葉山の一貫した眼差しである。この作品を発表した年、彼は、長野県山口村の古家を手に入れて完全な百姓暮らしに入る。以後、めぼしい作品も書けないまま、やがて、壊滅的な戦争のさ中、裸の人間たちと苦しい運命をともにするかのように、満州開拓団という国策の中に自ら飛び込んでいくのだ。

＊　＊

以下、個々の作品について、ごく簡単に解題めいたものを記しておく。最初にあるのは初出年、続いて『　』内は初出誌、〈　〉内は本短篇集の典拠とした筑摩書房版『葉山嘉樹全集』(全六巻、昭和五十〜五十一年)での収録巻数。

「セメント樽の中の手紙」　大正十五年『文芸戦線』第三巻一号〈全集一〉
自作「年譜」の大正十四年の欄にはこうある。「巣鴨を出た。妻子は行衛不明になっていた。〔…〕木曽地の水力発電所の工事場に帰った。そこでは、飲酒の癖を覚えた。ひどくニヒリスチックになってしまった。二児の死を知ったのも、確かこの年であったように思う。雪の降り込む廃屋に近い、土方飯場で「セメント樽の中の手紙」を書いた」。

「淫売婦」　大正十四年『文芸戦線』第二巻七号〈全集一〉
大正十二年、千種刑務所の未決監での作。「「淫売婦」の思い出」というエッセイには、「今ならあれを「屍」として、描いたかもしれない」とある。

「労働者の居ない船」 大正十五年『解放』第五巻五号〈全集一〉

大正十五年四月『文芸戦線』の同人となった頃の作。

「天の怒声」 昭和二年『改造』第九巻九号〈全集二〉

文学と政治の性急な結合に反対する労農芸術家聯盟(労芸)に参加した頃の作。

「電燈の油」 昭和三年『文芸戦線』第五巻四号〈全集二〉

ナップが結成され、労芸との対立が激しくなった頃の作。口述筆記らしく、文の乱れがやや目立つ。

「人間肥料」 昭和四年『文芸戦線』第六巻二号〈全集二〉

「暗い出生」 昭和五年『新青年』第十一巻四号〈全集二〉

ナップに押されて、労芸から平林たい子や黒島伝治らの脱退者が目立ち始めた頃の作。

「猫の踊り」 昭和七年『日本国民』第一巻六号〈全集二〉

労芸が解体し、その機関誌『文戦』が廃刊となった後の葉山の最初の作品。

「人間の値段」 昭和十年『文学評論』第二巻七号〈全集三〉

仕事中に頭に怪我をした朝鮮人労働者の見舞いに親方に随伴して行った時の体験がもとになっているらしい。

「窮鼠」 昭和十二年二月『日本評論』第十二巻二号〈全集三〉

末尾に「(裸の命)2」とあるが、次の「裸の命」より物語的だし、時間的にも前の話のようなので、こちらを先に置いた。

「裸の命」　昭和十二年三月『改造』第十九巻三号〈全集三〉

「安ホテルの一日」　昭和十五年『公論』第三巻一号〈全集四〉

昭和十四年、南氷洋での捕鯨の仕事につくための交渉に上京した時のことが素材。交渉は空振りに終った。

略年譜

明治二十七（一八九四）年

3月12日　福岡県京都（みやこ）郡豊津村大字豊津六九五番地に、葉山荒太郎、トミの長男として生まれる。

明治四十一（一九〇八）年　14歳

4月　福岡県立豊津中学校に入学。

明治四十四（一九一一）年

大逆事件で幸徳秋水ら十二名が処刑。

大正二（一九一三）年　19歳

豊津中学卒業。早稲田大学予科文科に入学。父親から渡された学費用の四百円を、学校には行かず、二、三ヶ月で全額浪費、横浜の海員下宿に入る。カルカッタ航路の貨物船に、水夫見習（無給）として乗船。**12月**　早稲田を学費未納により除籍。

大正三（一九一四）年　20歳

カルカッタで新年を迎える。帰国後、しばらくタイピスト養成所に通う。

大正五（一九一六）年　22歳

室蘭―横浜間の石炭船に、三等セーラーで勤務。足を負傷し、一航海で下船。

大正六（一九一七）年　23歳

鉄道院の門司管理局・臨時雇を経た後、戸畑の明治専門学校（現九州工大）の庶務課に雇われる。ロシア革命（二月・十月革命）起こる。

大正八（一九一九）年　25歳

明治専門学校で図書関係の仕事に移り、ドストエフスキー、ゴーリキー、トルストイなどを耽読。

大正九（一九二〇）年　26歳

塚越喜和子と名古屋に赴き、名古屋セメント会社の工務係に雇われる。

大正十（一九二一）年　27歳

2月　文芸誌『種蒔く人』が創刊される。**5月**　長男嘉和が生まれる。セメント会社で職工の一人が防塵室に落ちて死亡。それをきっかけに労働組合を結成しようとして、解雇される。**6月**　名古屋新聞社に仮社員として入社。各地の争議に参加、逮捕されて名古屋監獄の未決監に収監。保釈となる。

大正十一（一九二二）年　28歳

2月　名古屋地方裁判所で治安警察法違反のため懲役二ヶ月の判決を受け、**5月**　服役。

出獄後も労働運動を続行。**7月**　日本共産党が結成される。次男民雄が生まれる。父死去。母自殺未遂。

大正十二（一九二三）年　29歳

6月　治安警察法違反（名古屋共産党事件）で逮捕。獄中で「淫売婦」を書き上げるとともに、「海に生くる人々」を起稿。『資本論』を読む。**9月**　関東大震災。多くの朝鮮人、社会主義者とともに、アナーキスト大杉栄が殺害される。**10月**　「やっぱり俺は作家だ。実際家ではない」と保釈陳情書を書き、保釈出獄。妻子を連れて、木曽で土木作業に就く。『種蒔く人』が廃刊となる。

大正十三（一九二四）年　30歳

4月　名古屋地方裁判所で懲役七ヶ月の判決を受け、**10月**　巣鴨刑務所に服役。獄中で創作を続ける。**6月**　『種蒔く人』の後を受けて文芸誌『文芸戦線』が創刊される。

大正十四（一九二五）年　31歳

3月　出獄し木曽で労働に戻るが、妻子が行方不明。**5月**に嘉和が、**10月**に民雄が死亡。飲酒癖がつく。**11月**　「淫売婦」（『文芸戦線』）が発表され、反響を呼ぶ。**12月**　飯場で「セメント樽の中の手紙」を執筆。この年、普通選挙法と抱き合わせで治安維持法成立。

大正十五・昭和元（一九二六）**年**　32歳

1月　「セメント樽の中の手紙」（『文芸戦線』）を発表。**4月**　『文芸戦線』同人となる。西尾菊江と同棲。**5月**　「労働者の居ない船」（『解放』）を発表。**7月**　第一創作集『淫売婦』（春陽堂）を刊行。**10月**　長篇『海に生くる人々』（改造社）を刊行。日本プロレタリア芸術連盟（プロ連）に加盟。

昭和二（一九二七）**年**　33歳

3月　短篇集『浚渫船』（春陽堂）を刊行。**4月**　「死屍を食ふ男」（『新青年』）を発表。**6月**　プロ連が分裂し、蔵原惟人らとともに脱退し、『文芸戦線』を機関誌とする労農芸術家聯盟（労芸）に参加する。**9月**　「天の怒声」（『改造』）を発表。**11月**　蔵原は前衛芸術家連盟を結成し、葉山と袂を分かつ。

昭和三（一九二八）**年**　34歳

3月　『新選　葉山嘉樹集』（改造社）を刊行。日本共産党員大検挙（三・一五事件）。ナップ（機関誌『戦旗』）が発足するが、葉山は労芸にとどまる。**4月**　「電燈の油」（『文芸戦線』）を発表。**7月**　鈴木茂三郎らと無産大衆党を結党。**11月**　無産・中間五党が合同して日本大衆党が創立される。

昭和四（一九二九）**年**　35歳

2月　「人間肥料」（『文芸戦線』）を発表。**4月**　再び共産党員一斉検挙（四・一六事件）。

10月　『葉山嘉樹集』(平凡社)を刊行。

昭和五(一九三〇)年　36歳

1月　短篇集『誰が殺したか?』(日本評論社)を刊行。3月「暗い出生」(『新青年』)を発表。4月　短篇集『仁丹を追っかける』(塩川書房)を刊行。6月　平林たい子らが労芸脱退。11月　黒島伝治らが労芸脱退、文戦打倒同盟を結成。

昭和六(一九三一)年　37歳

9月　満州事変勃発。12月　ナップ解体、『戦旗』廃刊。

昭和七(一九三二)年　38歳

4月　食いつめて、家族そろって妻の実家(岐阜県中津町)に寄食。5月　労芸解体、7月『文戦(文芸戦線)』廃刊。10月「猫の踊り」(『日本国民』)を発表。

昭和八(一九三三)年　39歳

2月『葉山嘉樹全集』(改造社、全一巻)を刊行。9月　極東平和の友の会の会合中、警察に呼ばれ、特高から取調べを受ける。共産党員佐野学、鍋山貞親、獄中転向を表明。

昭和九(一九三四)年　40歳

1月　三信鉄道(現・飯田線)の工事に就くため、家族を残し、長野県下伊那郡泰阜(やすおか)村明島に赴く。

昭和十(一九三五)年　41歳
6月　「人間の値段」(『文芸評論』)を発表。**8月**　短篇集『今日様』(ナウカ社)を刊行。**9月**　一家で長野県上伊那郡赤穂(あかほ)村に移住。

昭和十二(一九三七)年　43歳
2月　「窮鼠」(『日本評論』)を発表。**3月**　「裸の命」(『改造』)を発表。**7月**　日中戦争始まる。**12月**　山川均、荒畑寒村など労農派一斉検挙(人民戦線事件)。特高の調べを受ける。

昭和十三(一九三八)年　44歳
1月　妻の実家に移住。義父から田畑を借りて農業を始めるが失敗。**3月**　短篇集『山谿に生くる人々』(竹村書房)を刊行。

昭和十四(一九三九)年　45歳
1月　短篇集『山の幸』(日本文学社)を刊行。**2月**　長篇『海と山と』(河出書房)を刊行。**6月**　長篇『流旅の人々』(春陽堂)を刊行。捕鯨船乗り組みを画策するが実現せず。

昭和十五(一九四〇)年　46歳
1月　「安ホテルの一日」(『公論』)を発表。**3月**　短篇集『濁流』(新潮社)を刊行。**4月**　長野県西筑摩郡山口村の古家を購入し移転。**7月**　短篇集『子狐』(三笠書房)を刊行。

昭和十六(一九四一)年　47歳

3月　『葉山嘉樹随筆集』(春陽堂)を刊行。 12月　米英戦始まる。

昭和十七(一九四二)年　48歳

4月　行方不明の喜和子と正式に離婚し、菊江を入籍。 9月　短篇集『子を護る』(新潮社)を刊行。 11月　大東亜文学者大会に出席。

昭和十八(一九四三)年　49歳

3―9月　山口村班長として、満州国北安省徳都県の双竜泉開拓団に合流。

昭和十九(一九四四)年　50歳

9月　開拓移民慰問視察のため満州に滞在。

昭和二十(一九四五)年　51歳

6月　開拓団員として長女百枝とともに満州に渡る。 8月　敗戦。 10月　敗戦による引揚げの途上、ハルビン(哈爾浜)とチャンチュン(長春)の間の徳恵駅近くの列車内で病死。駅の近くに埋葬された。

本「略年譜」の作成にあたり、「葉山嘉樹　年譜」(小田切進編『現代日本文学館』26、一九六九年六月)、「葉山嘉樹年譜」(浦西和彦編『葉山嘉樹全集』第六巻、一九七六年六月)を参照した。

(岩波文庫編集部)

〔編集附記〕

一　本書に収録した作品は、『葉山嘉樹全集』(筑摩書房刊)第一―四巻(一九七五年四、六、八、十月)を底本とした。

一　原則として漢字は新字体に、仮名づかいは現代仮名づかいに改めた。

一　漢字のうち、使用頻度の高い語を一定の枠内で平仮名に改めた。平仮名を漢字に変えることは行わなかった。

一　漢字に、適宜、振り仮名を付した。

一　本文中に、今日からすると不適切な表現があるが、原文の歴史性を考慮してそのままとした。

(岩波文庫編集部)

葉山嘉樹短篇集（はやまよしきたんぺんしゅう）

2021年5月14日　第1刷発行

編　者　道籏泰三（みちはたたいぞう）

発行者　岡本　厚

発行所　株式会社　岩波書店
〒101-8002 東京都千代田区一ツ橋 2-5-5

案内 03-5210-4000　営業部 03-5210-4111
文庫編集部 03-5210-4051
https://www.iwanami.co.jp/

印刷　製本・法令印刷　カバー・精興社

ISBN 978-4-00-310723-2　　Printed in Japan

読書子に寄す

——岩波文庫発刊に際して——

岩波茂雄

真理は万人によって求められることを自ら欲し、芸術は万人によって愛されることを自ら望む。かつては民を愚昧ならしめるために学芸が最も狭き堂宇に閉鎖されたことがあった。今や知識と美とを特権階級の独占より奪い返すことはつねに進取的なる民衆の切実なる要求である。岩波文庫はこの要求に応じそれに励まされて生まれた。それは生命ある不朽の書を少数者の書斎と研究室とより解放して街頭にくまなく立たしめ民衆に伍せしめるであろう。近時大量生産予約出版の流行を見る。その広告宣伝の狂態はしばらくおくも、後代にのこすと誇称する全集がその編集に万全の用意をなしたるか。千古の典籍の翻訳企図に敬虔の態度を欠かざりしか。さらに分売を許さず読者を繋縛して数十冊を強うるがごとき、はたしてその揚言する学芸解放のゆえんなりや。吾人は天下の名士の声に和してこれを推挙するに躊躇するものである。このときにあたって、岩波書店は自己の責務のいよいよ重大なるを思い、従来の方針の徹底を期するため、すでに十数年以前より志して来た計画を慎重審議この際断然実行することにした。吾人は範をかのレクラム文庫にとり、古今東西にわたって文芸・哲学・社会科学・自然科学等種類のいかんを問わず、いやしくも万人の必読すべき真に古典的価値ある書をきわめて簡易なる形式において逐次刊行し、あらゆる人間に須要なる生活向上の資料、生活批判の原理を提供せんと欲する。この文庫は予約出版の方法を排したるがゆえに、読者は自己の欲する時に自己の欲する書物を各個に自由に選択することができる。携帯に便にして価格の低きを最主とするがゆえに、外観を顧みざるも内容に至っては厳選最も力を尽くし、従来の岩波出版物の特色をますます発揮せしめようとする。この計画たるや世間の一時の投機的なるものと異なり、永遠の事業として吾人は微力を傾倒し、あらゆる犠牲を忍んで今後永久に継続発展せしめ、もって文庫の使命を遺憾なく果たさしめることを期する。芸術を愛し知識を求むる士の自ら進んでこの挙に参加し、希望と忠言とを寄せられることは吾人の熱望するところである。その性質上経済的には最も困難多きこの事業にあえて当たらんとする吾人の志を諒として、その達成のため世の読書子とのうるわしき共同を期待する。

昭和二年七月

《日本文学(現代)》〔緑〕

怪談 牡丹燈籠　三遊亭円朝
真景累ヶ淵　三遊亭円朝
塩原多助一代記　三遊亭円朝
小説神髄　坪内逍遥
当世書生気質　坪内逍遥
役の行者　坪内逍遥
青年　森鷗外
阿部一族 他二篇　森鷗外
山椒大夫・高瀬舟 他四篇　森鷗外
渋江抽斎　森鷗外
妄想 他三篇　森鷗外
舞姫・うたかたの記 他三篇　森鷗外
鷗外随筆集　千葉俊二編
森鷗外 椋鳥通信 全三冊　池内紀編注
浮雲　二葉亭四迷 十川信介校注
今戸心中 他二篇　広津柳浪

野菊の墓 他四篇　伊藤左千夫
吾輩は猫である　夏目漱石
坊っちゃん　夏目漱石
草枕　夏目漱石
虞美人草　夏目漱石
三四郎　夏目漱石
それから　夏目漱石
門　夏目漱石
彼岸過迄　夏目漱石
漱石文芸論集　磯田光一編
行人　夏目漱石
こころ　夏目漱石
硝子戸の中　夏目漱石
道草　夏目漱石
明暗　夏目漱石
思い出す事など 他七篇　夏目漱石
文学評論 全二冊　夏目漱石

夢十夜 他二篇　夏目漱石
漱石文明論集　三好行雄編
倫敦塔・幻影の盾 他五篇　夏目漱石
漱石日記　平岡敏夫編
漱石書簡集　三好行雄編
漱石俳句集　坪内稔典編
漱石・子規往復書簡集　和田茂樹編
文学論 全二冊　夏目漱石
坑夫　夏目漱石
漱石紀行文集　藤井淑禎編
二百十日・野分　夏目漱石
五重塔　幸田露伴
運命 他一篇　幸田露伴
努力論　幸田露伴
幻談・観画談 他三篇　幸田露伴
天うつ浪 全二冊　幸田露伴
子規句集　高浜虚子選

今年竹 全二冊	里見弴
萩原朔太郎詩集	三好達治選
郷愁の詩人 与謝蕪村	萩原朔太郎
猫町 他十七篇	萩原朔太郎 清岡卓行編
恩讐の彼方に・忠直卿行状記 他八篇	菊池寛
父帰る・藤十郎の恋 菊池寛戯曲集	石割透編
河明り 老妓抄 他一篇	岡本かの子
春泥・花冷え	久保田万太郎
大寺学校 ゆく年	久保田万太郎
室生犀星詩集	室生犀星自選
犀星王朝小品集	室生犀星
出家とその弟子	倉田百三
羅生門・鼻・芋粥・偸盗	芥川竜之介
地獄変・邪宗門・好色・藪の中 他七篇	芥川竜之介
河童 他二篇	芥川竜之介
歯車 他二篇	芥川竜之介
蜘蛛の糸・杜子春・トロッコ 他十七篇	芥川竜之介

芭蕉雑記・西方の人 他七篇	芥川竜之介
侏儒の言葉・文芸的な、余りに文芸的な	芥川竜之介
芥川竜之介俳句集	加藤郁乎編
芥川竜之介随筆集	石割透編
蜜柑・尾生の信 他十八篇	芥川竜之介
年末の一日・浅草公園 他十七篇	芥川竜之介
芥川竜之介紀行文集	山田俊治編
都会の憂鬱	佐藤春夫
海に生くる人々	葉山嘉樹
日輪・春は馬車に乗って 他八篇	横光利一
上海	横光利一
旅愁 全二冊	横光利一
宮沢賢治詩集	谷川徹三編
童話集 風の又三郎 他十八篇	宮沢賢治 谷川徹三編
童話集 銀河鉄道の夜 他十四篇	宮沢賢治 谷川徹三編
山椒魚・遙拝隊長 他七篇	井伏鱒二
川釣り	井伏鱒二

井伏鱒二全詩集	井伏鱒二
太陽のない街	徳永直
伊豆の踊子・温泉宿 他四篇	川端康成
雪国	川端康成
川端康成随筆集	川西政明編
詩を読む人のために	三好達治
梨の花	中野重治
夏目漱石 全二冊	小宮豊隆
社会百面相 全二冊	内田魯庵
新編 思い出す人々	内田魯庵 紅野敏郎編
檸檬(レモン)・冬の日 他九篇	梶井基次郎
蟹工船 一九二八・三・一五	小林多喜二
独房・党生活者	小林多喜二
風立ちぬ・美しい村	堀辰雄
富嶽百景・走れメロス 他八篇	太宰治
斜陽 他一篇	太宰治
人間失格・グッド・バイ 他一篇	太宰治

津軽　太宰治
お伽草紙・新釈諸国噺　太宰治
真空地帯　野間宏
日本唱歌集　堀内敬三・井上武士編
日本童謡集　与田準一編
森鷗外　石川淳
至福千年　石川淳
近代日本人の発想の諸形式 他四篇　伊藤整
小説の方法　伊藤整
小説の認識　伊藤整
中原中也詩集　大岡昇平編
ランボオ詩集　中原中也訳
小熊秀雄詩集　岩田宏編
風浪・蛙昇天 —木下順二戯曲選I—　木下順二
子午線の祀り 沖縄 他一篇 —木下順二戯曲選IV—　木下順二
元禄忠臣蔵 全二冊　真山青果
玄朴と長英 他三篇　真山青果

随筆滝沢馬琴　真山青果
旧聞日本橋　長谷川時雨
新編近代美人伝 全二冊　長谷川時雨・杉本苑子編
土屋文明歌集　土屋文明自選
古句を観る　柴田宵曲
俳諧随筆蕉門の人々　柴田宵曲
評伝正岡子規　柴田宵曲
新編俳諧博物誌　柴田宵曲・小出昌洋編
随筆集団扇の画　柴田宵曲・小出昌洋編
子規居士の周囲　柴田宵曲
小説集夏の花　原民喜
原民喜全詩集
いちご姫・蝴蝶 他二篇　山田美妙・十川信介校訂
貝殻追放抄　水上滝太郎
銀座復興 他三篇　水上滝太郎
魔風恋風 全二冊　小杉天外
柳橋新誌　成島柳北・塩田良平校訂

島村抱月文芸評論集　島村抱月
立原道造詩集　杉浦明平編
立原道造・堀辰雄翻訳集 —林檎みのる頃・窓—
野火/ハムレット日記　大岡昇平
中谷宇吉郎随筆集　樋口敬二編
雪　中谷宇吉郎
伊東静雄詩集　杉本秀太郎編
冥途・旅順入城式　内田百閒
東京日記 他六篇　内田百閒
佐藤佐太郎歌集　佐藤志満編
西脇順三郎詩集　那珂太郎編
草野心平詩集　入沢康夫編
金子光晴詩集　清岡卓行編
大手拓次詩集　原子朗編
評論集滅亡について 他三十篇　武田泰淳・川西政明編
山岳紀行文集日本アルプス　小島烏水・近藤信行編
雪中梅　末広鉄腸・小林智賀平校訂

宮柊二歌集　宮英子・高野公彦編
新編 東京繁昌記　木村荘八／尾崎秀樹編
山の絵本　尾崎喜八
新編 山と渓谷　田部重治／近藤信行編
日本児童文学名作集 全二冊　桑原三郎／千葉俊二編
山月記・李陵 他九篇　中島敦
眼中の人　小島政二郎
新選 山のパンセ　串田孫一自選
新美南吉童話集　千葉俊二編
岸田劉生随筆集　酒井忠康編
摘録 劉生日記　岸田劉生／酒井忠康編
量子力学と私　朝永振一郎／江沢洋編
書物　森銑三／柴田宵曲
自註鹿鳴集　会津八一
窪田空穂随筆集　大岡信編
わが文学体験　窪田空穂
窪田空穂歌集　大岡信編

暢気眼鏡 虫のいろいろ 他十三篇　尾崎一雄／高橋英夫編
明治文学回想集 全二冊　十川信介編
梵雲庵雑話　淡島寒月
奴隷 —小説・女工哀史1　細井和喜蔵
工場 —小説・女工哀史2　細井和喜蔵
森鷗外の系族　小金井喜美子
木下利玄全歌集　五島茂編
新編 学問の曲り角　河野与一／原二郎編
碧梧桐俳句集　栗田靖編
新編 春の海 —宮城道雄随筆集　千葉潤之介編
放浪記　林芙美子
山の旅 全二冊　近藤信行編
日本近代文学評論選 全二冊　千葉俊二／坪内祐三編
観劇偶評　三木竹二／渡辺保編
食道楽 全二冊　村井弦斎
酒道楽　村井弦斎
文楽の研究 全二冊　三宅周太郎

五足の靴　五人づれ
尾崎放哉句集　池内紀編
リルケ詩抄　茅野蕭々訳
ぷえるとりこ日記　有吉佐和子
江戸川乱歩短篇集　千葉俊二編
怪人二十面相・青銅の魔人　江戸川乱歩
少年探偵団・超人ニコラ　江戸川乱歩
江戸川乱歩作品集 全三冊　浜田雄介編
堕落論・日本文化私観 他二十二篇　坂口安吾
桜の森の満開の下・白痴 他十二篇　坂口安吾
風と光と二十の私と・いずこへ 他十六篇　坂口安吾
久生十蘭短篇選　川崎賢子編
墓地展望亭・ハムレット 他六篇　久生十蘭
六白金星・可能性の文学 他十一篇　織田作之助
夫婦善哉 正続 他十二篇　織田作之助
わが町・青春の逆説　織田作之助
歌の話・歌の円寂する時 他一篇　折口信夫

岩波文庫の最新刊

カミュ作／三野博司訳

ペスト

突然のペストの襲来に抗う人びとを描き、巨大な災禍のたびに読み直される現代の古典。カミュ研究の第一人者による新訳が作品の力を蘇らせる。〔赤N五一八－一〕 **定価一三二〇円**

イェンセン作／長島要一訳

王の没落

デンマークの作家イェンセンの代表作。凶暴な王クリスチャン二世と破滅的な傭兵ミッケルの運命を中心に一六世紀北欧の激動を描く。〔赤七四六－一〕 **定価一一二二円**

ヘーゲル著／上妻精・佐藤康邦・山田忠彰訳

法の哲学（下）

―自然法と国家学の要綱―

一八二一年に公刊されたヘーゲルの主著。下巻は、家族から市民社会、そして国家へと進む「第三部 人倫」を収録。現代にも通じる洞見が含まれている。（全二冊）〔青六三〇－三〕 **定価一三八六円**

ヴァルター・ベンヤミン著／今村仁司、三島憲一 他訳

パサージュ論（三）

夢と覚醒の弁証法的転換に、ベンヤミンは都市の現象を捉え、根源の歴史に至る可能性を見出す。思想的方法論や都市に関する諸断章を収録。（全五冊）〔赤四六三－五〕 **定価一三二〇円**

……今月の重版再開……

田山花袋作

一兵卒の銃殺

定価六一六円 〔緑二一－五〕

ミシェル・ビュトール作／清水徹訳

心変わり

定価一二五四円 〔赤N五〇六－一〕

定価は消費税 10% 込です

2021. 4

岩波文庫の最新刊

郡司正勝校注
歌舞伎十八番の内 勧進帳

五代目市川海老蔵初演の演目を、明治の「劇聖」九代目市川団十郎が端正な一幕劇に昇華させた、歌舞伎十八番屈指の傑作狂言。
〔黄二五六-二〕 **定価七二六円**

大高保二郎・松原典子編訳
ゴヤの手紙（上）

美と醜、善と悪、快楽と戦慄……人間の表裏を描ききった巨匠の素顔とは。詳細な註と共に自筆文書をほぼ全て収める、ゴヤを知るための一級資料。（全二冊）
〔青五八四-一〕 **定価一一一一円**

J・S・ミル著／関口正司訳
功利主義

最大多数の最大幸福をめざす功利主義は、目先の快楽追求に満足しないソクラテスの有徳な生き方と両立しうるのか。J・S・ミルの円熟期の著作。
〔白一一六-一一〕 **定価八五八円**

道籏泰三編
葉山嘉樹短篇集

特異なプロレタリア作家である葉山嘉樹（一八九四―一九四五）は、最下層の人たちに共感の眼を向けたすぐれた短篇小説を数多く残した。新編集により作品を精選する。
〔緑七二-三〕 **定価八九一円**

……今月の重版再開……

フェルドウスィー作／岡田恵美子訳
王書
―古代ペルシャの神話・伝説―

定価一〇六七円 〔赤七八六-一〕

ベルクソン著／平山高次訳
道徳と宗教の二源泉

定価一一一一円 〔青六四五-七〕